지금 꼭 안아줄 것

출판사 클의 책을
만나보세요.

지금 꼭 안아줄 것

1판1쇄 펴냄 2014년 12월 15일
2판1쇄 펴냄 2024년 5월 22일
2판2쇄 펴냄 2024년 6월 13일

지은이 강남구

펴낸이 김경태 | **편집** 조현주 홍경화 강가연
디자인 박정영 김재현 | **마케팅** 김진겸 유진선 강주영
펴낸곳 (주)출판사 클
출판등록 2012년 1월 5일 제311-2012-02호
주소 03385 서울시 은평구 연서로26길 25-6
전화 070-4176-4680 | 팩스 02-354-4680 | 이메일 bookkl@bookkl.com

ISBN 979-11-92512-85-3 03810

지금 꼭 안아줄 것

영원한 이별을 가르쳐야 했던
한 아버지의 이야기

강남구 지음

가슴속에서 살아 숨쉬고 있는 아내와
아내의 빈자리를 채워준 아들 민호에게.

우리, 함께했을 때
깨닫지 못했던 것들을 위해.

차례

일러두기
이 책에서 아내의 이름은 아내 가족의 요청에 따라 가명으로 하였습니다.

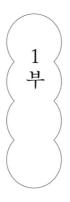

1부

1

바쁜 남편, 아픈 아내

겨울이 저물어가는 3월 새벽 1시 반. 회사에서 회식을 마치고 집으로 돌아온 뒤 조용히 안방 문을 열었다. 늦었으니 발걸음은 최대한 천천히, 그러면서 조용히 옮겼다. 잠자는 가족들을 방해하지 않아야 했다. 행여나 아내가 잠에서 깨면 다시 잠들 때까지 아내의 적잖은 쓴소리를 듣기가 부담스러웠다. 손에 힘을 주면서 문을 빼꼼 열었다. 1미터 55센티미터의 작고 가녀린 아내가 침대에 누워 있었다. 창가에서 내려온 달빛이 다섯 살 아이와 아내의 몸 위로 곡선을 그리며 퍼졌다. 평소에 아내는 아이와 함께 침대 아래 바닥에서 잠을 잤는데 이날은 침대 위였다. 조용히 세안을 한 뒤 침대에 누웠다. 순간 아내의 목소리가 들려왔다.

"오늘 병원 같이 가자."

잠을 한숨도 안 잔 맑은 목소리였다. '병원'이란 말에 아내를 바라봤다.

"어디 아파?"

"가슴이 아파서 잠을 잘 수가 없어."

아내는 최근 들어 부쩍 가슴 통증에 대해 자주 언급했다. 몸을 몇 차례 뒤척이더니 결국 몸을 일으켜 세워 앉았다. 달빛이 아내의 가녀린 뒷모습을 비추었다. 몇 차례 쿨럭대며 마른기침이 나오자 아내는 가슴에 손을 얹었다. 병원을 가자는 말 이외에 별다른 말은 없었다.

나는 묻고 싶은 게 많았고, 아내도 할 말이 많았을 터인데 두 사람은 침묵했다. 아내는 잠시 앉아 있다가 등을 돌리며 누웠다. 예정된 제대혈(태아탯줄혈액) 이식 날짜가 2주도 채 남지 않은 밤이었다.

3년 전, 아내는 혈액 기능이 급속히 떨어지는 '재생불량성 빈혈 중증' 진단을 받았다. 혈액 기능이 떨어진다는 건 세균과 싸우는 백혈구 수와 산소를 전달하고 피를 멎게 하는 혈소판 수가 점차 감소한다는 의미였다. 아내의 혈액은 모든 기능을 서서히 잃어가고 있었다. 재생불량성 빈혈 판정을 받은 건 10년 전이지만 3년 전에는 모든 수치가 점차 줄어드는 '중증' 판정을 받았다. 혈액 기능이 서서히 떨어지면서 작은 출혈 등에도 위급한 상황을 맞을 수 있는 확률이 커져갔다. 다른 사람의 혈액으로 자신의 혈액을 대체하는 이식 말고 다른 대안은 없었다.

면역력이 약해져서인지 올겨울은 유난히 기침이 끊이지 않았다. 그럼에도 아내는 항상 활기에 가득 차 있었다. 추운 날씨에도 유치원에서 돌아온 아이와 함께 집 앞 서울대공원 산책길을 거닐었다. 식사며 방과 후 활동이며 여느 엄마처럼 생활했다. 가끔 기침이 이어지면 '에이!' 하고 짧게 화를 내고 웃을 뿐이었다.

그래서 아내가 병원에 동행해달라는 요청은 특별했다. 아내는 자신의 아픔을 드러낸 적이 거의 없었기 때문이다. 순간 후배, 동료들과 함께 써야 할 기사와 처리해야 할 업무가 떠올랐지만 아픈 아내에게 미안한 마음이 치밀어 이내 일 생각들을 지웠다.

새벽 6시쯤 업무 라인의 바로 위 선배에게 사정을 설명한 뒤 연차휴가를 받아 병원으로 향했다. 병원은 수년간 우리 부부에게 데이트 장소였다. 바쁜 일상 속에서는 아내는 주부로서 남편은 기자로서 서로 얼굴을 마주할 틈을 찾기 어려웠지만, 병원은 우리 두 사람이 함께 있다는 사실을 알게 해주는 공간이었다. 아침부터 쏟아지는 사건과 취재 지시로 떠들썩한 기자실과는 달리, 병원은 가끔 나오는 안내방송을 제외하면 조용했다. 아침뉴스와 정오뉴스, 오후뉴스 그리고 저녁뉴스 준비로 하루를 서너 개 시간 구획으로 쪼개 생활하는 방송기자에게 병원은 특별히 처리해야 할 업무를 잊게 해주는 공간이기도 했다. 세상에서 가장 안전한 곳. 위급한 상황에서 가장 빨리 조치를 취할 수 있는 곳. 병원은 그래서 오히려 아늑하게 다가왔다. 하얀 가운을 걸치고 복도를 걸어다니는 의사들은 아내를 지키는 근위병 같았다. 어머니의 배 속처럼, 오염된 세상에서 병균과 근심을 몰아내는 곳이었지만, 한편으로 병원을 자주 간다는 건 아내의 몸이 점점 허약해지고 있다는 의미이기도 했다. 편안함과 긴장감을 동시에 안겨주는 병원에 들어서면 평소에 멀리 있던 남편과 아내는 두 손을 꼬옥 잡았다.

이날도 둘이 함께 걸음을 맞추며 병원에 들어섰다. 하지만 하루에도 여러 번 서울 전역에서 터지는 사건에 대해 긴장의 촉을 놓지 않는 사건기자에게 휴가는 사막에서 한 모금 마실 수 있는 빗물이란 생각에 아쉬움도 밀려왔다. 진료실 앞에서 아내와 나란히 앉아 순서를 기다리며 휴대폰으로 실시간 뉴스를 확인하다가 오늘이 화이트데이라는 것을 알았다.

"화이트데이에 황금 같은 연차휴가를 병원에서 보낸다."

투정이 불쑥 튀어나왔다. 지는 법이 없던 아내가 그 말을 그냥 받아줄 리 없었다.

"이게 오빠 팔자야!"

오히려 큰소리였다. 아픈 사람에게서 듣는 큰소리는 오히려 고마웠다. 슬픈 표정이 느껴지면 가슴이 아팠지만 당당하고 힘 있는 목소리가 들리면 안심이 되었다. 손바닥으로 가려질 만큼 작은 얼굴에서 나오는 당찬 목소리에 피식 웃으며 다시 휴대폰을 들여다보았다.

"혹시 내가 죽어 장례식을 치를 때에도 오빠는 휴대폰만 들여다볼 거야."

작은 아내가 나에게 쏘아붙일 때면 말을 또박또박 건넸다. 아내의 당돌함에 장난기 어린 답변으로 맞섰다.

"장례식장에 있으면 휴대폰 대신 예쁜 여자들 볼 거다."

아내의 입에서 '장례'라는 말이 나오는 걸 듣기 싫어, 그렇게 서투르게 대답했다. 짓궂은 농담에 걸려들지 않으려고 아내는 짧게 답했다.

"그래라."

병원이었지만 짬을 내 일을 했다. 경찰청에 출입했던 터라 서울 전역에서 취재를 하고 있는 후배 기자들의 보고를 받고 감당할 수 없는 상황이 생기면 선배에게 보고했던 일상이었기에, 예상 밖 휴가는 그 시간 동안 무엇을 하며 어떻게 보내야 할지 모르는 나를 발견한 시간이기도 했다. 곁에 있는 아픈 '현재의 아내'보다 건강을 되찾을 '미래의 아내'를 그리며 오늘 하루가 준 의미를 그렇게 쉽게 흘려보냈다.

밤새 아내를 잠 못 들게 한 흉통에 관한 진단이 나왔다. 2년 전 한쪽 난소를 절제한 영향이 폐에 미치고 있다는 설명이었다. 절제한 난소와 흉통이 어떤 연관성이 있는지 묻자, 담당의사는 사람 몸은 하나의 줄기세포에서 모든 장기로 분화하는데 난소와 폐는 같은 지점에서 분화하기 때문에 난소가 아프면 폐에도 통증을 유발한다고 설명했다. 아내가 난소를 절제하고 3개월 뒤 폐에 물이 차 흉통을 느껴 병원을 찾았을 때와 똑같은 설명이었다. 으레 있을 수 있는 통증이기 때문에 별다른 처방도 없었다.

"거봐, 별일 없을 거라고 했잖아."

병원을 나오며 무거웠던 아내 표정도 풀렸고 발걸음도 가벼웠다. 휴가 덕분에 이날은 모처럼 아내와 함께 저녁식사를 했다.

아내는 집으로 돌아온 뒤 이식을 받으러 병원으로 들어가는 날까지 맛나는 음식 먹기로 시간을 채워나갔다. 한 달 남짓 병원에 있으려면 체력이 중요하다면서 주변 사람들은 아내를 집밖으로 불러냈다. 시집과 친정, 그리고 친구들까지 아내에게 아낌없이 좋은 음식을 대접했다. 누군가 불러주는 것만으로도 고마운 일인데, 게다가 먹을 것까지 챙겨주니 그 2주 동안 아내는 배려와 따뜻함 속에서 막연한 불안감을 걷어냈다.

"이식받을 만하네. 사람들이 챙겨주고 하루 종일 맛있는 음식만 먹으니까 말이야."

아내는 무언가 흡족할 때마다 "좋아 좋아"라고 혼잣말을 하는 습관이 있었다. 그 2주 동안 아내는 자주 좋다고 그랬다. 얼굴엔 미소가 가득했다. 그 웃는 얼굴 뒤에 감춰진 슬픔은 없는지, 아내를 바라보는 남편의 마음 한편은 먹먹했지만 그럴 때마다 걱정할 게 없다는 담당의사의 말을 의도적으로 기억에서 끄집어냈다.

2

약속

이식을 받는 과정은 수혈을 하는 것처럼 간단하다고 했다. 다만 감염에 대한 우려 때문에 격리된 병실에 있어야 한다는 게 병원의 설명이었다.

"아이 키우느라 못 본 드라마를 한 달 내내 볼 거야. 무균실에 혼자 있으면 무척 외롭다고 했거든."

아내는 3개월 전 생일 선물로 받은 노트북에 입원 전날까지 보고 싶은 드라마 수십 편을 다운받아놓았다.

밝던 아내 목소리가 차분하게 바뀐 건 바로 병원으로 떠나는 날이었다. 아내는 별다른 말이 없었다. 늘 웃음을 잃지 않던 아내에게선 그날따라 흐릿한 미소조차 찾을 수 없었다. 아내는 병원으로 들고 갈 옷가지며 세면도구 등을 하나씩 싸고 포개며 짐을 정리했다. 읽을 책과 노트북까지 챙긴 가방을 문 앞에 놓았다. 쇠약한 아내 때문에 집에 머무시던 처가 부모님은 이날도 짐을 챙기는 딸의 뒷모습을 묵묵히 바라보았다. 마루에 모인 가족들은 서로 말은 하지 않았지만 가슴으로 굳은 당부를 했다. 잘 버티라고, 잘 이겨낼 거라고, 그렇게 침묵 속에 말을 전했다. 모든 준비가 끝나자 아내는 마루에 모인 가족들에게로 시선을 옮겼다.

아내는 남편도 부모님도 제쳐두고 다섯 살 아이 민호 앞에 섰다. 그러고는 아이의 작은 눈을 바라보더니 무릎을 꿇었다. 사랑스런 작은 꽃을 보기 위해 몸을 낮췄다. 아내는 아이 얼굴에 가까이 다가가 두 손을 아이 어깨 위에 올리며 입을 열었다.

"민호야, 엄마 병원 금방 다녀올게."

짐을 정리하는 내내 표정이 없었던 아내가 아이를 보며 처음으로 웃었다. 촉촉해진 눈으로 미소를 지었다. 자신이 슬퍼하면 아이에게까지 슬픔이 옮겨간다는 걸 잘 알고 있는 아내였다. 감정이 북받칠 만도 했지만, 아내는 사랑으로 슬픔을 가라앉혔다. 떠나는 날까지도 아내는 아이에게 슬픈 모습을 보여주지 않았다.

민호는 엄마가 떠난다는 말에 고개를 저었다.

친가와 처가에서 손주가 단 한 명이어서 아이는 어른들로부터 넘치는 사랑을 받았지만, 그 가운데 가장 소중한 건 역시 엄마였다. 그런 엄마를 한동안 볼 수 없다고 하니 민호는 엄마 곁에서 떨어지지 않았다. 고개를 저으며 싫다는 소리만 반복했다. 아이가 당연한 고집을 피우자 아내는 한 가지 약속을 했다.

"엄마가 어린이날에 민호가 좋아하는 로봇 장난감 사가지고 돌아올게."

다섯 살 남자아이에게 변신 로봇은 최고의 선물이었다. 한 달 넘게 엄마와 떨어져 잠을 자야 했지만, 엄마가 멋진 로봇 장난감을 사가지고 온다는 말에 민호는 고개를 끄덕였다. 아이였지만 동의를 구해야 했다. 설득 없는 명령은 효과가 빠르지만, 마음 안에 의문이나 미운 감정을 남기므로.

"약속!"

아내가 말했다.

"약속!"

민호가 대답했다. 그러면서 새끼손가락을 걸고는 엄지손가락을 맞대며 "도장"이라고 외친 뒤 손바닥을 비볐다. 손으로 '도장'을 찍고 '복사'까지 한 약속은 민호에겐 가장 중요한 약속이란 의미였다. 엄마가 병원에 가도 좋다는 아이의 허락을 어렵게 받아냈다. 4, 5주 후면 퇴원할 거라고 한 의사의 말에 따라 아내는 다시 만날 날을 그렇게 정했다. 5월 5일 어린이날은 민호에겐 멋진 변신 로봇과 건강한 엄마를 만나는 최고의 날이 될 것이라는 걸 의심하는 사람은 우리 가운데 단 한 명도 없었다.

민호에게서 가도 좋다는 말을 듣고 나서야 아내는 오랜 시간 동안 굽혔던 무릎을 펴며 일어섰다. 그리고 걸음을 빨리 옮겼다. 아이를 볼수록 발걸음이 무거워질 걸 걱정해서였는지, 아내는 오히려 애써 아이와 눈을 마주치지 않고 뒤를 돌아보지 않은 채 차에 올라탔다. 산책부터 집안일까지 일상적인 일을 모두 스스로 해낸 아내는 가족의 도움 없이 직접 운전을 하며 병원으로 향했다.

"엄마 아빠, 다녀올게."

근심 어린 눈으로 딸을 바라보는 부모님을 향해 아내는 짧게 작별의 인사를 건넸다. 창을 열고 잘 다녀오겠다며 손까지 흔들었다. 잠시 한 달여 동안 유럽으로 떠나는 여행객처럼 아내는 부모님과 남편을 향해 마지막 미소를 지어 보였다.

나는 회사에 양해를 구해 잠시 입원을 하는 아내를 지켜본 뒤 다시 경찰청으로 돌아갔다. 서울에서 하루 동안 발생하는 수많은 사건을 가까이서 지켜봐야 하는 남편은 아내가 입원한 첫날에도 면회시간을 넘겨 아내를 찾았다.

삼성서울병원 암센터 조혈모세포이식병동 1195호실. 아내가 입원한 날 병원으로 가는 길은 무척 떨렸고 멀게만 느껴졌다. 아내가 중증질환 판정을 받고 수년 동안 이 병원을 먼 친척집처럼 오갔지만, 아내가 입원한 곳은 지금까지 단 한 번도 방문한 적이 없던 낯선 곳이었다. '무균실'이라고 했다. 감염에 취약한 환자들을 위해 특수하게 제작된 병실. 음식뿐만 아니라 모든 물품들이 멸균돼 제공되고, 면회를 하기 위해선 철저한 소독의 과정을 거쳐야 하는 병실이라고 전해 들었다.

아내는 다른 이의 혈액을 이식받아야 한다고 했다. 이식을 하면 아내의 혈액형도 바뀐다고 했다. 새로운 혈액으로 태어나기 위해선 자신의 혈액 기능을 모두 제거해야 하기 때문에 감염에 취약하다고 병원 측은 설명했다. 이식을 받은 혈액이 제 기능을 하기 전에는 작은 세균이라도 아내에겐 위험할 수 있다는 말이었다. 그래서 병원 안에서도 위생을 위해 철저하게 격리된 병실 안에서 아내는 한 달 남짓을 보내야 한다고 했다.

아내를 만나기 위해 암센터 11층에 오르자 '이식병동'을 가리키는 하얀 문이 보였다. 출입문을 열고 들어섰다. 안내에 따라 먼저 손을 씻고, 하얀 가운으로 갈아입었다. 신발도 벗어 슬리퍼로 바꿔 신었다. 준비한 마스크가 없으면 면회조차 불가능했다. 반도체 공장이나 희귀유전자를 지닌 동물을 취재하러 갈 때 기억이 떠올랐다. 청결하게 복장을 정비한 뒤 출구로 나오면 의료진만이 들어갈 수 있는 두꺼운 문이 정면에 있었고 왼편엔 환자를 지켜보기 위해 보호자들이 드나드는 문이 있었다. 의료진은 몇 개의 커다란 문을 통과해 환자를 직접 만날 수 있었지만 보호자들은 작은 문을 통해 복도로 자리를 옮겨야 했다. 학교 복도처럼 한편엔 외벽 창이 나 있었고, 다른 한편엔 교실 창처럼 아내 병실을 들여다볼 수 있는 유리창이 있었다. 무균실의 면회는 이 유리창을 사이에 두고 전화기를 통해서만 가능했다.

복도에서 들어서서 한 발 한 발 옮겼다. 아내의 모습이 궁금했다. 큰 창문 너머로 아내가 보였다. 빙그레 웃으며 손을 흔들어주었다. 아내를 잠시 지켜보고 있는데, 병실에서 아내가 창밖에 있는 남편을 바라보며 먼저 수화기를 들더니 내게 복도에 놓인 수화기를 들라고 손짓했다. 대화를 하고 싶어했다.

수화기를 통해 아내 목소리가 들려왔다. 심심하지만 지낼 만하다고 했다. 편안한 목소리를 듣자 병원을 오며 가득 차오른 불안이 사라졌다. 오히려 그곳은 세상 그 어느 곳보다도 안전한 곳이었다. 아내 한 사람만을 지키기 위해 만들어진 병실 같았다.

아내는 이식을 통해 자신의 운명이 바뀔 것이란 희망을 안고 그렇게 혼자서 병실을 지켰다. 내 앞에 놓인 유리는 가까이 가고 싶어도 갈 수 없는 커다란 벽처럼 다가왔지만 아내는 그 순간에도 웃음을 잃지 않았고 남편도 그 웃음에 미소로 화답했다. 우리 부부는 건강한 모습으로 다시 만날 것이란 기대감으로 그렇게 버텼다.

하루에 두 번, 오후와 저녁에 각각 한 시간씩 이렇게 커다란 유리창을 사이에 두고 전화로만 아내와 대화할 수 있었다. 오후엔 처제가, 저녁엔 내가 병원을 찾았다. 나는 그 어느 때보다도 아내의 목소리에 귀를 기울였고, 우리는 서로에게 집중했다. 24시간 중에서 면회를 할 수 있는 단 한 시간. 우리는 병원에서 그렇게 새로운 연애를 시작했다.

입원 다음날 일기장을 보더라도 글자가 자아내는 목소리는 밝고 경쾌했다. 근심과 걱정은 없었다. 기록을 뒤져보니 아내가 입원을 한 당일뿐만 아니라 그다음날에도 일에 쫓겨 면회시간을 넘겨 병실에 도착했다.

일원역이다. 또 늦었다. 어제 도착시간은 9시 40분. 늦은 탓에 면회를 10분도 못하고 나왔다. 그런데 오늘도 8시(면회 마감시간)를 훌쩍 넘겼다. 높은 계단이다. 항상 오지만 전철 역사에 에스컬레이터를 왜 설치를 안 했는지. 세어보자. 하악 하악 겨우 오르니 계단은 무려 꼭 50개였다.

정문에 들어서니 익숙한 풍경이다. 로비 중앙에서 TV를 보는 환자와 가족 들. 반짝이는 바닥, 그리고 정문에서 암센터까지 길게 뻗은 길이 눈에 들어온다. 걸음을 재촉했다. '이럴 때 잘해야 하는데, 아니면 평생 힘들 거야' 하면서 말이다.

암센터 2층 경비가 삼엄하다. 딱 보니 "이 시각에 오면 면회 안 됩니다"라고 말할 상이다. 경비가 느슨한 1층 엘리베이터를 통해 11층까지 진입에 성공했다.

아내는 커다란 마스크로 코와 입을 가렸고, 심장과 연결한 관 주머니도 보였다. 하루 만에 해쓱해졌다.

아내가 "선물 줄까?" 하며 봉투 하나를 내밀었다. 열어보니 문화상품권 1만 원권이었다. 고용량 항암제 투여 환자가 설문조사에 응하면 병원에서 주는 상품권이라 했다.

11층까지는 왔지만 오는 동안 무슨 말을 해야 할지 정리가 안 됐다. 걱정해주자니 오히려 근심을 줄 것 같고, 무심한 척하자니 토라질 것 같아서 말이다. 그래서 '잘난 척 썰렁 개그'를 하기로 했다. 당황스러울 때 과도한 잘난 척이 오히려 웃음을 자아낸다.

"차 없이 집에 가기 힘들겠다"고 말하는 아내에게 "착하고 다정한 남편의 극진한 배려만 잘 기억해라"고 받아쳤더니 웃는다. (이날은 어떤 사정인지 모르겠지만 차를 두고 병원을 찾았다) 그리고 휴대폰을 꺼냈다. 자상한 남편을 영상으로 담아야 한다고 우기면서. 서로가 서로를 바라보면서 카메라를 의식하지 않은 척하며 평소에는 '절대' 할 수 없는 대화를 과장된 언어와 표정으로 주고받았다.

"남편 피곤해서 어떡해."

"난 이렇게만 있는 것만으로도 피곤이 풀려."

생각만 해도 간지럽고 손발 오그라드는 대화를 휴대폰 안에 담았다. 동영상 놀이에 서로가 웃었다. 오늘 만남의 어색함과 무거움은 그렇게 조금씩 누그러들었다.

—2012년 3월 27일 메모장에서

웃음을 잃지 않는 아내가 사랑스러웠지만, 그 미소는 엄마의 강인함이었고 남편을 향한 배려이기도 했다. 아내는 입원 바로 전날까지도 농담을 하며 주변 사람들의 긴장감을 밝은 표정으로 닦아내주었다. 입원 직전에 아내와 함께 저녁식사를 했던 아내의 동네 친구는 아내가 퇴원을 하면 꼭 둘째를 낳을 것이라며 희망에 가득차 있었다고 전했다. 엄마로서 가정을 키워나갈 꿈은 고통을 잊게했고, 고통의 자리엔 가족의 따스함이 대신했다. 자기를 추스르기도 힘든 몸으로 다섯 살 남자아이를 키우는 일이 무척 벅찼을 텐데. 불안보다는 희망과 의지로 마음을 다듬는 동안에 이식 날짜는 아내를 향해 하루하루 다가왔다.

3

이식 준비

면회를 위해 다시 무균실을 찾았다. 유리창 속에 비친 아내의 머리 위로 모자가 보였다. 그런데 모자와 귀 사이에 머리카락이 보이지 않았다. 아내는 자기 얼굴을 바라보는 남편에게 별다른 말을 하지 않았다. 웃음을 잃지 않던 아내가 아무 말 없이 한참 남편을 쳐다보았다. 전화기를 들더니 아내는 곧 투정 섞인 목소리를 자아냈다.

"오늘 와서 잘랐어."

입원을 하기 전에 머리카락을 자르지 않아도 된다는 담당의사 말을 듣고 아내는 무척 기뻐했다. 기쁨만큼 상실감도 컸다. 병원에 할 질문을 아내에게 했다.

"머리카락 안 잘라도 된다고 했잖아."

잘려나간 머리카락은 괜찮았지만, 시무룩한 아내 표정은 애처로웠다.

"머리카락이 안 빠지는 경우도 있지만, 대개는 빠진다고 해. 듣

24

성듬성 빠지면 오히려 나중에 더 불편하다면서 자르자고 하더라
고."

다른 사람 혈액을 이식받기 전에 아내는 고용량 항암제 처치가
필요하다고 했다. 이 과정에서 부작용 중 하나가 탈모였다.

아내이기 전에, 그리고 한 아이의 엄마이기 전에, 한 여자로서
머리카락을 모두 자른다는 느낌을 남자인 내가 공감할 수는 없었
다. 다만 눌러 쓴 모자 아래로 보이는 아내 눈동자를 통해 상심의
크기를 짐작할 뿐이었다. 아내의 윤기 있고 찰랑대던 머리카락을
유난히 좋아했던 내가 오히려 미안해졌다. 아내가 남편에게 자신
을 드러내기를 더 부끄러워하는 것 같아서였다.

"귀엽네."

"……."

"두상이 예쁘잖아."

"……."

예상하지 않은 일로 아내는 면회시간 내내 뾰로통했다. 나중에
보니 아내는 몇 장의 사진을 자신의 휴대폰에 저장했는데 모자를
쓴 자기 얼굴도 그중의 하나였다. 그만큼 아내에게 머리카락을 자
른다는 건 큰 사건이었다.

아내는 이식을 받기 위한 본격적인 준비에 들어갔다. 아내의 혈
액 기능을 모두 '0'으로 떨어뜨리는 과정이었다. 타인의 혈액세포
가 아내 몸으로 들어와 제 역할을 하기 위해선 아내 몸 안에 있는
혈액 기능을 모두 없애야만 했다. 허물어져가는 건물터에 새로 건

물을 짓기 위해 낡은 건물을 모두 부수는 것처럼 항암제와 방사선으로 아내의 혈액 안 백혈구를 비롯한 주요 세포를 모두 깨끗하게 제거해야 이식이 가능했다.

저녁 면회시간. 하루 새 아내는 기력이 무척 떨어졌다. 유리창 너머로 어깨를 구부린 아내가 보였다. 아내는 침상에 겨우 걸터앉았고, 고개를 들 힘조차 없는 듯 줄곧 바닥만 내려다보았다. 아내는 별다른 말도 하지 않았다. 그러다 갑자기 고개를 돌리며 구토를 했다.

"손등이 왜 검은색이죠?"

자세히 보니 아내 손등이 검게 변해 있어 간호사에게 걱정 어린 목소리로 물었다.

"방사선요법을 시행하면 피부가 검게 변해요. 아내분은 손등 정도만 검게 변한 거라 그나마 괜찮은 편이에요. 그리고 시간이 지나면 원래 피부로 돌아오니 걱정 마세요."

피부색까지 변했다며 울먹일 아내 얼굴이 떠올랐지만, 그래도 색이 다시 돌아온다니 그나마 다행이었다. 작지만 강했던 아내가 어깨를 늘어뜨린 모습을 보니 당장이라도 들어가 안아주고 싶었지만 두꺼운 유리창을 사이에 두고 전화로 서로 안부만 물을 뿐이었다. 의료진은 지금까지 모든 상황이 순조로우며 아내의 무기력한 상태가 당분간은 계속될 것이라고 전해주었다.

며칠 뒤, 병원 측의 예상대로 아내 혈액 기능이 급속히 떨어지기 시작했다. 남들보다 부족한 백혈구 수가 절반 수준으로 떨어지더니 이틀 뒤 아내 몸에서 백혈구를 거의 찾을 수가 없었다. 백혈구에서 가장 중요한 세포인 호중구 수치도 '0'에 가까웠다. 몸 안에 있던 혈액의 기능이 떨어졌다는 건 이제 다른 이의 혈액을 받을 준비가 끝났다는 걸 의미했다. 한편 백혈구가 몸 안에 없다는 건 유아들도 쉽게 겪어낼 수 있는 감기 바이러스에조차 스스로 이겨낼 힘이 없다는 의미이기도 했다. 쇠약해진 아내는 그래도 아이 안부만은 꼭 물었다.

"민호는?"

길게 말할 힘도 없는 아내가 아이 소식을 물으면 부모님에게서 들었던 아이 일상을 자세히 설명해주었다. 유리창 너머에서 아내는 묵묵히 듣고만 있었다.

이식을 준비하는 며칠 동안 아내는 심한 메스꺼움과 싸웠다. 잠이 들었다가도 깨기를 반복했다. 의료진이 아내의 울렁거림에 대해 '심하다'는 표현을 진료기록지에 지속적으로 적어놓았다. 집에서부터 계속되던 기침도 끊이지 않았다.

아내는 자신이 겪는 고통에 대해서 면회시간마다 찾아오는 남편에게 단 한 마디도 하소연하지 않았다. 나중에 진료기록지를 보니 의료진에게만 털어놓았던 것이다. 24시간 가운데 적어도 남편을 만나는 한 시간 동안 아내는 자신이 겪는 고달픔에 대해서는 침묵했다. 남편을 바라볼 힘조차 없는지 고개를 자주 숙이며 시선을 아래로 향했다. 아내의 힘겨움은 작은 목소리와 느린 말 속에서 전해졌다. 미소도, 맑은 목소리도, 검은 눈동자도 서서히 빛을 잃어갔다.

아내가 고용량 항암제를 받고 이식을 기다리던 바로 그 주, 어린 시절에 자주 갔지만 최근까지 발걸음을 끊었던 성당을 다시 찾았다. 아내가 아이와 함께 성당에 들어가더라도 휴게실에 남아 노트북으로 작업을 하거나 글을 쓰거나 책을 읽던 남편이었다. '증명할 수 없는 것은 받아들이지 않는다'는 신념이 있기도 했지만, 바쁜 업무에서 벗어난 휴일에 단 한 시간이라도 자유시간을 빼앗기기 싫었다. 아내는 혼자서 아이를 데리고 성당 안 유아실에서 매주 기도를 했다. 하지만 아내가 혼자 병실에 누워 있는 상황에서 남편이 아내를 위해 할 수 있는 건 신에게 매달리는 것뿐이었다.

아내 생각에 성물 가게를 찾았다. 세 개의 십자가상이 눈에 띄었다. 세 개를 놓고 한참을 둘러보다가 금빛 십자가 하나를 집었다. 손에 든 십자가를 신부님에게 내밀었다. 눈을 지그시 감고 그 위에 손으로 십자가를 그어주자 순간 가슴 밑에서 설움이 치솟았다. 십자가를 두 손에 꼭 쥔 채로 주차된 차를 향해 걸으며 속으로 외쳤다.

'하느님, 제발 도와주세요.'

어느새 북받친 눈물이 얼굴을 덮었다. 차를 몰고 병원으로 갔다.

무균실은 창 하나가 가로막고 있을 뿐이었지만 거대한 벽이었다. 천장을 바라보고 누워 있던 아내가 똑똑 유리창을 두드리는 소리에 고개를 돌렸다. 고개를 돌리는 데에도 몇 초가 흐를 만큼 감당해야 할 힘겨움이 어떤 것인지를 알게 해주는 모습이었다. 남편과 마주한 아내 얼굴에서 눈물 한 방울이 흘러내렸다. 많은 눈물을 흘릴 만한 체력도 없어 보였다. 침상에 누운 아내가 얼굴 바로 위에 매달린 수화기를 간신히 들고 말했다.

"그냥 가. 나 잘래."

아내는 한마디 힘겹게 내뱉고 다시 눈을 감았다. 혈액의 모든 수치가 바닥이라 했다. 고용량 방사능을 맞으면 쇠약한 증세는 더욱 심해질 수 있다고 했다. 그리고 이 상태가 2주나 간다 했다. 큰 고통은 없을 거라더니, 의사가 순간 원망스러웠다.

눈을 감고 누운 아내를 한참 바라본 뒤 병실을 떠나기 전 간호사에게 십자가를 건넸다. 간호사는 깨끗이 소독을 해서 아내 머리 위에 놓아준다고 했다. 그리고 아내에게 문자를 남겼다.

"간호사 말로는 지금 현재 모든 수치가 바닥이고 순조롭게 진행 중이래. 전화 받기도 쉽지 않을 거라 하네. 문자 자주 남길게. 공교롭게도 이번 주는 예수님이 십자가에 못 박히고 부활한 주야. 미사 보다가 십자가상 하나 사서 병실에 놓았어. 그럼 힘내, 울지 말고."

차를 타고 오면서 기도했다. 이번 이식만 무사히 성공하면 성당을 열심히 다니겠다고.

입원을 한 덕분에 그래도 매일 최소한 한 시간씩이라도 아내 얼굴을 볼 수 있었다. 잠자는 모습만 보며 출퇴근했던 평소와 비교하면, 차라리 서로 얼굴을 바라보는 시간이 많이 늘어난 셈이었다. 하지만 정작 내가 아내와 대화를 하고 싶을 때 할 수는 없었다. 불과 며칠 새 야윈 아내를 바라보면서 사랑하는 사람과 대화를 한다는 건 큰 축복임을 깨달았다. 서로가 눈을 마주치며 가슴속에 있는 이야기를 나눌 수 있는 시간을 병원이 아닌 집에서 찾아야 했지만 그러지를 못했다.

아내가 집으로 돌아오면 많은 이야기를 해야겠다고 다짐했다. 그리고 우리 사이를 가로막은 두꺼운 유리창이 없는 공간에서 아내 손을 자주 잡을 것이라고도 약속했다. 아내와 남편 그리고 의료진은 아무 탈 없이 빨리 시간이 지나가기만을 기다렸다.

4

아이 생각

"메스꺼움은 심하지 않은데 5분마다 잠이 깨 힘들어요."

아내가 남편에게는 하지 못해도 의료진에게만큼은 힘겨움을 솔직히 털어놓았다. 아내가 불안에 떨며 잠을 제대로 자지 못한 바로 그날, 예정대로 이식이 진행됐다. 아내 몸으로 새로운 생명의 씨앗이 들어갔다. 혈액 이식은 헌혈을 하는 과정과 흡사했다. 아내는 누운 채로 타인의 혈액을 주입받았고 그 외에 별다른 과정은 없었다. 이식을 수술이라고 하지 않고 시술이라고 한 이유도 복잡하지 않은 과정 때문인 듯했다. 30분 내외면 모두 끝난다고 했다.

이제 새로 들어온 혈액이 빨리 아내 몸에서 제 기능을 찾기를 바랄 뿐이었다. 그때까지 아내의 면역력은 사실상 없어 세균이나 곰팡이균에 감염되면 무척 위험해진다. 이날부터 의료진과 가족들은 모두 한마음이었다. 빨리 이식된 혈액이 활동하기를 바라는 것. 병원이 할 수 있는 일은 아내 몸에서 감염이 나타날 때를 대비하고

31

감염이 되면 원인을 찾아 적절한 약을 투여하는 것뿐이었다. 이식받은 혈액이 활동하는 시기는 사람마다 달랐는데 그 시기는 오직 신만이 알고 있었다.

당시 경찰청은 내부 비리와의 전쟁이 한창이었다. 기자실에 놓인 업무보고서엔 음주운전을 비롯해 작은 법규라도 어긴 경찰이 발견될 때마다 신원이 공개됐다. 오전 10시. 기자실에서 들은 내용을 바탕으로 취재계획을 보고하고 경찰청 라인 후배들에게 취재지시를 내리면 오전에 잠깐 커피 한 잔할 여유가 생겼다. 경찰청 지하 쉼터로 향했다.

병원에 전화를 걸었다. 아내의 체력은 더 떨어졌다. 이식을 받은 날까지만 해도 단위당 1600개가 넘던 백혈구 수치는 10개로 내려가 있었다. 세균이나 바이러스가 들어왔을 때 최전방에서 싸워야 할 백혈구가 아예 없는 상황이었다. 병원은 이 상태가 2주 이상 지속될 거라 했다. 점심을 먹을 때도, 기사를 쓸 때도 병실에 누워 있는 아내 모습이 나타났다 사라졌다. 일에 집중을 할 수 없을 때마다 "걱정할 게 없다"던 담당의사의 말을 하루에도 몇 번씩 억지로 떠올려야만 했다.

저녁 면회시간에 맞춰 다시 아내가 있는 1195호실을 찾았다. 그 방은 병실이 아니라 아내에겐 생명줄이었다. 몸 안에 면역력이 전혀 없는 아내. 산부인과에서 태어난 아이에게도 백혈구는 단위당 1만 개 이상이라지만 아내에겐 세균과 싸울 수 있는 백혈구가 전혀 없다니. 엄마 자궁에 있는 태아는 엄마와 호흡하며 세균에 맞서 싸우지만, 아내는 작은 무균실 안에서 운명과 홀로 마주해야만 했다.

유리창 바로 앞에 아내가 누워 있었다. 불이 꺼져 있었다. 하루 종일 보고 싶어 헐레벌떡 면회시간에 맞춰 왔지만 아내는 여전히 눈을 감고 있었다. 손가락 사이에는 긴급 호출을 위한 줄이 걸려 있었다. 하지만 손가락 하나 움직이기에도 힘겨워 보였다. 체력이 떨어지면서 몸 곳곳에 염증이 생겨났다. 입이 많이 헐어 있었다. 진료기록지엔 삼킴통증odynophagia, 속쓰림epigastric soreness 그리고 두통까지 지속되고 있다고 적혀 있었다. 마른기침도 여전했다. 유리창 너머 아내에겐 호흡을 위한 힘이 전부인 것 같았다.

사랑하는 사람이 아프면 같이 아팠다. 미안한 생각이 자꾸 드는 건 대신 아프지 못한 현실 때문이었다. 그래서 바라볼 때마다 아내의 가쁜 숨 하나에 나의 미안함 하나가 스며나온다. 사람들은 '긴 병에 효자 없다'고 했지만, 그건 아픈 가족이 주위에 없는 보통 사람들이 지어낸 말일 것만 같았다. 사랑하는 사람이 아프면, 그 아픔만큼 사랑은 깊어만 갔다. 어떻게 재산을 불리고, 무엇을 배울 것이며, 어떻게 아이를 기를 것인지에 관한 고민은 멀리 있었다. 아픈 사람이 빨리 낫기를 기도하며 그 사람 곁을 지키는 것에만 집중했다. 그래서 아프면 함께 대화하는 시간도 길어진다. 그 대화는 혼자서 하는 것일 수도 있겠지만, 그럴 때라도 추억이 떠오르고 평소에 함께했던 일상들이 스쳐간다.

예전에 아내의 고운 머리카락은 단아한 분홍빛 한복과 무척 잘 어울렸다. 머리에 아무것도 바르지 않은 채 뒤로 넘기고 한 번 묶은 머리는 있는 그대로의 예쁜 머릿결을 드러내곤 했다. 이제 샴푸 향과 윤기가 가득했던 머리카락은 없었지만, 잠을 자고 있는 아내 얼굴은 여전히 예뻤다. 밀어버린 머리는 아내를 어른에서 아이 모습으로 바꿔놓았다. 아무것도 걸치지 않은 두상도 달걀처럼 동그랗고 사랑스러웠다. 그러고 보니 사랑은 겉모습에 있지 않았다. 사랑은 기억과 감정 안에 담기기 때문에 겉모습이 아닌 함께한 시간만이 사랑의 깊이를 알게 해주었다. 그래서 눈가에 생긴 잔주름은 기억과 사랑의 증거였다. 주름 하나에 기억 하나였고, 주름의 깊이만큼 사랑이 깊어져 있었다. 사랑하면 아파하는 모습까지도 사랑하게 된다. 이제는 같은 공간 안에 있는 것만으로도 행복했다.

아내는 입을 꾹 다문 채 남편에게 힘든 내색 한 번 하지 않았지만, 눈을 감은 얼굴에선 가녀린 호흡만이 움직임의 전부였다. 이식을 끝낸 뒤 줄곧 잠을 자는 아내를 어둠 속에서 머리부터 발끝까지 바라보며 빨리 회복되기만을 하루하루 기도했다.

며칠 뒤 아침, 속쓰림이 심해 마약성 진통제가 투여됐다. 아내는 억지로 음식을 입안에 집어넣었다. 미간을 살짝 찡그리며 음식을 쳐다본 뒤 입에 가져갔다. 음식을 향한 굳은 다짐을 담은 시선이었다. 빨리 입을 움직일 힘도 부족해 입안에 들어간 음식을 천천히 씹은 뒤 삼켰다. 계속 먹기 힘들어 한참을 쉬었다가 다시 음식을 쳐다본 뒤 입에 가져갔다. 그러다 순간 먹은 것이 입 밖으로 올라오면 옆에 놓인 통을 부여잡았다. 거친 숨을 몇 번 내쉰 아내는 침상에 그렇게 한참을 앉았다 다시 음식을 들었다. 우유를 비롯한 모든 음식이 멸균 처리돼 별다른 맛이 없을 것 같았는데, 아내는 힘없이 느리게 그 음식에 손을 뻗은 뒤 입에 넣고 천천히 꼭꼭 씹었다. 아내는 아마 아이와 새끼손가락을 걸었던 그 순간을 힘들 때마다 기억해냈을 테다. 살기 위해선 먹어야 하고, 먹어야지만 아이와 약속을 지킬 수 있다는 생각을 했을 테다. 로봇 장난감을 사가지고 되돌아가기 위해서라도 아내는 먹어야만 했다. 사랑은 나를 힘들게 하지만 그래도 힘든 내가 버틸 수 있는 이유는 내가 낳은 사랑이었다.

이따금 한밤중에 전화벨이 울렸다. 전화기를 들 힘도 없는 상태였지만 아내는 늦은 밤에 아이가 생각나면 전화를 걸었다. 집중을 해야 들릴 만큼 작은 목소리로 아내는 물었다.

"민호는?"

아이가 오늘 하루 어떻게 지냈고 밥은 잘 먹었는지, 잠은 잘 자고 있는지를 확인했다. 아내는 몸이 아플수록 아이 생각이 더 간절했다. 누군가 이름을 부른다는 건 그리움 때문이었다. 길게 말을 하기도 힘겨운 아내는 그 그리운 이름을 새벽에 전화를 걸어 겨우 불렀다.

"민호는 뭐 해?"

아내의 짧은 질문을 들으면, 아이의 일과에 대해 늦은 밤에도 길게 들려주었다. 유치원에서 무슨 활동을 했고, 돌아와 어떻게 놀았는지, 아이의 말과 몸짓 하나까지 기억에서 꺼내어 말했다. 그러면 아내는 "어" 한 마디를 얇게 내뱉고 전화를 끊었다. 보고 싶은 아이 얼굴을 보지 못하고, 듣고 싶은 아이 목소리도 아주 가끔 들을 수밖에 없지만, 아이의 하루 일과를 듣는 것만으로도 아내는 아이를 만나는 듯했다.

그래도 전화가 온다는 건 손가락으로 전화기 숫자판을 누를 만큼의 힘이 있다는 의미였다. 잠을 깨는 새벽녘 전화벨은 그래서 반가웠다. 그렇게나마 들을 수 있는 목소리가 고마웠다. 새벽에 들리는 희미한 안개 같은 그 목소리는, 가문 날 풀잎에 맺힌 한 방울 이슬 같은 희망이었다.

아이를 향한 사랑이 조금씩 아내를 일으켜 세웠다. 혈액 안 모든 수치가 떨어지면 피로감이 몰려드는데, 아이 얘기를 해주면 아내의 몸에 생기가 스며들었다. 엄마는 강했다. 뱉어내면서도 고집스럽게 음식을 먹던 아내에게 기력이 돌아오고 있었다. 면회시간이면 대부분 불을 끈 채로 잠만 자고 있던 아내, 어쩌다 깨어 있더라도 눈을 마주치지 못한 채 고개를 숙였던 아내, 말을 할 힘도 없어 작은 숨소리만 들려주던 그 아내의 체력이 일어섰다.

고개조차 들기 힘들었던 아내가 침상에 등을 기댄 채 꼿꼿하게 앉아 있었다. 창밖에 있는 남편의 눈을 힘주며 바라보고 있었다. 아내의 까만 눈망울이 보였다. 맑고 영롱한 눈빛이 돌아왔다. 초점을 잃은 눈에 익숙했던 나는 아내의 눈망울을 한동안 멍하니 쳐다보았다. 입술은 다소 힘겨운 숨을 내쉬는 모양이었지만, 눈빛만큼은 삶의 의지를 가득 담고 있었다. 강한 자신을 보라는 듯. 창밖에서 아내를 바라보는 내 눈동자도 내 호흡도 그 순간 멈췄다. 보고 싶던 아내와 눈을 마주치는 순간, 아내를 불렀다.

"여보."

아내 얼굴엔 미소는 없었지만 목소리도 생기를 되찾았다.

"이제 많이 괜찮아."

한참 만에 듣는 또렷한 목소리였다. 수화기를 든 손에서도 떨림은 없었다. 이야기를 하고 싶은 사람과 눈을 마주한다는 게 얼마나 큰 축복인지 알기까지 37년이란 세월이 필요했다. 키케로는 살아 있는 한 희망은 있다고 했지만, 희망이 없어도 살아 있기만 하면 그것으로도 충분한 행복이었다.

면회를 마치면 경찰청에 들어갈 시간이 없어 삼성서울병원 기자실에서 하루를 정리하고 다음날 기사계획을 검토했다. 봄이 성큼 다가온다는 건 병원을 나서며 맞는 밤공기를 통해서만 알 수 있었다. 낮에는 일과 면회 사이에서 짙게 변한 나뭇잎조차 잠깐 쳐다볼 몸과 마음의 여유가 없었다.

집으로 돌아오면 아이는 항상 안방에서 잠을 자고 있었다. 새근거리는 아이의 숨소리를 듣고 감은 눈을 한참 바라보곤 했다. 그러다 문득 아내 생각이 들면 혼자만 아이를 바라보는 게 미안했다. 새벽에 출근해 밤늦게 돌아오기 때문에 육아는 전적으로 장인어른과 장모님에게 맡길 수밖에 없었지만, 사랑하는 아이를 만날 수 있는 순간이 얼마만큼 행복한 것인지를 아내를 통해 매일 느낄 수 있었다.

집에 돌아오면 장인어른과 장모님은 하루 동안 아이와 어떤 시간을 보냈는지 자세히 들려주었고, 두 분은 면회를 한 사위에게서 딸의 상황을 전해 들었다. 아이는 엄마를 찾지 않고 평소와 다름없이 즐겁게 생활한다고 했다.

나는 한사코 면회를 가겠다는 두 분을 매번 붙들었다. 아내가 난소에 혹이 생겨 절제수술을 했을 때에도 병원 복도 끝에서 혼자서 눈물을 닦던 장인어른의 모습이 생각나, 지금 아내 모습을 보면 두 분이 감당할 수 없는 슬픔을 만날 것 같았다.

"어린이날이면 올 텐데요. 조금만 기다리십시오."

가끔 현관에 들어섰을 때 불이 꺼져 있으면 집이 좁아 마룻바닥에서 주무시는 장인어른과 장모님 모습에서 하루의 고단함이 전해졌다. 평소에 성당이나 교회를 다니지 않던 장모님의 머리맡에는 십자가가 놓여 있었다.

5

하루만 더

이식을 받은 지 일주일 만에 아내가 회복세로 돌아섰다. 진료기록지에서도 아내 컨디션이 전반적으로 양호하며 혼자서 개인위생까지 처리하고 있다고 적혀 있었다. 오심은 있었지만 식도까지 퍼진 구내염도 거의 사라졌다. 오후엔 비스킷에 멸균된 커피까지 먹었다. 아내가 음식을 먹을 때면, 갓난아이가 눈을 감은 채 우유를 먹는 모습처럼 대견했다. 회진을 돌던 담당의사에게서 빠른 회복에 놀랐다는 말을 전해 들었다. 무균실에서 일반 병실로 옮기는 이야기까지 의료진 사이에서 오갔다. 아내의 병실 안만큼 어둡던 시간이 거의 끝나가고 있었다. 이식을 받고 난 후 70일 같던 일주일이 지나고, 앞으로 시계는 아내가 건강을 되찾기 위한 시간만 남겨놓은 듯했다. 아내는 남편과 같이 있고 싶다고 의료진에게 요청했다. 의료진은 이례적으로 허락해주었다.

복도에서 나와 아내 병실인 무균실로 향했다. 의료진만이 출입

할 수 있는 두꺼운 문이 열렸다. 손도 다시 소독하고 마스크를 비롯한 복장도 재점검했다. 세상에서 가장 안전한 지역으로 들어간 날이었다. 항상 유리창을 앞에 두고 전화로만 대화를 했던 아내를 입원 이후에 처음 직접 마주하게 되었다.

"김은지 보호자입니다."

아내를 보호할 능력도 없는 사람이 보호자라고 신분을 밝힌 뒤, 의료진 한 명을 따라 들어갔다. 청정지역인 그곳에서도 아내 병실로 들어가기 위해선 또 하나의 문을 지나야 했다. 이제 유리창도 부부를 막아서지 못하고 전화를 통해서 아내 목소리를 듣지 않아도 되었다. 격리된 면회실이 아닌 병실 안으로 들어가 아내를 처음 만났다. 입원 17일째. 아무런 방해물 없이 아내가 바로 앞에 앉아 있었다. 어둠 속에서 잠만 잤던 아내. 어쩌다 눈을 뜨고 있더라도 하늘만 멍하니 쳐다보거나 초점 없는 눈으로 고개를 들지 못했던 아내. 보름 넘게 개인 병실에 혼자 누워 있던 그 아내가 스스로 나와 병실 입구 앞에 앉아 있었다. 마른 두 손으로 의자를 잡은 채 겨우 허리를 펴고 있는 모습이었다.

"걷고 싶어."

"그냥 이렇게 앉아 있어."

마주보고 있는 것만으로도 충분히 행복했다.

"걸을래. 처음으로 병실에서 나왔단 말이야."

아내 손을 잡았다. 차가웠다. 그래도 좋았다. 추운 겨울에 눈을 맞은 앙상한 나뭇가지 같은 손이었지만 그토록 잡고 싶은 손이었다. 그저 눈을 마주하고 손을 잡을 수 있다는 건 평소에 깨닫지 못한 큰 행복이었다. 깨끗하게 소독을 했어도 혹시 세균을 옮길까 걱정했지만 아내는 내 손을 꼭 잡은 채 걸음을 서서히 옮겼다. 아내는 땅에 붙어버린 발을 끌며 조금씩 걸었다.

코를 통해 시큼한 약품 냄새가 몸 안으로 퍼졌다. 그 약품 냄새마저 좋았다. 차가운 손끝으로 상대의 체온을 느낄 수 있다는 것만으로도 신이 허락한 축복이었다. 손바닥을 맞대는 것만으로도 이토록 행복한 전율을 느낀다는 사실을 알았더라면, 아내를 일상에서 더 자주 그리고 더 꼭 안아줬을 텐데. 10미터 정도 걸은 뒤 의료진이 시야에서 벗어난 의자에 함께 앉았다.

"민호는 잘 지내?"

첫 질문은 역시 아이였다. 아이 건강이나 유치원 생활을 궁금해했다. 반면에 남편은 아내 치료 과정과 남은 일정을 상세히 들려주었다. 내 관심은 아내 건강에 있었고, 아내 관심은 아이에게 있었다. 곧 회복할 것이란 상상을 하며 '사랑한다'는 말을 뒤로 미루었다. 아내를 더 어루만지고 싶었지만 그럴 수가 없었다. 그토록 기다리던 시간은 10분 남짓 몇 마디 대화만 오고 간 채 그렇게 끝이 났다. 혹시 모를 감염에 대한 위험 때문에 그녀를 안아보는 것은 다음으로 기약했다. 내 몸에 붙어 있는 작은 세균이라도 아내에게 옮기면 치명적일 수 있으니까. 겉모습은 기력을 회복한 것처럼 보였지만 아내 몸 안 백혈구를 비롯한 혈액의 주요 수치는 아직 '0'에 가까웠다. 여전히 세균이나 곰팡이균 감염은 아내에겐 무척 위험한 상황이었다.

아내에게 가장 큰 진통제는 바로 아이와 함께한 기억이었을 테다. 쉰 시간이 넘는 진통 끝에 만난 아이, 목숨을 걸고 낳은 아이가 품에 안기는 순간 아이를 바라보며 흘린 눈물은 산통을 겪은 엄마만이 흘릴 수 있는 눈물이었다. 나오지 않는 젖을 쥐어짜면서 잠 설치던 밤과, 눈을 감고 잠을 자는 아이 볼에 코를 대고 맡았던 아기의 향기를 기억하며 하루하루를 버티었을 테다. 아이가 처음으로 몸을 뒤집는 순간, 돌잔치에서 아이가 마이크를 잡았던 순간, 그리고 어린이집 학예회 마지막 공연 때 "엄마 아빠 사랑해요"를 외치는 순간을 긴 어둠 속에서 아내는 억지라도 되새겼을 것만 같았다. 세상에서 소중한 사람은 내게 가장 행복한 기억을 가져다 준 사람이었다. 세상에서 가장 소중했던 사람, 그리고 온전한 행복. 바로 그 아이는 아내에게도 그리고 나에게도 살아야 할 이유였다. 다시 아내를 집에서 안아볼 날도, 아내가 아이를 만날 날도 그리 멀지 않을 것이란 상상을 하며 그날 밤은 모처럼 편하게 잠을 잤다.

다음날 아침도 똑같은 일상이었다. 역시 새벽뉴스를 체크하고 서울경찰청 라인 후배들의 보고를 받은 뒤 취재계획안을 종합해 바로 위 선배에게 보고하면 시계는 오전 9시 반 전후를 가리키고 있었다. 잠시 한숨을 돌릴 시간, 매일의 일과처럼 경찰청 지하 쉼터를 찾아 병원에 전화를 걸었다.

"바쁘신데 죄송한데요, 1195호실 김은지 환자 보호자입니다. 오늘 백혈구와 호중구 수치는 좀 올랐나요?"

백혈구 수치가 오른다는 건 혈액이 제 기능을 찾아가고 있음을 보여주는 신호였고, 또한 치명적인 감염에 대해 스스로 방어할 수 있는 힘을 갖춘다는 의미이기도 했다.

오전 시간 의료진은 당직자와 근무를 교대하고 관련 업무를 인수인계하기 때문에 바쁘다고 했다. 아침마다 전화를 하는 통에 의료진이나 나나 서로 목소리가 익숙했다. 그래서 물어보는 질문에 대해선 하루도 빠짐없이 친절하게 답해주었다. 간호사들은 아직 혈액 안 주요세포들이 생성되지 않고 있다며 안타까워했다. 녹음기처럼 비슷한 질문을 하고 비슷한 대답을 들으면서 그렇게 몇 주가 지나갔다. 아내는 반짝 기력을 회복한 뒤에, 다시 어두운 병실 안으로 들어갔다. 아내를 직접 만난 날, '일시적으로 기력이 회복되는 현상'일 수도 있다는 의료진의 말대로 아내는 눈을 감고 잠을 자는 시간으로 되돌아갔다. 나는 다시 쇠약해진 아내를 보며 답답한 하루하루를 보내야만 했다.

그래도 아침이면 정해진 시간에 병원에 전화를 걸었다. 수치가 올랐는지를 질문하고 나서 의료진의 말을 듣기까지 몇 초가 항상 흘렀다. 그 짧은 시간, 기대하는 답변을 빨리 듣기 위해 매일 가슴이 뛰었다. 그러던 어느 날 기다리던 소식이 들려왔다.

"호중구는 370개, 백혈구도 어제보다 두 배 많은 450개가 나왔어요."

어제 백혈구 가운데 가장 중요한 세포인 호중구가 0개에서 130개로 늘었다는 소식을 듣고도 가슴을 졸인 건 그러다가 다시 그 수가 줄어드는 경우가 반복되었기 때문이다. 그런데 어제에 이어 오늘은 그 수가 하루 만에 400개 가까이 늘어났다. 아예 없던 백혈구도 어제 220개에서 오늘은 두 배 가까이 늘었다. 혈액이 이틀 연이어 왕성하게 나온 건 이날이 처음이었다. 간호사도 기뻐했다. 그러면서 어제에 이어 이틀 연속 혈액의 주요 수치가 올랐기 때문에 내일까지 그 추세가 이어질 것이라고 전했다.

"이틀 연속 혈액 세포가 생성되면 3일째에는 혈액이 한꺼번에 만들어질 거예요. 아마 내일이면 호중구가 1000개도 넘을 것 같아요."

잠시 말을 잊었다. 기쁨이 넘치면 가슴은 머리를 멈추게 한다. 면역 주요세포 호중구 1000. 영유아에 비해 10분의 1도 안 되는 적은 양이지만, 그 수는 아내가 스스로 감염에 저항할 수 있는 기준이며 퇴원시점을 고민할 수 있는 조건이기도 했다. 하루만 더 기다리면 아내는 무균실을 벗어날 수 있는 면역체계를 갖게 된다는 말이었다.

신에게 감사했다. 긴 5주의 시간, 병원이 예상했던 기간이 끝나가는 시점에 아내의 실낱같은 생명의 초는 불을 밝히기 시작했다. 단 하루만 남겨놓았다. 아내 혈액 안에 있는 호중구가 1000개가 되어 고비를 넘겼다는, 내일이면 들려올 의료진의 축하인사가 벌써부터 귓가를 울렸다.

혼자만 가슴앓이했던 지난 시간을 모두 머릿속에서 지운 채, 걱정으로 하루하루를 보내시는 부모님에게 회복 소식을 전했다. 이젠 걱정할 게 없으니 안심하시라는 말과 함께 이제 곧 퇴원도 할 수 있을 것이라고도 덧붙였다. 특히 아이를 돌보기 위해 집에 머무르던 장모님은 몇 번이고 "하느님 감사합니다"란 말과 함께 울음을 삼켰다. 그 울음은 크지는 않았지만 아픈 딸을 가슴에 안고 사는 한 어머니의 지난한 시간이 느껴졌다.

이날 면회시간에 아내에게 기쁜 소식을 알렸다.

"여보, 하루만 더 기다리면 돼. 이제 다 끝났어. 내일이면 면역기능이 어느 수준 이상으로 돌아온대. 고생했어, 여보."

지난 2009년부터 매달 병원을 찾았던 아내가 운명을 바꿀 날은 이제 그토록 기다렸던 단 하루만을 남겨놓고 있었다. 이식 22일째, 입원한 지 한 달을 맞은 아내는 그렇게 새로운 몸으로 다시 태어나고 있었다.

나는 아내가 힘들어하는 동안의 아픈 기억을 잊지 않겠다고 다짐했다. 시간이 지나면 아내를 바라보며 느꼈던 애틋한 감정을 잊을 것 같아서였다. 그래서 틈틈이 메모했다.

이날은 아내가 아이를 만나 로봇 선물을 주는 상상을 했다. 엄마의 머리를 아이가 보고 뭐라 할까 하는 걱정도 아내는 앞서 했을 게다. 죽음의 문턱 앞에서 삶으로 되돌아온 뒤, 아내는 어떤 삶을 보낼까에 대한 고민도 했을 테다. 미래가 어떻게 다가온들 내겐 중요하지 않았다. 사랑하는 아내와 함께 호흡하며 같은 하늘 아래에서 같은 방향을 보는 것만으로도 충분하니까.

하루. 수년 동안 기다렸던 단 하루. 아내가 새롭게 태어날 시간은 이제 단 하루만 남겨두고 있었다.

6

또다시 기다림

생명의 온기를 가득 품은 여명이 찾아왔다. 끝이 보이지 않았던 시간의 터널에 밝은 해가 떠올랐다. 기다렸던 그날이었다. 아침 출근길, 경찰청을 향하는 버스 안에서 '아내분 면역력이 회복되었어요. 남편분 축하 드려요'라는 의료진의 목소리가 벌써부터 들려오는 듯했다.

병원에 전화를 하고 싶어 안달이었지만, 아침엔 항상 처리해야 할 업무가 쌓여 있었다. 당시 서울 시내 한 화재 사건과 관련해 경찰 후속 조치가 부적절했다는 의혹 보도를 연이어 냈는데 해당 경찰서가 크게 반발하고 나섰다. 기자실에서 고성이 오갈 정도로 해당 경찰서장과도 날선 신경전이 일주일째 이어졌다. 보도를 했던 후배로부터 해당 경찰서에서 당시 사건 기록 일체를 유가족들에게 공개하고 해명할 것이라는 보고를 받았다. 후속 취재를 준비하라는 말과 함께 후배들이 전해준 보고를 종합해 데스크에 전했다.

보고를 마치고 오전 중 잠깐 허락된 시간, 다시 경찰청 지하 쉼터로 향했다. 24시간을 기다리며 꾹 참았던 질문을 했다.

"김은지 환자, 호중구 수치가 어떻게 나왔나요?"

어제처럼 밝은 목소리가 이어지기를 기다렸다. 그래도 혹시나 하는 생각에 긴장은 여전했다. 몇 초 동안 가슴은 빠르게 뛰고 있었다. 간호사 목소리가 들렸다.

"수치가 조금 떨어졌네요. 어제 370이었는데 오늘은 240이에요."

기다리던 대답이 아니었다. 240. 1240이 아니라 240이라 했다. 오늘은 1000을 넘을 것이라고 예상을 했는데, 아내의 면역력은 다소 주춤거렸다. 병원에서는 길어도 5주면 면역력이 회복될 것이라고 했지만, 처음과 비교해 조금 올랐을 뿐이었다. 아이와 약속한 어린이날은 이제 열흘 앞으로 다가왔다. 아내의 면역력에서 가장 중요한 수치는 사흘째 계속 오름세를 타다가 가장 결정적인 이날 처음으로 꺾였다. 가파르게 오르던 수치가 예상과 다르게 줄었다는 건, 아내 몸 안에서 예측하지 못한 어떤 일이 발생했음을 의미했다. 이식받은 혈액의 기능이 아내의 몸 안에서 회복하는 그 중요한 시기에, 바로 정체 모를 세균이 활동을 시작한 것이다. 백혈구가 몸에서 퍼지는 세균과 싸우느라 그 수가 급격히 떨어졌다.

아내에게 필요한 시간도 하루였고, 환희가 절망으로 바뀐 시간도 하루였다. 그토록 매달린 하루. 로봇을 사기 위해 필요했던 하루. 어린이날에 웃는 얼굴로 다시 가족들을 만나기 위해선 어젯밤을 무사히 넘겨야만 했다. 이 하루만 넘기면, 지난 3년간 매달 병원을 다녀야 했던 괴로움도 단 하루만 지나면, 번거로운 과거였노라고 웃어넘길 수 있었다. 아이와 놀이터에서 마음껏 뛰놀고, 캠핑 장비를 싣고 야외로 나가 풀밭에 누워 별을 바라볼 수 있는 날도 단 '하루'만 남겨놓고 있었다. 무균실에서 혼자 외롭게 아이만을 생각하며 싸운 시간도 이 하루만을 위한 것이었다. 몸 안에서 정체를 파악할 수 없는 세균이 조금만 늦게 활동을 했더라도 아내는 스스로 그 세균과 맞서 싸울 수 있었을 텐데, 절실했던 그 하루에 세균이 앞서 움직였다.

전날 느낀 환희의 크기만큼 비통함이 몰려왔다. 기쁨은 고통과 닮은꼴이었다. 아프게 다가온 감정은 가슴을 조금씩 찢어놓았다. 이틀이란 시간에서 배운 큰 교훈은 내게 다가온 기쁨 뒤에는 언젠가 똑같은 크기의 슬픔이 다가온다는 사실이었다. 밝은 햇빛 아래 그늘의 어두움이 짙은 것처럼.

헤아릴 수 없는 아내 마음을 헤아려보았다. 공감을 하려고 아내를 바라보면 바라볼수록 견디기 힘든 아픔이 찾아왔는데 그럴 때마다 아내와 함께했던 추억이 떠올랐고, 그 사람과 함께할 미래를 상상하며 스스로를 다독였다. 그래도 느낄 수 있다는 건 살아 있다는 의미였다. 다시 하루를 더 기다려야 했다.

그러나 다음날 아내 면역 수치는 더 내려갔다. 면역 수치가 떨어졌다는 건 반대로 세균 활동이 더 활발해졌음을 뜻했다. 면역력은 상향세에서 이제는 정체도 아닌 하향세로 바뀌었다. 이례적으로 병동주치의가 보호자와 면담을 요청했다. 두 장의 엑스레이 사진이 걸렸다. 주치의가 최근에 찍은 엑스레이라며 한쪽 사진을 가리켰다.

"단 며칠 만에 폐 사진이 이렇게 변했어요."

아내의 폐 사진은 오른쪽과 왼쪽이 확연히 달랐다. 검어야 건강한 상태라고 했는데, 아내 오른쪽 폐는 안개가 낀 듯 뿌옇게 번져 있었다. 이 하얀색은 원인 불명의 세균이나 곰팡이균이 퍼졌기 때문이라고 주치의가 설명했다. 하지만 그 말이 정확하게 의미하는 게 무엇인지는 여전히 알 수 없었다.

"이렇게 빨리 균이 확산돼 의료진 모두가 놀랐어요."

의료진이 놀랐다는 말에 모든 감각이 멈추었다. 무척 위험하다는 소리로 들렸다. 아내를 오랜 시간 동안 돌보며 이식을 총괄한 담당의사와 면담을 요청했다. 진료시간이라 즉시 만날 수는 없었지만, 최대한 빨리 면담을 할 것이란 말을 간호사를 통해 들었다. 담당의사는 면담을 요청받은 날 오후, 11층 이식병동을 찾았다. 담당의사의 담담한 표정에 일단 안심을 했다. 그리고 빠른 속도로 확산된 균을 '확률적으로' 잡기 위한 처치가 이어질 것이란 설명이 이어졌다. 그리고 안심하라는 말에 떨리는 마음은 그제야 가라앉았다.

의료진과 대화를 마친 뒤 면회시간에 맞추어 무균실로 향했다. 아내의 방 안은 이날도 어두웠다. 복도에 켜진 불빛이 아내를 희미하게 비추고 있었다. 잠을 깨우기가 미안해 유리창 밖에서 물끄러미 보고 있는데, 순간 아내가 눈을 뜨더니 창가를 쳐다보았다. 목만 움직이는 데에도 온 힘을 주었다. 팔을 천천히 천천히 올렸다. 손가락에 손이 끌려다니고, 손에 팔이 끌려다니는 모습이었다. 힘이 들면 그냥 누워 있어도 좋으련만 아내는 가까스로 수화기를 잡고 머리에 가져다 댔다. 그러고는 고개를 조금씩 돌리더니 창밖을 향했다.

'그냥 푹 잠을 자지, 왜 수화기를 잡으려고 할까.'

나는 손을 저으며 수화기를 잡지 말라고 했다. 아내의 눈은 절반만 떠 있었다. 무척 무거운 눈꺼풀이 눈 위에 놓인 것 같았다. 아래 눈동자도 힘겨워 보였다. 온 힘을 쏟아내 부여잡은 수화기를 통해 아내가 입을 서서히 열었다.

"오빠, 고마워."

아내는 이 한 마디를 겨우 내뱉고 수화기를 자기 머리 옆에 놓은 뒤 다시 눈을 감았다. 아내는 입이 아닌 가슴으로 말을 했다. 겨우 숨을 쉬며 내는 가냘픈 목소리. 단 한 마디를 온몸을 떨며 들려주었다. 고맙다는 그 말.

눈을 감은 아내를 유리창 너머로 바라보았다. 아내에게 고맙다는 단 한 마디를 듣고선, 집으로 돌아오는 차 안에선 앞선 차들이 흐릿하게 번졌다. 아내 목소리가 자동차 안에서 계속 울리자 가슴속에서 퍼올려진 눈물이 한동안 그치지 않았다.

"여보, 미안해."

"여보, 미안해."

차 안은 큰 소리로 외쳐도 되는 유일한 공간이었다. 차 안에서 몇 번이고 아내에게 미안하다는 말을 되풀이했다. 대신 아파해줄 수 없어서 미안했다.

진심을 담은 말은 길이가 중요하지 않았다. 짧은 시 한 편이 가슴을 흔들어놓는 것처럼 사랑하는 사람에게 고마움과 사랑을 전하는 말은 짧아도 소중했다. 평생 가슴에 남을 것 같았다. 많은 말을 하지 않아도 느낄 수 있다면 그것으로 충분했다. 말을 걸어주는 것만으로도 고마운 일인데, 마음에 담아두었던 깊은 이야기를 전해주면 그 말은 듣는 이의 마음을 뚫고 지나간다. 아내의 표정과 목소리가 가슴 한가운데에 박혔다. 가슴에 박힌 말은 순간 마음을 몹시 아프게 했지만 그 아픔 덕분에 아내 목소리는 그때부터 귓가에 자주 맴돌았다. 아내가 가슴에서 길어올린 '고맙다'는 말은 아내의 기억이 지워지지 않는 한 가슴속에 박혀서 계속 울릴 듯했다.

7

아름다운 것

이제 싸움의 목표는 면역력 회복에서 해열로 바뀌었다. 아내에게
열이 난다는 건 몸 안에서 세균이 퍼지고 있음을 의미했다. 태아만
큼도 없는 아내의 면역력. 아내 스스로 면역력을 끌어올리거나, 의
료진이 원인을 찾아내 적확한 처치를 해야만 했다. 열이 내리지 않
으면 아무런 방어능력이 없는 아내는 무너질 수밖에 없었다. 하루
를 허락하지 않은 신이 원망스럽기까지 했다. 면역 수치가 일정 정
도만 올랐어도 혼자서 감염을 이겨낼 수 있었건만, 그 하루를 전후
로 해서 알 수 없는 세균이 퍼지면서 고열이 나기 시작했다. 열이
나는 동안 그 적은 수의 백혈구는 세균과 싸우며 사라졌으니 면역
수치는 제자리걸음이었다.

　이틀 뒤인 오후 2시 30분, 아내 몸은 거세게 타올랐다. 체온은
39.6도까지 치솟았다. 심장박동수가 정상수치를 넘었다. 아이만
생각하며 이를 악물었던 아내가 육체적으로 그리고 정신적으로

심하게 흔들렸다. 호흡은 더 가빠졌고 얼굴은 벌겋게 달아올랐다.

회사에 양해를 구하고 오후에 병실을 찾았다. 주로 오후 면회시간엔 처제가 아내를 지켰는데, 이날은 처제에게 사정이 생겨 면회시간을 서로 맞바꾸었다. 아내가 열과 싸우면서, 밝아야 할 병실에 어둠이 짙게 내려앉았다. 어둠은 면회가 불가능하고 아내가 힘들어하고 있음을 알리는 것이었다. 불 꺼진 병실엔 블라인드까지 내려와 잠을 자는 아내 모습을 도통 볼 수 없었다. 그래도 아내를 보고 싶어 블라인드 사이 벌어진 틈으로 눈을 가져다 댔다. 아내는 조금의 움직임도 없이 누워 있었다. 짧은 면회시간에 나누는 몇 마디가 무거운 마음을 다소 내려놓게 했는데, 가려진 블라인드를 보는 날이면 잠을 잘 때까지 마음속에도 두꺼운 장막이 드리워져 암흑으로 뒤덮였다.

그럼에도 희망을 단 한 번도 의심하진 않았다. 타인의 혈액을 받아들이는 과정이 쉽지 않을 것이란 생각에 아내의 힘든 모습은 산산이 부서지는 고통을 지나야만 완치될 수 있는 필연적 과제로 여겼다. 그렇게 생각하니 같은 공간에 있는 것만으로도 행복했다. 사랑하는 사람이 아프면 내가 무엇을 가졌는지, 아니면 어떤 직업을 가졌는지는 중요하지 않았다. 내가 누구와 함께 있는지만이 소중했다. 비록 아내 몸에 열이 나고 있었지만, 이식 환자에겐 열이 자주 발생한다는 말을 다시 떠올리며 가까운 거리에서 아내를 볼 수 있는 것만으로도 다행이라고 스스로를 위로했다. 걱정하지 말라는 담당의사의 목소리를 자주 떠올렸다. 햇살이 하얗게 쏟아지는

4월의 끝자락에도 아내 병실은 어두웠지만 희망만큼은 애써 지우지 않았다.

검은 병실을 등지고 건물 외벽 유리창 블라인드를 걷어올렸다. 항상 밤에만 면회를 와 병원 밖 풍경을 볼 기회가 없었는데, 낮에 본 병원 밖 풍경은 짙은 녹색을 가득 안았다. 3월 말에 입원을 할 때만 해도 건물 밖에서 걸으면 입가에 하얀 냉기가 구름처럼 퍼졌는데, 어느새 봄은 병원 앞까지 다가왔다. 초록을 입은 나무를 보니 아내도 생명 가득한 푸르름이 온몸에 스며들 날이 머지않았을 것 같았다. 바람과 함께 몸을 흔드는 나무는 조금만 더 기다리라고 손짓하며 봄을 알렸다. 나무가 내뿜는 초록색은 불안으로 흔들린 마음을 조용히 잡아주었다.

그때 등 뒤에서 소리가 들려왔다.

사르륵. 사르륵.

급히 뒤를 돌아보니 간호조무사가 블라인드를 조금씩 올렸다. 그 뒤로 아내 모습이 조금씩 나타났다. 발에서 허리, 허리에서 가슴, 가슴에서 얼굴까지. 아내가 나를 가까이서 보고 싶다는 말을 전해 듣고 소독 과정을 수차례 거친 뒤 서둘러 아내 옆으로 다가갔다. 아내는 말없이 앉아 있었다. 내게 인사도 없이 눈빛 한 번 마주치지 않은 채 창밖에 시선을 고정했다. 아내는 창 너머에 펼쳐진 나무들만을 조용히 바라보았다. 아내 표정은 움직임이 없었다. 얼굴은 그대로 멈췄고 눈동자도 멎었다. 옆에 있던 나는 잠시 투명인간이 된 느낌이었다. 그렇게 한동안 말이 없었다. 세상에 태어나

처음 눈을 뜬 사람처럼 창밖 풍경에 몰두한 아내가 서서히 입을 열었다. 오랫동안 말을 못한 탓인지 탁한 목소리로 천천히 느낌을 전했다.

"아······름······답······다."

경이로움을 봤을 때 사람의 표정이 어떤지를 나는 그날 알았다. 이제까지 경험하지 못한 아름다움을 마주하면 얼굴은 굳고 눈동자는 약하게 떨린다. 아내가 의식하지 못한 사이에 나온 '아름답다'란 짧은 말. 아내는 아름다움이 무엇인지를 온몸으로 알려주었다. 아내는 창밖의 초록 안에서, 서 있는 나무에서, 흔들리는 바람결에서 아름다움을 보았다. 아내의 탄성은 "여보, 아름다움은 가까이 있어"라고 속삭이는 말이기도 했다. 풀밭 위로 고개를 드러낸 새싹에게도, 하얀 옷을 뽐내며 봄소풍을 만끽하는 어린 벚꽃에도, 한 줌 먼지가 흩날리는 햇볕 안에도 아름다움은 곳곳에 배어 있었다. 아내 말대로 살아 있는 모든 건 아름다웠다.

그 이후론 나무를 볼 때마다 아내의 눈빛이 떠오른다. 평소에 잊고 지내던 나무 하나에 깊이 감탄하던 아내의 눈망울을 생각하면, 자연을 볼 수 있는 것만으로 그건 큰 축복이었다. 짙푸른 나무를 보면 아내가 마치 이렇게 말을 거는 것 같았다.

'오빠, 볼 수 있는 것만으로도 감사해.'

'살아 있는 건 아름다운 거야.'

'죽어가는 것들을 사랑해.'

예전엔 지난해 봄이나 올해 봄이나 별 차이 없이 그저 매년 되풀이되는 봄이었지만, 아내의 눈빛을 본 후로는 올해 핀 꽃은 다시는 볼 수 없는 꽃임을 알게 되었다. 올해 봄은 다시 오지 않을 봄이었고, 지금 이 순간 마주하는 꽃도 한 달 뒤면 이별을 할 수밖에 없는 꽃이었다.

8

그리운 이름들

사흘째 열이 39도를 웃돌았다. 아내는 숨을 가쁘게 내몰아쉬었다. 작은 상체가 부풀었다 줄었다를 빠르게 반복했다. 심장에도 무리가 오기 시작했다. 분당 100번을 넘지 않아야 할 맥박이 150번까지 올랐다. 아내의 면역력 회복은 어느덧 관심 밖으로 밀려났다. 열만 내리기를 밤새 기도하고 나서 오전 중 열감을 확인하기 위해 병원에 전화를 걸었다. 다음날 39.2도, 그다음날 39.5도. 기침도 집에서처럼 끊이질 않았다. 아내는 의료진에게 기침을 할 때 속이 울렁거리며 숨을 들이마실 때마다 따끔거리듯 아프다는 느낌을 지속적으로 전달했다.

오전 중 바쁜 업무로 병원에서 걸려온 전화를 받지 못했다는 사실을 안 건 처제 전화를 받고 나서였다.

"형부, 병원에서 보호자를 급히 찾는 전화가 왔어요."

처제 목소리도 떨렸고, 듣는 내 가슴도 차갑게 요동쳤다. 일 때문에 당장은 자리를 비울 수 없다는 사실을 전하자 처제가 먼저 아내에게 가기로 하고 전화를 끊었다. 면회시간까지 기다리지 못할 급한 일이 아내에게 발생했다는 생각에 온몸이 얼어붙었다. 다시 처제로부터 전화가 왔다. 다행히 병원에 올 필요가 없다는 것이었다. 갑자기 굳었던 몸이 서서히 풀렸다.

저녁 면회시간에 확인해보니, 아내는 순간 몹시 위급했다. 심장 박동이 치솟았고 호흡 수도 가파르게 상승했다. 아내는 쇼크 상태에 빠졌다가 의료진의 응급처치 이후 한 시간 만에 안정을 되찾았다고 한다.

그렇게 아내가 생사의 기로에 서 있을 때, 회사에선 인사발령이 났다. 경찰 정책부서인 경찰청에 출입하던 내가 이제 서울지방경찰청으로 자리를 옮기는 것이었다. 경찰 직제상으론 경찰청이 위에 있지만, 각 언론사에선 서울 시민들이 겪는 사건을 처리하는 서울지방경찰청에 더 큰 비중을 두었다. 여기에 출입하는 기자들은 자신 이름을 단 기사는 단 하나도 쓰지 않지만, 사회부 사건 사고 기사를 진두지휘했다. 그래서 경찰 간부도 출입기자를 '캡(캡틴 captain의 줄임말)'이라고 불렀고, 기자들끼리도 서로를 '캡'이라고 불렀다. 내가 서울지방경찰청에 출입하는 23개 언론사의 캡들 중 하나가 된 것이다. 우연과 운이 만나 모든 사회부 기자들이 꿈꾸던 자리에 앉았지만, 어깨 위엔 내려놓지 못한 아내의 병이란 짐에 회사일이란 짐까지 하나가 더 얹어졌다. 주변에서 축하하는 사람들의 목소리를 들을 때 오히려 씁쓸했다.

인사발령이 난 그날도 병원으로 향했다. 복도 끝에서 보니 아내 병실에 불이 켜져 있었다. 불이 켜져 있다는 건 아내가 잠을 자지 않고 깨어 있다는 뜻이었다. 백열등 아래에서 숨을 가쁘게 몰아쉬는 아내의 모습이 보였다. 아내는 오르내리는 열 속에서 하루하루를 해열제와 진통제로 버텨가고 있었다.

"나 '사건 캡' 발령 받았어."

누운 채 눈을 뜨고 있는 아내에게 전화로 인사 소식을 전했다. 아내는 기자 남편 때문에 언론사에서 '캡'의 의미를 누구보다 잘 알고 있었다. 아내는 천천히 반응했다.

"잘……됐……네……."

아내는 고개를 천천히 유리창 쪽으로 돌린 뒤 작은 목소리로 축하해주었다. 그러면서 아내는 병원에 있지 말고 어서 자리로 돌아가 업무에 충실할 것을 원했다.

"가……."

말 한 마디 하더니 손을 가까스로 들어 내저었다. 아내는 그토록 아픈 몸으로 남편의 앞날을 걱정했다. 이제와 생각해보면 나는 아내가 나를 원할 때마다 직장에 있었다. 회사에서 급한 일이 생기면 집은 안중에도 없었다. 천안함 사태 때는 5주간 평택2함대 인근에 머물며 단 하루도 집에서 자지 못했고, 명절 때면 가족들과 떨어져 남들보다 더 바쁜 하루를 보내야 했다. 아내가 잘됐다고 했지만, 내게는 잘 안 됐다고 들렸다. 나는 무엇을 위해, 그리고 누구를 위해 일을 하고 있는가를 이때부터 끊임없이 물어야 했다.

허약한 아내에게 환각이 찾아왔다. 아내 진료기록지에 'Delirium' 'hallucination'이란 의학용어가 적혀 있었다. 사전엔 '섬망'이라고 해석이 되어 있는데 일시적 인지혼란 상태를 의미한다고 가리켰다.

의료진은 아내가 새벽과 오전에 불안해하며 남편을 찾았다면서 다시 병실 안에 들어가 잠시나마 아내 곁을 가까이 지키도록 해주었다. 아내를 직접 보니 허약한 몸이 조금씩 무너지면서 결국 굳건했던 아내의 영혼이 세찬 바람에 나부끼는 민들레처럼 뒤흔들리는 게 느껴졌다.

"오빠, 이건 뭐야?"

"앞에 있던 빵은 어디로 갔어?"

아내는 곁에 있는 남편조차 잘 알아보지 못했다. 공간을 파악하는 능력과 시간과 날짜에 대한 기억도 정확하지 않았다. 초점을 잃은 아내 눈은 허공을 바라보며 특정한 사물들을 떠올렸다. 병실이 다른 공간으로 바뀌었다. 없었던 음식이 앞에 놓였다가도 사라졌다. 어느 날은 기차가 보이기도 했다. 아내는 무척 혼란스러웠다.

별안간 아내가 변한 모습에 덜컥 겁이 났다. 내가 알던 아내가 아니었다. 의료진에게 달려가 증상을 물었다. 혹시 계속된 고열에 뇌에 이상이라도 생긴 게 아닌지 불안했다.

"섬망 증상인데, 몸이 허약할 때에 나타나는 모습이에요. 컨디션을 되찾으면 섬망 증상도 함께 사라져요."

여러 사람에게 물어봐도 같은 대답이었다. 평소에 비슷한 경험을 자주 한 것처럼 대수롭지 않다는 듯한 목소리였다. 빨리 몸이 회복되기를 바랄 수밖에 없었다. 한 달이 넘게 음식물을 거의 섭취하지 못했으니 헛것이 보이는 건 어쩌면 당연한 현상일 것 같았다.

하늘에 반짝이는 별이 희망의 등불로 보이면 좋으련만, 아내는 별빛 없는 칠흑 공간을 혼자서 그렇게 걷고 있었다. 주위에서 이름을 불러보면 잠시 잃어버린 인지능력을 되찾았다. 정서적으로도 많이 불안해하는 것 같아 나는 이후에도 가끔 면회가 제한된 공간으로 들어갔다. 심리적 안정을 위해 바로 옆에 있었지만, 아내 눈은 나를 보지 못했다. 대화는 불가능했다. 눈을 뜰 힘도 없는 아내는 잠깐 일어나 환상을 말하고 다시 잠들었다.

아내는 미간을 찡그린 채 눈을 감고 잠이 들었다. 눈을 감은 아내 입에서 어느 순간 익숙한 이름이 들려왔다. 지금 아내가 있는 곳이 어디인지, 왜 이곳에 와 있는지에 대한 지각조차 없는 암흑 속에서 아내는 세 명의 이름을 불렀다. 그 이름들은 의도적으로 머리에서 부르는 이름이 아닌, 마음속 깊은 곳에 간직해두어 가슴으로 새어나오는 이름이었다.

"강민호."

"강남구."

"김은지."

눈을 뜨지 못한 아내는 떨리는 음성으로 아들 이름, 남편 이름, 자기 이름을 반복해서 불렀다. 그토록 보고 싶던 얼굴이었고, 호흡이 다하는 순간까지도 부르고 싶은 이름이었다.

"강민호."

"강남구."

"김은지."

아내는 세찬 바람에 흔들리는 희미한 의식 속에서도 이름을 부르고 또 불렀다. 누구에게도 알리기 위한 말도 아니었다. 그 이름은 아내가 아내를 향해 부르는 것이기도 했다. 가슴 깊은 곳에서 흘러나온 그리움은 그렇게 병실 안으로 퍼져갔다.

"강민호."

"강남구."

"김은지."

아내는 자신이 버텨야 할 이유를 그 이름들에서 찾고 있었다. 아내는 건강을 회복해서 그 이름을 자주 부르고 싶어했을 테다. 가슴 깊이 꼭꼭 담아둔 남편과 아이의 이름. 그리고 마지막으로 부른 자신의 이름은 그 앞에 있는 이름 때문에 스스로에게 힘을 내야 한다고 말하는 것 같았다. 은지야, 힘을 내야 한다고. 아들 민호와 남편 남구가 있으니, 은지는 무너지면 안 된다고. 아내는 스스로에게 주문을 외우는 듯했다.

자신까지 잃어버린 채 이런저런 목표를 향해 40년 가까이 시간을 지워온 남편은 그제야 깨달았다. 행복은 돈도 명예도 아닌, 일상 속에서 사랑하는 사람의 이름을 자주 말하는 것임을. 바쁜 일상 속에서 자주 아내를 부르지 못한 남편 앞에서, 아내는 혼자서 그렇게 가족의 이름을 부르고 불렀다.

9

어린이날

야속한 시간은 아내를 배려하지 않은 채 지금까지 그랬던 것처럼 똑같이 흘러갔다. 모두의 바람과 달리 아내는 아이에게 선물을 주기로 한 바로 그날도 병원에 머물렀다. 5월 5일. 민호는 어린이날에 로봇 장난감을 선물 받았지만, 엄마까지 선물로 받지는 못했다. 새끼손가락을 걸고 손바닥을 맞댄 엄마가 다시 무릎을 꿇고 자신에게 선물을 주기를 바랐겠지만, 민호 앞엔 장난감만 덩그러니 놓였다.

한 달이 넘는 시간 동안 엄마와 떨어진 민호는 로봇 장난감이 언제 오는지를 물어대더니 어느 순간부터 엄마가 언제 오느냐고 묻기 시작했다. 아이도 이상했을 테다. 휴대폰을 통해 짧게나마 아이에게 들려주었던 엄마 목소리가 끊겼다. 아내는 전화 걸 기력마저 잃은 채 아이 이름을 혼돈 속에서 겨우 부를 뿐이었다.

아이가 처음 유치원에 가던 날 추위 속에서도 귀가하기 수십 분

전에 정류장으로 달려가 발을 구르던 엄마였고, 힘든 몸이었음에도 아이가 품에 안기면 가냘픈 등 위에 아이를 업어주던 엄마였다. 아이는 항상 곁에 있어주던 엄마를 로봇 장난감보다 더 찾았지만 아이의 그리움까지 챙길 만한 관심의 여력은 주변 어른들에게 남아 있지 않았다. 아이가 엄마를 찾는 순간에도 어른들 마음은 아이가 아닌 온통 병원을 향해 있었다.

5월은 조용히 다가와 꽃향기를 퍼뜨리며 화사함을 뽐냈지만, 아내는 지난 삶 가운데 가장 어둡고 추운 시간을 혼자서 걸었다. 남편은 병원 기자실에 머물며 아내 가까이에 있었고, 아이 옆엔 외할아버지와 외할머니가 남아 살림을 맡고 있었다.

아이에게 장난감을 주기로 한 5월 5일, 이젠 해열제도 말을 듣지 않았다. 열이 나면 그나마 생성되는 면역세포도 열과 함께 사라지기 때문에 아내 면역력 회복을 기대하기 어려웠다.

"아니, 이렇게 큰 병원에서 무슨 열을 2주가 다 되도록 못 잡아요?"

병원 기자실에서 평소에 알고 지내던 병원 관계자에게 소리를 질렀다. 전문적인 대답을 해줄 수 있는 사람도 아니었지만, 답답한 마음을 괜한 사람 탓인 양 돌려세웠다. 면역력이 없어 아내 몸 안으로 하루에도 여러 통의 약물이 들어가는 것을 상상하니 억눌린 화가 치밀었다. 음식 섭취가 안 되는 상황에서 몸 안에서는 세균이 퍼지고, 밖에선 수많은 약이 들어오자 아내 몸도 서서히 무너져내리기 시작했다. 복부가 부풀어오르는 모습을 보면서 어쩌면 아내

를 다시 만나더라도 예전과 같은 모습이 아닐 수도 있을 거라는 생
각도 잠시 스쳤다.

"두 손으로 직접 운전해서 병원으로 들어온 사람이란 말이에
요."

매일 괜찮을 거라는 말을 전한 상대의 위로에도 감정이 뒤틀렸
다. 화풀이를 담담하게 들어준 그 병원 관계자는 나지막이 자신의
경험을 전했다. 열을 잡는 게 일반인들 생각보다 어렵다고 했다.
절망을 담은 그 말에 희망은 더 말라갔지만, 그의 말은 사실이었
다. 의사들은 인간의 신체에 대해 우리가 상상하는 것보다 훨씬 적
게 알고 있으며, 발열 원인을 찾지 못하는 경우도 흔하다 했다.

열이 오르면 아내는 더 가쁘게 숨을 내쉬었다. 아내는 해열제와
진통제로 기력이 잠시나마 조금 돌아오면 힘겨움을 호소했다. 진
료기록지에는 아내가 말한 진통 내용이 고스란히 기록돼 있었다.

"메슥거리는 건 비슷해요. 기침은 좀 심해진 것 같고, 들이마실 때마다
아픈 건 비슷해요."
"기침은 비슷비슷하고, 숨 들이마실 때 아픈 것도 여전해요. 숨 들이마
실 때 아픈 건 1년 전부터 증상이 있었어요."

5월에 들어서 하루도 빠짐없이 더 심해진 기침과 흉통을 의료진
에게 하소연했다. 열은 39도 안팎에서 떨어지지 않았다. 하루만 더
기다려보자는 의료진의 매일 반복되는 말에 아침저녁으로 아내의

면역 수치를 확인했다. 아침에 눈을 뜨며 밤새 힘들었을 아내 생각에 오전엔 전화 한 통에 매달렸고, 낮 시간 동안에라도 혈액이 정상을 찾기를 바라며 저녁엔 병원을 찾았다. 가방엔 면회를 하기 위해 사둔 위생 마스크를 몇 번이나 새것으로 갈아야 했다. 하루는 마치 일주일과 같았다.

아내가 무균실에서 혼자서 열과 씨름을 한 지 꼭 2주가 되던 날, 어린이날을 지나 어느덧 어버이날까지 아내는 병원에 혼자 남았다. 다른 가족들은 정겨운 시간을 기억 안에 담았지만, 아내의 가족은 애달픈 희망에 매달렸다. 비록 가족이 함께 모여 있지 못했던 5월이었지만, 그 어느 때보다 가족에 대한 소중함을 침묵 속에서 배웠다.

저녁 면회를 마치고 집에 들어오니 불은 꺼져 있었고, 장인어른과 장모님은 마루에서 얇은 이불 몇 겹을 바닥에 깔고 주무시고 계셨다. 건강한 모습으로 딸이 돌아올 것이란 병원의 말을 그대로 믿고 손자 보는 일로 하루가 저물면, 피곤은 그분들을 차가운 바닥 위로 눕혔다. 집 앞에서 마지막 남은 카네이션 바구니 두 개를 사들고 집에 들어오자 장인어른이 잠에서 깼다. 병원에서 신음하는 딸을 둔 부모에겐 어버이날이란 오히려 죄인처럼 느껴지는 날인 듯했다.

장인어른이 아내 상태를 물었다. 병원에서 들었던 이야기를 되풀이했다.

"면역력이 오를 때가 됐다고 하니까, 좀더 기다릴 수밖에요."

병원도, 남편도, 부모도, 그리고 아내의 아이도 모두 할 수 있는 일은 면역력이 회복되기를 기다리는 것 이외에는 아무것도 없었다. 고개를 끄덕이던 장인어른은 다시 차가운 마루에 누운 뒤 이불을 끌어안았다.

카네이션을 조용히 식탁 위에 놓았다. 그해 5월은 1년 중 가장 추운 계절이었다. 몰려오는 사건을 정리하고, 걸려오는 후배들의 전화를 받으면서 시간을 쪼개 아내 면회를 가야 했던 5월이었다. 집에 들어가서는 장인어른과 장모님을 안심시키고 병원에선 아내를 위로하면서도 기자 동료들에게는 힘들다는 내색도 할 수 없는 5월이었다. 힘들다고 말할 수 없는 것이 가장 힘들었던 5월.

그 힘겨움이 몰려들 때마다 아내가 퇴원을 하면 장기휴가를 내겠다고 다짐했다. 그토록 아내와 마주하고 싶던 시간을 단 하루라도 더 갖고 싶었다.

10

시간이 멈춘 곳

한 달 넘게 머무는 동안 적막했던 병실이 어수선해졌다.

"집중 관찰을 위해 중환자실로 이동할 거예요."

불안에 떠는 아내 때문에 환경을 바꾸지 않고 한 장소에 머물렀지만, 더 이상 시간을 늦출 수 없다고 했다. 미리 연락을 받고 가보니 이미 의료진 여럿이 아내를 둘러쌌다. 아내를 이동침상으로 옮기고 주변 물건을 정리했다.

"호흡이 가빠지고 있어요. 혼자서 호흡이 곤란한 상황이 오면 인공호흡기를 달아야 해요. 하지만 그 기기는 여기에 없고 중환자실에 있거든요."

가느다란 호스가 이미 4~5일 전부터 아내의 코 안에서 가쁜 호흡을 돕고 있었다. 중환자실이란 말을 듣는 순간 알 수 없는 공포감이 덮쳤다.

"위급한 상황인가요?"

의료진은 편안한 목소리로 상황을 설명했다.

"이식 환자들은 중환자실로 내려갔다가 다시 올라오곤 해요. 무균실과 달라지는 건 인공호흡에 대비를 할 수 있다는 것과 간호사 한 사람이 아내분을 전담해서 집중 관찰을 한다는 거예요."

아내가 최근에 한나절 정도 중환자실에 머물렀던 기억을 떠올리며 흔들리는 가슴을 부여잡았다. 이동하는 아내를 향해 "잘 치료받고 돌아오세요"라는 간호사의 말이 들려왔다. 이번에도 빨리 중환자실에서 호전돼 원래 장소로 돌아올 것을 불안 속에서도 의심하지는 않았다.

약통을 주렁주렁 매단 이동침상을 따라 걸음을 옮겼다. 민머리를 얇은 모자로 덮은 서른네 살 아내의 어린 얼굴이 아래로 보였다. 무균실을 벗어나면 수많은 세균에 노출될 것 같다는 두려움이 몰려왔다. 어디를 걷고 있는지 모른 채 아내 얼굴만 바라보며 따라 걸었다. 그리고 중환자실 안으로 들어가는 아내 침상에서 잡고 있던 손을 놓아야만 했다. 문 앞에 서 있던 안전요원이 보호자는 밖에서 기다려야 한다며 막아섰다. 중환자실 문은 혼자서 열 수 없을 정도로 두껍게 그리고 무겁게 다가오더니 눈앞에서 닫혔다. 닫힌 문을 사이에 두고 남편과 아내는 다시 헤어졌다.

중환자실도 하루에 단 한 차례만 면회가 허락됐다. 면회시간도 한 시간에서 30분으로 절반이나 줄었다. 응급실은 가끔 아내 때문에 또는 사건 때문에 취재차 방문했지만, 대학병원 중환자실 앞에서 시간을 보내는 건 처음이었다. 면회시간이 다가오자 중환자 가족들은 문 앞으로 모여들었다. 의자에 빈자리가 없으면 사람들은 일어서서 문 주변을 서성거렸다. 가족들은 말이 없었다. 표정은 어두웠다. 모두 중환자실 안에 누워 있을 환자들을 생각하고 있는 듯했다. 그러고 보면 중환자실 문은 삶과 죽음 사이에서 열리고 닫혔다. 환자 리스트를 보며 중환자 이름을 부르는 병원 관계자 소리가 들려왔다.

"○○○ 환자 보호자분?"

"×××× 환자 보호자분?"

보호자들의 침묵이 무거웠기 때문인지, 이름을 부르는 병원 관계자 표정도 굳어 있었다. 적막을 깨며 들리는 환자 이름에 보호자들은 손을 들거나 큰 소리로 대답을 했다. 그러고 나면 굳게 닫힌 문이 열렸다. 삶과 죽음의 경계는 가까이 있었다. 스스로 호흡하지 못해 차가운 기계의 힘을 빌려 숨 쉬는 생명들. 섬망이 심하면 공간 인지능력이 떨어져 병원 침상을 벗어날 위험이 높아 손과 발을 묶어놓은 환자들도 눈에 띄었다. 호흡기를 떼면 땅 위에 겨우 붙은 삶도 끝나기 때문이었다. 아내처럼 중환자실에 누워 있는 사람 옆은 심장박동과 호흡 그리고 혈압을 재는 기구가 지켰다. 대부분 눈을 감은 채 힘들게 숨을 쉬거나 잠을 자고 있었다. 공포가 조금씩 다시 밀려들어왔다. 맥박이나 호흡, 혈압이 정상 수준을 벗어나면 여기저기서 어김없이 경고음이 울어댔다.

아내는 그 가운데에서도 격리된 방 안에 누워 있었다. 중환자실 안에 무균실은 단 두 개가 전부였다. 중환자실에서도 대답은 같았다. 아내 생명이 위급해서가 아니라 좀더 자세한 관찰과 위급한 상황에 미리 대비하기 위함이라고 했다. 아내가 이식 과정에서 숨질 가능성은 그전에도 그 누구로부터도 들은 적이 없었다는 사실을 기억했다. 환자 상태와 달리 중환자실에서 근무하는 의료진의 표정은 요란한 경고음과 정반대로 편안했다. 중환자실에서 살아 있는 표정을 지닌 사람들은 사실 의료진뿐이었다. 그들이 어떤 표정을 짓든 살아 있는 것만으로도 밝게 느껴졌다.

가장 쾌적하고 가장 많은 장비를 보유한, 그것도 아내만을 위한 무균실에서 전담 간호사 한 명이 곁을 지켰다. 중환자실이 오히려 아내에겐 더 안전할 것 같다는 생각에 불안은 안도감으로 바뀌었다. 하지만 아내는 달랐다.

"아내분께서 많이 불안해하세요."

강했던 아내는 예상보다 길어진 입원 기간 때문인지, 오르지 않은 면역력 때문인지 평온을 유지하지 못했다. 간호사 말을 듣고 아내 곁으로 다가갔다. 아내는 여전히 가쁜 숨을 내쉬며 눈을 감고 있었다. 아내와 마주보지 않고 아내 눈높이에 맞춰 아내와 얼굴을 나란히 했다. 그리고 고개를 돌려 유리 밖을 보았다. 아내가 보고 있을 유리 밖 풍경. 일반병실에서 중환자실에 오면 환자들의 모습을 보며 불안을 느낀다는 말이 생각나 아내가 어떤 환자를 보고 있을지 걱정이 앞섰다. 다행히 공포스런 모습을 한 환자들은 아내 시야에 들어와 있지 않았다. 잠을 자고 일어나도 중환자실의 무균실에선 아내가 볼 풍경은 하얀 천장이 대부분이었고, 단 한 명의 환자가 눈에 들어왔는데 다행히 편하게 잠을 자고 있었다.

시간이 멈춘 곳. 푸른 숲 대신 기계들이 나뭇가지처럼 매달린 곳. 지속적으로 여기저기서 울리는 경고음은 아이들이 뛰노는 소리가 가득 찬 놀이터가 얼마만큼 아름다운 장소인가를 알려주었다. 온기를 품은 붉은빛 얼굴 대신 환자들의 하얀 얼굴이 눈을 감고 있던, 때로는 반응 없이 천장만을 바라보던 곳. 흙 냄새 대신 시큰한 약 냄새가 퍼져 있는 곳. 나도 이다음에 언젠가 반드시 와야 하지만 머릿속에서 애써 지워가며 운명을 부정했던 장소를, 아내 덕분에 미리 보았다.

단 하루, 단 한 순간을 단 한 번이라도 더 보고 더 듣기 위해 사람들이 거친 숨을 내쉬는 곳에서 아내는 다시 홀로 유리벽에 갇힌 채 작은 숨을 올렸다 내려놓기를 반복했다. 눈을 뜰 힘이 있다면 그 힘마저 숨을 쉬는 데 쏟아부어야 할 것만 같았다.

11

기도

딸이 중환자실로 옮겨졌다는 소식을 들은 뒤 장인어른과 장모님은 늦은 밤까지 쉽게 잠들지 못했다. 다섯 살 남자아이와 아침부터 저녁까지 씨름을 끝내면, 밤엔 딸을 향한 상념이 두 분을 기다렸다. 늦은 밤 귀가하는 사위를 바라보며 딸의 안부를 물었다. 대답은 한 달 전과 차이가 없었다. 면역력이 회복될 때까지 기다려야 한다는 반복되는 답변. 이식 과정에서 신음하는 딸을 보면 눈물이 멈추지 않을 것 같아, 병원으로 향하는 두 분의 발걸음을 내가 매번 붙잡았다. 담당의사의 말대로 결국 아내는 별다른 부작용 없이 돌아올 것이고, 조금만 더 기다리면 건강을 되찾을 것이란 예상은 단 한 번도 의심한 적 없었다. 오히려 가족들은 이식을 마치고 요양하는 기간에 힘을 집중하자는 말도 덧붙였다.

장인어른과 장모님은 밝게 웃으며 가방을 메고 스스로 자동차에 오르던 딸의 한 달 전 모습을 하루에도 몇 번씩 떠올렸을 테다.

기침은 자주 했지만 그토록 건강해 보였던 딸. 그 딸이 중환자실로 이동을 했다니 34년 동안 체온을 주고받으며 따뜻한 가슴으로 아내를 기른 부모님은 이제 더 이상 딸과의 만남을 미룰 수 없어 보였다. 큰 교통사고로 잠시 중환자실에 머물렀던 장인어른과 그 곁을 지켰던 장모님은 그 공간이 담고 있는 차디찬 풍경을 또렷이 기억하고 있었다.

"딸에게 가보겠네."

섬망에 대해서는 말도 꺼내지 못했고, 가쁜 호흡에 대해서도 언급하지 않았다. 중환자실로 이동을 한 건 정밀 관찰을 위해서였다는 말씀만 전했다. 면회를 함께 다닌 처제도 부모님의 면회에 대해서만큼은 반대였다. 하루하루 변해가는 아내 모습을 보기도 힘이 드는데, 한 달여 만에 아픈 딸을 만나면 그 부모의 가슴은 예리한 칼날로 갈기갈기 찢겨질 것만 같아서였다. 급성백혈병에 걸린 아들이 이식에 성공했지만, 힘들어하는 아이 모습 때문에 오히려 엄마에게 우울증이 찾아왔다는 언론사 선배의 이야기를 들었던 터이기도 했다. 하지만 어느 날부터 딸의 전화가 뚝 끊겼다는 것을 두 분도 느끼고 있었다. 다시 두 분을 붙들었다. 겨우 "알았네"라는 말을 듣고 나서 아이가 잠든 방으로 자리를 옮겼다.

중환자실로 옮겨진 뒤 아내는 점점 더 가쁘게 숨을 몰아쉬었다. 얼굴 가까이에선 벅찬 숨소리가 들려왔다. 분당 호흡 수 30~40. 정상인들보다 두 배 정도 빠른 호흡으로 공기를 내쉬자마자 다시 들이마셔야만 했다. 예상을 빗나간 오랜 병원 생활에 아내 몸은 호흡만큼 변해갔다. 한꺼번에 여러 약을 받기 때문이었는지, 먹은 것은 없었지만 몸은 점점 더 부어올랐다. 시야까지 흐릿했다. 변하지 않는 건 세균이 퍼져나가는 아내 폐뿐이었다. 아내의 폐 상태는 2주째 호전되지 않았다.

수백 페이지에 이르는 아내의 진료기록지는 아내 몸이 더 심각했음을 가리켰다. 스스로 세균을 이길 힘을 키우지 못한 아내의 몸 안에선 온갖 부작용이 속출했다. 아내는 5월 9일 0시, 쥐어짜는 고통을 호소했고 같은 날 1시 30분쯤 강한 복통을 느낀다며 진통제를 요구했다.

가쁜 숨을 몰아쉬면서 아내가 눈이라도 뜨고 있는 날이면 우리 두 사람은 아무런 말도 주고받지 않은 채 두 손을 꼭 잡았다. 중환자실의 무균실에선 앞을 막는 유리창 없이 직접 아내를 만질 수 있었다. 차갑고 가느다란 아내의 손. 아내는 내 손을 통해서 온기를 느꼈을 테다. 우리는 말없이 그렇게 손을 맞잡은 채 서로를 바라보았다.

아내 얼굴에 급기야 산소마스크가 채워졌다. 여자 손 한 뼘보다 더 작았던 아내 얼굴. 그 조그맣던 얼굴이 마스크에 가려져 눈만 드러냈다. 중환자실 면회를 가면 아내 얼굴을 보다가도 이내 위에 달린 모니터로 눈을 돌려야 했다. 짧은 면회시간에도 아내와 연결된 모니터 기계에서 경고음이 울렸다. 의료진 여러 명에게 내용을 바꿔가며 아내 상태를 물었다. 기자생활로 습득된 질문이 아니었다. 도대체 아내에게 어떤 일이 일어나고 있는지, 정말 별다른 문제가 없는지 알고 싶었다. 간호사에게는 하루 동안 아내의 전반적인 상태에 대해서, 그리고 중환자실 담당 여의사에겐 면역력 회복 수치와 폐 상태에 대해서, 그리고 가장 나이가 어려 보였지만 차분하고 냉정해 보였던 남자 의사에겐 가장 외면하고 싶은 물음 하나를 던졌다.

"아내가 죽을 수도 있나요?"

마주보던 그 젊은 의사는 아내를 향해 고개를 돌리더니 쉽게 입을 열지 못했다. 작고 왜소한 체격이었지만 그의 눈만큼은 크고 또렷했다.

"살려야죠."

그는 여전히 아내를 쳐다보며 답을 했다.

"죽을병이 아니니까요."

그리고 다시 입을 닫았다.

살려야 한다는 말과 죽을병이 아니라는 말. 그 두 문장은 생명이 눈 뜨는 봄과 삶을 마감하는 겨울처럼 서로 상반된 상황을 가리키고 있었다. 살려야 한다는 말은 죽어가고 있다는 의미였고, 죽을병이 아니란 말은 죽음과 거리가 멀다는 뜻이었으니까. 어느 쪽으로 해석을 하든 아내 생명이 점점 야위어간다는 의미는 전제되어 있었다.

불안은 아내의 인지능력을 자주 마비시켰다. 아내는 섬망이 불현듯 찾아오면 얼굴에 있는 산소마스크를 벗어냈다. 황급히 아내에게 달려가 다시 그 마스크를 채웠다.

"마스크 벗으면 안 돼."

그때마다 소리를 지르며 아내 얼굴에 마스크를 가져다 댔다. 순간 체내 산소량이 정상치 아래로 떨어지기 때문이었다. 몸 안에 산소가 부족하면 더 이상 아내를 중환자실에서조차 만날 수가 없다. 이젠 더 이상 걱정하지 말라는 담당의사의 말이 마음을 달래주지 못했다. 하루하루 변해가는 아내를 바라보면서, 중환자실에서 면회를 마친 뒤 병원 주차장을 빠져나오기 전에 한동안 차 안에 머물렀다.

"살려주세요."

그동안 신의 존재를 부정했지만, 매달릴 존재는 그동안 부정했던 그 존재 하나뿐이었다. 눈물을 토해내며 매달렸다.

"살려주세요, 제발. 제발, 살려주세요."

눈물을 밖으로 흘린 기억이 거의 없었던 내가 진정 슬픔이 차오를 때 어떻게 눈물을 흘리는지 그제야 알 수 있었다. 뒤로 젖힌 의자에 기대 가슴을 부여잡으면서 신에게 몇 번이고 소리를 높여 간청했다. 당신이 준 사랑인 아이를 기억해달라고 기도했다. 그 아이는 엄마가 있어야 할 나이라고 매달렸다. 아내가 받아야 할 벌이 있다면 대신 받겠지만, 아내와 아이의 이별만큼은 피해달라고 마음속 깊이 빌었다. 아내는 아이를 위해 마음이 아닌 온몸으로 매일 피 흘리고 있다며 두 손을 모았다. 그리고 아내만 살려주시면 지난 삶을 지우고 매주 성당을 찾을 것이라고 약속했다. 그러면서 화도 냈다. 자비가 있다면 그 자비를 보여주셔야 한다고 외쳤다. 제발 오래도록 가까이서 아내를 바라볼 수 있도록 해달라고 애원했다.

　사랑하는 사람과 영원히 만날 수 없다는 상상을 하면, 단 하나의 생각에만 집중한다. 함께할 수 있는 시간을 조금만 더 허락해달라는 것. 그 생각을 하며, 직장도 명예도 재산도 그 무엇도 다 버릴 수 있으니 그 사람 하나만 허락해달라고 했다. 세상에서 가장 소중한 것이 바로 사랑하는 사람과 함께 같은 공간에서 추억을 하나씩 덧붙여가는 일인데, 그럴 시간이 없을지도 모른다는 생각이 들자 후회의 눈물이 앞을 가렸다. 불안과 슬픔을 치유할 수 있는 진통제는 바로 눈물이라는 사실을 뒤늦게 깨닫고 나서 한참의 시간이 흐른 뒤 집으로 향했다.

12

눈물

입안으로 고정된 굵은 관이 보였다. 아내 코에 붙어 있던 가는 호스가 커다란 산소마스크로 바뀌더니, 이내 산소마스크는 인공호흡기에 자리를 내주었다.

"호흡을 하시기에는 오히려 편하실 거예요."

간호사 말대로 숨이 가빠지는 모습은 많이 사라졌다. 호흡은 편안했지만 의식은 없었다. 혼자 스스로 숨을 쉬기도 힘든 상황이었다. 밝게 웃으며 "엄마 아빠, 다녀올게" 손짓을 하던 아내의 모습은 몸 전체 어느 곳에서도 찾기 어려웠다. 전날 그랬던 것처럼 의료진을 번갈아가며 하루 동안의 아내 상태를 물었다.

"혈압이 순간 많이 떨어져서, 혈압상승제를 써서 혈압을 유지했어요."

혈압이 떨어진다는 건 알고 보니 심장이 지쳐가고 있음을 의미했다. 의료진은 위험을 감수하고 아내 가슴 깊은 곳에 바늘을 찔러

조직 일부를 떼어냈다. 열이 나는 원인을 발견하지 못하면 아내를 다시 만나는 건 불가능해 보였다. 의료진도 같은 생각인 듯했다.

인공호흡기를 달고 하루가 지난 저녁 면회시간. 드디어 기다리던 소식이 들려왔다.

"결핵균이 나왔어요. 강력한 결핵이에요."

아내가 위험하다는 것인지, 아니면 발열원인을 찾았다는 것인지 그다음 말을 들어야 했다.

"지금까지 열이 난 건 결핵 때문이었어요."

원인 모를 세균도 아닌, 주변에서 흔히 일어나는 결핵을 병원에서 잡아내지 못한 상황을 쉽게 받아들일 수 없었다. 아내가 발열과 상관없는 약을 3주 가까이 맞았다는 사실에 화가 치밀었지만, 이곳은 중환자실이었다. 조용히 따져물었다.

"다른 약들처럼 결핵약도 함께 처방하지 그러셨어요?"

중환자실에서 아내를 담당했던 아내 또래 담당의사는 안타까운 눈빛으로 그럴 수밖에 없는 상황을 설명했다.

"결핵약은 독해요. 확진이 없으면 다른 약들처럼 그냥 처방할 수가 없어요."

지금까지 결핵 검사를 했지만 결핵 반응이 나오지 않았다는 설명이었다. 이 순간 급한 건 빨리 아내의 열을 떨어뜨리는 일이었다. 결핵이 언제 감염이 되었는지, 어떤 경로로 감염이 되었는지에 대해서 묻는 건 아내가 회복된 후로 미루었다. 의사는 보호자 기분을 짐작했는지 덧붙여 설명을 이어나갔다.

"담당의사 선생님도 한편으론 후련하다고 하셨어요. 발열 원인을 알았기 때문에 거기에 맞는 약만 쓰면 되니까요. 다른 약들은 이제 다 뺄 거예요. 열도 잡힐 거고요."

혼자 누워 있는 아내에게 다가갔다. 아내는 희미한 의식마저 없었다. 인공호흡기에 의지한 채 떨리는 호흡을 하며 겨우 생명의 끈을 붙잡고 있었다. 아무런 반응이 없었던 아내에게 다가갔다. 면회 시간이 얼마 남지 않아 귀에 대고 다소 크게 말을 걸었다.

"열의 원인을 찾았대. 결핵이 나왔는데 이제 결핵약을 넣으면 열도 가라앉을 거래. 다른 약들은 모두 끊을 거야. 정말 고생했어. 조금만 더 견뎌."

힘든 시간이 끝나간다는 생각에 비애감이 올라왔지만 아내가 들을까 애써 감정을 눌러내렸다. 약으로 장기가 무너진 아내는 여전히 눈을 감은 채 별다른 말이 없었다. 이날도 난 아내에게 지금 우리가 함께 있어 느끼는 내 감정이 아닌, 미래에 대한 이야기만 했던 셈이었다. 병원이나 가족들은 환자를 응원한다며 항상 희망적인 소식만 전해주었다. 하지만 내가 아내라면 치료 경과보다 더 듣고 싶은 말은 딱딱한 의학 용어가 아닌 감정이 담긴 따뜻한 말일 것 같았다. "여보, 사랑한다"는 그 말.

영원히 가슴에 남을 아내 모습을 만난 건 바로 그때였다. 치료 방향을 설명한 내 말이 끝나자 아내의 오른쪽 눈가에 눈물이 고였다. 풀잎에 맺힌 작은 이슬처럼 흐르지 않은 채 눈가에 맺힌 작은 눈물방울.

의식은 없지만 남편 목소리를 듣는구나 하는 생각에 다시 가슴
이 젖었다. 늦었지만 그래도 열이 잡힌다는 소식에 아내는 온몸으
로 울며 눈물 한 방울을 내놓았고, 남편은 아내가 슬퍼할까봐 속으
로만 울었다. 눈을 뜰 수도 없을 만큼 힘이 들고 입을 열 기력도 없
었지만, 가슴에서 나와 맺힌 눈물 한 방울로 아내는 그렇게 남편과
대화를 하고 있었다.

아, 이제 살았구나. 다시 집으로 돌아갈 수 있겠구나. 아이에게
로봇 장난감을 직접 전달해줄 수 있겠구나. 열이 오른 뒤 20일 동
안 힘겨운 싸움이 이제 끝이 나는구나. 그런 생각에 아내가 눈물을
흘리는 것 같았다.

바로 앞에 아내가 있었지만 그 눈물을 닦아주지도, 아내 얼굴을
한번 만지거나 맞댈 수도 없었다. 감염에 대한 우려 때문이었다.
그래서 한동안 아내 눈가에 맺힌 눈물을 바라보기만 했다. 아내의
눈물은 비록 눈으로 볼 수는 없고 말할 수는 없어도, 남편의 목소
리를 듣고 있다는 신호라는 생각에 얼굴에 가까이 가져다 대고 다
시 말을 이었다.

"여보, 내일 다시 올게. 내일은 열이 잡혀 있을 거야."

면회시간이 끝나 중환자실을 나오는 발걸음은 가벼웠지만 바빴
다. 부모님에게 희소식을 빨리 전하고 싶었다.

"장모님, 열이 나는 원인을 찾았어요! 이제 열이 잡힐 거예요.
열이 꺼지면 그동안 오르지 않았던 면역력도 회복될 거고요."

오랜만에 듣는 사위의 힘찬 목소리에 장모님은 기쁨과 안도감

에 눈물을 흘렸다. 의료진도 그리고 가족들도 모두 뒤늦은 발견에
대해 그나마 다행이라고 생각을 하며 그날 밤 자정을 넘겼다.

13

그날 새벽

열이 곧 내릴 것이라는 안심을 하고 잠이 든 5월 15일 새벽. 편안했던 잠을 깨뜨리는 전화 한 통이 울렸다. 어둠 속에서 요란하게 울리는 전화를 들어보니 스마트폰은 밝은 빛으로 발신자가 병원임을 알려주었다. 혹시 아내가 전화를? 막연한 기대감으로 전화를 받았지만, 수화기에서는 아내의 느린 음성 대신 다급한 목소리가 들렸다. 바로 앞에서 치솟는 불길을 보듯 간호사가 소리쳤다.

"김은지 보호자분, 병원인데 빨리 오세요. 환자가 위급해요. 빨리 오세요!"

아무런 질문도 하지 않고 전화기를 끊을 수밖에 없었다. 질문할 시간조차 허락하지 않을 만큼 목소리가 촉박했다. 옷방에서 옷을 걸치고 거실로 나왔다. 가족들은 어둠 속에서 아내의 열이 내릴 오늘을 기다리며 편한 잠에 빠져 있었다.

서둘러야 한다는 생각뿐이었다. 공포가 닥치면 온몸에 냉기가 돌고 걸음을 옮길 힘조차 사라졌지만, 가야 한다는 일념으로 떨려오는 발을 앞으로 질질 끌었다. 급하게 뛰는 가슴을 부여잡았다. 빨리 병원으로 가야만 했다. 겁에 질린 듯한 목소리를 듣고도 아내 상태를 가늠할 수 없었던 건 불과 몇 시간 전에 들었던 의료진의 말 때문이었다. 이제 안심이라는 차분한 말과 아내가 위급하다는 다급한 말이 번갈아 귀에 울렸다.

시동을 걸고 도로 위로 나선 차 안에서 아내와 면회를 했던 모습을 떠올렸다. 아내가 흘린 눈물 한 방울이 눈앞에 아른거렸다. 눈가에 맺힌 이슬방울. 그 눈물은 열과의 씨름이 끝나고 평온을 예고하는 눈물이라고 생각했다. 지난 시간을 떠올리면 다급한 의료진의 목소리를 받아들일 수 없었다. 죽는 병이 아니니 살려야 한다는 중환자실 의사의 눈빛에 의지를 했다. 아내의 발열 원인이 나왔다는 소식을 전해주던 의료진의 얼굴 속에서 희망은 다시 밝게 살아나기도 했다. 가쁘게 숨을 몰아쉬는 아내의 가슴과 가족의 이름을 부르던 모습을 보며 엄마로서 강인했던 아내가 존경스러웠고, 병원에 가기 위해 손을 들며 차에 올라탄 얼굴과 아이와 손가락을 걸며 약속을 하던 아내의 모습에서 사랑의 의미를 배웠다. 2003년에 만나 10년의 인연을 쌓아온 부부는 둘만의 여행을 가자는 약속도 했다. 아내에게 위급한 상황이 찾아왔지만, 지금까지 그랬던 것처럼 아내는 잘 이겨낼 것이라고 여겼다. 며칠 전에도 보호자를 급하게 찾는 전화가 병원에서 왔다가 한 시간여 만에 오지 않아도 된다는 연락을 받은 것을 떠올렸다. 단 한 번도 아내에게 닥쳐올 불행을 들은 적이 없다는 사실을 기억하면서, 극단적인 생각을 애써 지웠다.

아내가 눈물을 보인 전날, 면회시간에 남편과 만난 이후 아내의 혈압은 서서히 떨어지기 시작했다. 혈압이 떨어진다는 건 혈액을 내뿜는 심장이 몹시 지쳤다는 뜻이었다. 호흡을 가쁘게 해도 온몸으로 퍼져나가야 할 따뜻한 생명의 피가 부족해진 것이었다. 아내의 심장 상태를 모니터하기 위해 심전도 정밀 관찰이 시작됐다. 병원은 혈압을 올리기 위한 약물 용량을 서서히 올렸다. 그로부터 네 시간 뒤인 새벽 1시 10분쯤, 아내가 머무는 병원 중환자실에서 응급상황이 발생했다는 안내방송이 병원 전체에 흘러나왔다.

암병동 지하주차장에 차를 세우고 엘리베이터에 올랐다. 새벽시간 병원 주차장은 한산했다. 엘리베이터에 줄을 선 사람도 없었다. 중환자실이 위치한 3층 엘리베이터 문이 열리자 늦은 시간까지 중환자실을 지키는 가족들이 앉은 채로 잠들어 있었다. 환자 가족들을 지나 중환자실 문 앞에서 인터폰을 눌렀다.

"김은지 환자 보호자입니다."

문이 열리자마자 아내가 누워 있던 무균실로 향했다. 혼자 있어야 할 아내 병실엔 하얀 가운을 입은 의료진 다섯 명 안팎이 아내를 에워싸고 있었다. 모두들 시선은 아래의 아내를 향해 있었다. 의사 한 명이 두 팔을 곧게 아래로 뻗은 채 힘을 주어 아내 상체를 반복해 눌렀다. 그러다 잠시 멈추었다, 다시 상체를 누르기를 반복했다. 또다시 멈추었다가 다시 힘주어 눌렀다. 하얀 병실에서 하얀 가운을 입은 의사들 사이의 아내는 온기가 없었다. 차가운 하얀색만이 위아래로 흔들렸다.

"한 시간 전쯤 심장이 비정상적으로 뛰는 부정맥이 나타났어요."

중환자실에서 아내를 담당했던 아내 또래의 여의사는 흔들리는 눈빛으로 당시 상황을 설명해주었다.

"심폐소생술을 세 번 넘게 했는데 의식이 돌아오지 않았어요. 더 이상 효과는 없을 것 같아요."

다섯 시간 만에 병원은 정반대의 이야기를 들려주었다.

"심폐소생술을 계속하는 건 환자를 더 힘들게 하는 것 같아요. 여기에 사인을 하시면 멈출게요."

종이 한 장이 눈앞에 보였다. 사망확인서였다. 의사도 감당할 수 없다는 눈빛이었지만, 그의 말은 마치 어느 물건의 사용설명서를 읽는 것처럼 아내의 죽음에 확인을 요청했다. 심폐소생을 중단하자는 담당의사의 말에 동의를 하자, 아내 병실에서 머물던 의사들이 고개를 숙인 채 병실을 빠져나갔다.

면회를 마친 지 불과 다섯 시간 만에 다시 아내와 남편은 단 둘이 남았다. 생에 부부로 만난 인연은 마지막 순간 아무런 대화를 하지 못한 채, 한 사람은 눈을 감은 채, 한 사람은 눈물로 앞을 가린 채, 그렇게 서로를 바라봤다. 아내는 숨을 멈추기 다섯 시간 전 눈물 한 방울로 남편에게 이별의 말을 전한 셈이었다. 열이 내릴 것이라는 기쁨의 눈물이 아니었다. 입을 열 수 없던 아내가 남편에게

"잘 있어"란 말을 그렇게 했던 것이었다.

그 눈물에는 아이에게 로봇 장난감을 선물해주지 못하는 엄마의 미안함이 있었을 것이고, 부모님에게 말 한 마디 못 하고 떠나가는 죄송함도 있었을 테다. 이식을 권유받은 뒤 열을 잡아내지 못한 병원을 향한 원망도 담겼을 것만 같았다. 미안함과 원망. 그럼에도 잊을 수 없는 사랑과 기억이 가득 찬 작은 병실에 남편과 아내는 그렇게 단 둘이 남았다.

남편은 아내 앞에 무릎을 꿇었다. 누워 있는 아내를 바라보았다. 눈물 속에 담긴 아내는 흐릿하게 흔들렸다. 이젠 더 이상 면회를 할 수도 없었다. 지금이 지나면 아내를 더 이상 볼 수도 없었다. 아직까지 아내에게 해줄 말을 많이 남겨놓은 남편과 아이에게 해주고 싶은 일을 많이 남겨놓은 아내는 서로 굳은 채로 병실에 남아 있었다.

"이게 뭐야, 이게 뭐야!"

소리 지르며 물었다.

"이게 뭐야!"

아내에게 묻고, 병원에게 묻고, 그리고 나에게 물었다. 그리고 현실에게 물었다. 내 앞에 있는 아내가 내 아내가 맞는지, 지금까지 나을 거라고 말한 병원은 병원이 맞는지, 그리고 내가 있는 이곳이 정말 현실 속의 나인지 아니면 꿈속의 나인지를 되풀이해 물었다. 어떻게 시간이 흐르는지도 알 수 없었다. 남편은 계속해서 물었고, 아내는 남편의 물음을 대답 없이 듣고만 있었다.

14

보내지 못한 편지

화창한 봄날에 핀 꽃이 별안간 찾아온 태풍으로 꽃잎을 떨어뜨린 것처럼, 건강을 되찾으러 간다며 부모님들 앞에서 환하게 웃던 아내는 신음 속에 웃음을 잃은 채 홀연히 생을 마감했다.

동의할 수 없는 죽음을 만난 의료진의 입은 무겁게 변했다. 친절한 설명이나 따뜻한 위로는 없었다. 매뉴얼 같은 언어가 짧게 전달됐다.

"결핵은 쉽게 전염이 돼서요. 병실에 있는 물건들을 모두 치울게요."

"잠시 뒤면 장례식장에서 사람이 와서 시신을 옮길 거예요."

사망확인서에 서명을 할 것, 아내 병실 물건을 치우겠다는 것, 그리고 시신을 곧 장례식장으로 이동하겠다는 것이라는 단 세 가지 사안을 신속히 전달한 채 병원은 침묵했다. 말을 잃어버린 병원을 상대로 묻고 싶은 게 많았지만, 당장 해야 할 일들이 넘을 수 없을 만큼 눈앞에 쌓여 있었다.

집으로 돌아와 잠든 장인어른을 흔들어 깨웠다. 장인어른은 새벽 3시가 넘어 옷을 입은 채로 자신을 깨우는 사위를 보고 깜짝 놀랐다. 무슨 일이냐는 질문에 병원에 급히 가야 한다고 했다. 강직했던 장인어른은 한 마디 큰 탄식을 내뱉더니 올라오는 울음을 꾸욱 삼켰다. 갑작스런 슬픔을 감당할 수 없을 땐 울음소리는 밖으로 나가지 못하고 안으로만 쉰 소리를 내며 흘렀다. 장인이 흔들어 깨워 일어난 장모님은 자리에 앉은 채 일어서지 못했다. 흐느끼더니 울음을 터뜨렸다. 두 분 모두 병원으로 왜 가야 하는지 이야기를 듣지 않고서도 그 이유를 알고 있었다.

"난 못 가요. 난 못 가!"

장모님은 울부짖었다. 모든 힘을 빨아들인 슬픔 때문에 주저앉은 장모님에게 그래도 가야 한다며, 장인어른과 사위는 장모님의 두 팔을 각자 어깨 위로 올렸다. 평생 눈물 한 번 흘리지 않았을 것 같던 장인어른 얼굴에선 모든 주름이 일그러졌다. 새벽 4시가 넘은 시각, 병원 중환자실 앞에 처제와 동서가 잠옷 차림으로 도착했다. 장인어른과 장모님에게 직계가족이라곤 아내와 여동생인 처제 이렇게 단 둘뿐이었다. 장모님의 눈을 보며 아내와 이별 소식을 전할 엄두가 나지 않았다. 눈을 감은 채로 고개를 뒤로 젖힌 장모님과 그 곁에서 울음을 터뜨린 장인어른이 의자에 앉아 있는 동안 처제와 동서가 조용히 앞에 와 물었다.

"형부, 무슨 일이에요?"

처제와 동서는 내 눈과 입만 바라보았다.

"새벽 1시 반에 은지가 하늘나라로 갔습니다."

처제에게 새벽에 아내가 떠났다는 사실을 전하자 처제는 터지는 탄식을 입으로 막으며 눈물을 쏟았다. 동서는 주저앉는 처제를 끌어안았다. 그 순간부터 오전까지 처가 식구를 보지 못했다. 장모님은 실신했고 처제는 장모님을 눈물로 간호를 했다.

새벽 5시가 되자 아버지와 어머니가 중환자실에 도착했다. 딸처럼 며느리를 사랑했던 시어머니는 땅바닥에 주저앉아 통곡했다. 떠난 며느리와 아들 그리고 손자 얼굴이 겹치며 닥쳐온 슬픔이 어머니를 집어삼켰다. 모두 아내와의 이별을 단 한 번도 예상하지 못했다.

다시 집으로 돌아와 아이를 돌보던 남동생을 병원으로 보내고 아이를 돌보기 위해 서둘러 오는 이모를 기다렸다. 집에 아이와 단둘만 남았다. 안방 문을 열었다. 아이는 여느 때와 마찬가지로 새근거리며 잠을 자고 있었다. 아이 모습을 확인하고 거실 의자에 앉았다. 앞으로는 셋이 아닌 단 둘이 이렇게 집에 남아야 한다는 생각을 하니 감당할 수 없는 슬픔이 차올라 눈 밖으로 쏟아졌다.

사랑하는 사람과는 언젠가 헤어지는 게 인간이 반드시 만나는 운명인데, 그 운명을 가슴 깊이 받아들이지 않았다. 아내는 언제나 함께 있을 것이라고 여겼다. 어제와 같은 오늘도 없고 오늘 같은 내일도 없지만, 어제가 오늘이고 오늘이 내일인 시간을 보냈다. 하루하루 시간이 흐를 때마다 우리는 이별의 순간을 향해 조금씩 시간 속을 걸어갔지만, 무딘 남편은 그러한 사실을 잊은 채 아내와 떨어져 시간을 흘려보냈다. 운명을 마주하면 그 운명이 원망스럽기보다 그 운명을 인지하지 못한 자신에게 책임을 묻는다. 그 가운데 가장 큰 책임, 평소에 '사랑한다'라는 말을 자주 하지 못한 그 책임과 함께 시간을 보내지 못한 책임을 묻고 또 물었다.

젖은 손으로 한 줄 한 줄 아내에게 마지막 편지를 올렸다.

내 사랑하는 아내야.
못난 남편 용서해줘라.

다시 태어나도
그리고 오늘이 똑같이 되풀이된다 해도
너와 결혼할 거야.

사랑한다.

평소에 자주 할걸.
무심한 남편은 이제야 사랑한다 한단다.

못난 남편 용서해라.

은지야.

내 아내야.

말 좀 해봐라.

은지야.

내 사랑하는 아내야.

내가 너무 우는 게 애처롭거든

우리 꿈속에서라도 만나자.

네가 내 사람이어서

정말 행복했다.

—2012년 5월 15일 메모장에서

15

비

△강남구(OBS 사회팀 기자)씨 부인상=15일(화), 삼성서울병원, 발인 17일(목) 오전 11시 30분

오전부터 사실관계를 확인하는 언론사의 전화가 장례식장에 연이어 울렸다. 후배들이 사별 소식을 언론사 동료들에게 알렸고, 주요 언론사는 인터넷과 지면을 통해 부고를 냈다.

아내의 빈자리는 하얀 백합과 국화가 가득 채웠다. 꽃향기에서 아내의 향기가 떠올랐지만, 보고 싶은 아내는 사진 속에만 있었다.

장례식장은 나와 남동생 그리고 동서가 자리를 지켰다. 가끔 보인 어머니는 주변 시선은 잊은 채 하염없이 눈물을 흘렸다. 아들 둘과 아버지, 그렇게 남자들에게 둘러싸인 어머니는 곁에서 말을 걸어주는 게 예쁘다며 딸처럼 사랑했던 며느리 이름을 부르고 또 불렀다.

"아가야, 이 늙은 시어미가 너에게 절을 해야겠느냐. 내 불쌍한 아가야."

영정을 마치 살아 있는 며느리를 만지듯 몇 차례 쓰다듬더니 다시 며느리를 불렀다.

"아가야. 아가야."

장모님은 장례식장 구석에 마련된 가족방 안에서 누운 채로 아예 일어나지 못했다. 장례식 기간 동안 아무 가족도 없는 집 안에서 이모와 로봇 장난감만이 아이 곁을 지켰다. 가족들이 절망하는 모습을 아이에게 보여줄 자신이 없었다.

입관식을 하던 날, 아내는 평온한 모습으로 가족들과 만났다. 눈을 감고 작은 입술을 닫은 그 얼굴은 예전에 집에서 보았던 아내의 얼굴이었다. 그 얼굴을 보며 가족들은 돌아가면서 마지막 인사를 나누었다. 모두 다시 만나자고 그렇게 약속을 했다. 그리고 아내 대신 남은 사람들이 아이를 잘 키울 것이라고 아내 앞에서 다짐했다. 그렇게 흐느끼는 약속과 다짐이 오간 뒤 아내는 어두운 관 속으로 영원히 들어갔다.

추위를 많이 탔던 아내가 가는 길은 고마운 햇볕 덕분에 온기로 가득했다. 한 달 넘게 아내가 머물렀던 병원에서 떠나는 순간은 언론계 선후배와 회사 동료들이 함께 지켜주었다. 아내와 함께 추모 공원으로 향했다.

꽃잎처럼 부드럽고 유리처럼 티 없던 아내가 한 줌의 재로 돌아가기 위해 기다렸다. 아내 차례가 오자 가족들은 두꺼운 유리창 밖에서 아내가 누워 있는 관을 바라보았다. 아내는 그 순간에도 평소처럼 강한 모습으로 자신의 시간을 기다리는 것 같았다. 자연에서부터 왔던 아내가 다시 자연으로 돌아가는 시간 앞에서 가족들은 다시 마지막 작별의 인사를 나누었다. 벌겋고 환한 불 속으로 아내가 들어가자 알림판에선 화장 진행상황을 가리켰다. 회사 동료와 함께 건물 밖 공원으로 나섰다.

화장장까지 동행해준 동료와 아내의 추억을 이야기를 하고 있었는데, 조용하던 하늘에서 소나기가 내리기 시작했다. 빗방울은 땅에 떨어지며 원을 그렸다. 추모공원 옥상 주변엔 아내가 그토록 아름답다고 말하던 나무가 많았다. 그 아름드리 나무들은 하늘에서 내리는 비를 묵묵히 맞았다. 나는 비를 바라보기만 했다. 연기로 변한 아내가 황급히 하늘에 올라가 가족들이 그리워 다시 땅으로 내려오는 것 같았다. 수차례 천둥소리를 낸 하늘이 금세 환한 얼굴을 드러냈다. 장모님은 이날 맑은 하늘에서 내린 소나기를 딸이 흘리고 간 눈물이라고 기억했다.

사람들 앞에서 참았던 눈물이 터진 건 성당에서였다. 양재동에 있는 추모공원에서 나와 과천성당에서 장례 미사를 마칠 즈음 유아방이 눈에 들어왔다. 어린아이와 함께 미사를 드리기 위해 찾았던 조그마한 방. 의식하지 못하고 유아방 문을 열어젖혔다. 방 안에선 아내가 아이를 안고 미사를 드리고 있었다. 아이는 아내 주변에서 장난감을 손에 쥐고 놀고 있었다. 아내와 아이 모습이 떠올라 유아방 문 앞에서 엎드린 채 슬픔을 내뱉었다. 아내를 볼 수 없다는 생각과 아이도 더 이상 엄마를 볼 수 없다는 생각에 바닥에 엎드려 두 팔로 얼굴을 가리고 소리 내 울었다. 가족들이 두 팔을 끌어안으며 일으켜 세워준 덕에 겨우 무릎을 꿇었다.

아내와의 작별은 매서운 슬픔으로 가슴을 뜯어내 누더기로 만들었지만, 시간이 지나고 나니 아내와 함께한 시간이 무척이나 고마웠다. 아내는 떠났지만 아내가 남기고 간 추억은 그대로 살아 있었다. 기억이 사라지지 않는 한 아내는 여전히 내 안에서 살아 있을 것이다. 맑았던 추모공원 하늘에서 쏟아진 소나기를 잊을 수 없는 남편은 비가 오면 특히 아내 생각이 더 간절했다. 갑작스런 이별로 가슴이 아파 아내가 비로 변해 내려오는 것 같았다. 그럴 때마다 마음 안에 있는 아내에게 다짐했다. 당신의 몫까지 오늘을 살겠다고. 부족한 것을 바라보지 않고 이미 갖고 있는 것에 대해 감사하겠다고.

여보, 나중에 자연으로 돌아간다면 우리 비로 다시 만나자. 그래서 연애 10년을 기념하는 여행을 같이 떠나자. 구름 속에서 대화도 오래 하자. 미안했거든. 일 때문에 자주 이야기를 나누지 못했던 게 말이야. 구름 속에 비로 있으면 누구도 방해하지 않을 테니까 그때 하지 못한 이야기를 나누자. 비가 되어선 다른 데 가지 않을게. 항상 곁에 있을게. 함께 있다는 게 그렇게 소중한 줄 몰랐거든.

여름이면 함께 땅 위로 내려가 여행을 떠나자. 나무 위로 떨어지든, 풀잎 위에 앉든, 아니면 '톡' 하는 소리와 함께 땅 위에 넘어지든, 어디를 가든 헤어지지 말고 둘이 하나가 된 빗물로 그렇게 멀리 가자. 어디로 가는지는 중요하지 않아. 가고 싶은 곳은 당신이 정해. 난 그냥 따라갈 게. 나는 그 여행 동안 앞을 보지 않을 거야. 옆만 보며, 당신 얼굴만 바라보며 나아갈 거야. 당신이 아름답다고 했던 나무에도 올라가고, 흙 속으로도 들어가보자. 강에서 물놀이를 하고 바다로 간 다음엔 당신이 신혼여행에서 가장 좋아했던 이탈리아 친퀘테레 바다로 달려가자. 그곳에서 영원히 함께 파도 소리에 웃음을 실어 모래사장으로 보내는 거야.

그전에 가끔 아이가 보고 싶으면 비로 내려와. 유리창을 두드리는 빗방울 소리가 당신이라고 생각할게. 당신 몫까지 행복하게 사는 아이와 남편을 보고 슬퍼하지 말아줘.

2
부

1

인연

"남구야, 이모 친구 딸이 영특하고 집안도 좋다는데 만나볼래?"

크리스마스를 또 혼자 보낼 수 없다며 거의 매주 소개팅에 집중했던 2003년 겨울. 이모가 인연의 다리를 놓겠다는 소식을 어머니를 통해 들었다. 최근 소개받은 여자들이 죄다 마음에 들지 않았던 터라 이번에도 큰 기대는 없었다. 하지만 끊이지 않았던 소개팅 스케줄이 마침 비어 있던 데다 크리스마스가 코앞이었다.

약속한 날을 며칠 앞두고 전화를 걸었다.

"여보세요."

맑고 당당한 목소리가 들려왔다.

"안녕하세요. 이번 주에 만나기로 한 강남구 기자입니다."

"네?"

지하철 안이어서 조금 더 큰 소리로 말했다.

"이모님 소개로 만나기로 한 강남구라고 합니다."

"네? 어디로 전화하신 건가요?"

"죄송합니다."

황급히 전화를 끊었다. 전화번호를 잘못 알았나 하는 생각에 이모에게 다시 확인을 했는데 가지고 있던 번호는 틀리지 않았다. 다시 전화를 걸었다.

"안녕하세요. 이모님 소개로 만나기로 한 강남구 기자입니다."

여전히 대답은 누구냐는 식이었다. 이번엔 당황스러움보다 부끄러운 감정이 앞섰다. 이모에게 다시 전화를 걸었다.

"저 소개팅 안 할래요. 만나는 날이 내일모레인데 상대가 누구인지도 모르고 성의가 없어요. 이모 미안해요."

당황한 감정을 이모에게 풀고 전화를 끊었다. 잠시 뒤 그녀에게서 전화가 걸려왔다.

"죄송해요. 제가 그만 깜박했어요."

미안하다는 말과 함께 시간과 장소를 알려주면 시간에 맞춰 나가겠다고 했다. 나중에 알고 보니, 아내는 순간 소개팅을 하기로 한 남자의 이름이 '강남구'라는 사실을 망각한 채, 강남케이블방송이나 강남구청에서 걸려온 전화라고 착각했다고 했다.

전화를 받을 당시 곁에 있던 학원 강사 동료들은 이모에게 쪼르르 전화를 걸어 항의를 하는 걸 보면 분명 '마마보이'일 거라면서 그녀더러 소개팅에 나가지 말 것을 충고했단다. 상대 여자를 예의 없고 신중하지 못하다고 생각한 남자와 상대 남자를 독특한 이름의 마마보이로 여긴 여자는 기분만큼 쌀쌀한 날씨에 압구정동의

한 커피숍에서 만났다. 만남을 주선한 어른들 얼굴을 생각하며 불편한 마음을 억눌렀다. 두 사람은 똑같은 생각이었다.

'대충 시간 때우고 빨리 집으로 오자.'

이모 체면 때문에 좀 일찍 나와 커피숍을 지켰다. 그래도 여성스러우면서도 당당한 목소리를 떠올리며 일말의 기대를 하고 들어오는 여자들 한 명 한 명을 힐끔힐끔 쳐다보았는데, 한 여자가 문을 열고 점점 내 앞으로 다가왔다.

'오지 마라, 오지 마라.'

키가 작은 편인 나는 선이 가늘고 긴 여자를 이상형로 여겼다. 욕망은 항상 내게 없는 것 안에 있으니까. 그런데 다가오는 그 여자는 얼핏 봐도 무척 작았고 게다가 뚱뚱했다. 나중에 이야기를 들어보니 소개팅하는 남자에게 먼지만큼의 기대도 없어, 두꺼운 어머니 옷을 그것도 여러 겹 걸쳐입고 나온 것이었다. 마마보이 때문에 행여나 감기에 걸리면 그것만큼 억울한 일도 없을 테니까.

전화와 첫인상의 냉랭함이 풀린 건 대화 덕분이었다. 두 사람은 말하는 걸 무척이나 좋아했다. 말은 꼬리에 꼬리를 물며 이어졌고, 어느새 끼니때가 가까워져 자리를 옮겨 밥을 먹었다.

"나이가……?"

내가 물었다.

"주민등록상으로는 78년생인데, 사실은 77년 12월 31일생이에요."

12월 31일. 소개팅한 날이 크리스마스 직전이어서 생일이 불과 며칠 뒤였다.

'선물을 해줘야 하나? 어떻게 될지도 모르는데 괜히 돈만 쓰는 건 아닌가?'

말을 주고받다보니 이것저것 계산하거나 재지 않고 자신의 생각을 툭툭 말하는 당당함이 좋았다. 작고 가녀린 몸 때문에 오히려 자신감 넘치는 목소리가 마음을 끌었다.

당시에 〈러브 액츄얼리〉라는 로맨틱 코미디 영화가 상영 중이어서 크리스마스 때 함께 영화를 보았다. 한창 인기몰이를 해 자리가 없어 앞줄에 앉게 되었다. 고개를 들고 보려니 눈도 피로하고 목도 불편했는데 옆을 보니 소개팅으로 두번째 만난 이 작은 여자는 훌쩍거리며 눈물을 흘리고 있었다.

"왜 울었어요?"

영화가 끝나고 나오면서 물었다.

"감동적이어서요."

"뭐가요?"

"스케치북으로 고백하는 장면이요. 그만 눈물이 나왔어요."

다른 남자의 약혼녀가 된 여자에게 자신의 진심을 스케치북에 큰 글씨로 적은 뒤 한 장씩 넘기는 장면이 그녀를 울렸다고 했다. 딱딱한 사실을 다루는 직업 때문인지는 모르겠지만, 개연성 있는 허구 또한 허구일 뿐이라며 영화에 관심이 없던 터라 그런 그녀의 반응이 낯설기도 하고 신기하기도 했다.

영화 OST CD를 구입하고 〈All You Need Is Love〉를 혼자서 흥

얼거리는 그녀 덕분에 우리는 그 영화를 영화관에서 다시 봐야 했고 훗날 집에서도 여러 차례 함께 보았다. 처음 소개팅으로 한 번, 크리스마스로 두 번, 그리고 생일을 기념하기 위해 한 해의 마지막 날까지 마주하면서 두 사람은 같이하는 시간이 점점 늘어갔다.

한 달 남짓 시간이 흐른 뒤 두 사람은 다시 압구정동의 한 카페에 앉았다.

"어떻게 말을 했길래 우리 엄마가 나보고 밖에서 씀씀이가 헤프냐고 물어보는 거예요?"

쏘아붙이는 말에 별다른 변명조차 할 수가 없었다. 어머니가 만나는 사람이 어떠냐고 물었을 때 답을 한 게 화근이었다. 지나가면서 툭 던진 말이 건너고 건너 그녀의 어머니에게까지 들어갔고 그 덕에 그녀는 꾸지람까지 들어야 했다.

"문제가 있으면 둘이서 해결해야지 왜 애꿎은 부모님에게까지 걱정을 끼치냐고요. 내가 왜 '밖에서 행실을 똑바로 하라'는 이야기를 당신 때문에 들어야 해요?"

그녀는 앞으로 연락을 하지 말라는 말과 함께 자리를 떠났다. 처음 전화 통화부터 삐거덕거리며 시작된 만남은 연말을 넘긴 한 겨울 날씨처럼 그렇게 한 달여 만에 싸늘하게 끝났다.

평소에 허름한 뒷골목길 포장마차가 익숙한 내게 압구정동이라는 화려한 공간은 생경했고 다소 사치스럽게 다가왔다. 이름만 '강남구'였지 강남 문화권과는 거리가 멀었고 주변에 친구들이 거의 남자들이었던 터라 카페에서 비싼 커피를 주문하는 것도 당시엔 무척 낯설었다. 지나고 보면 몇 시간 동안 한 장소에 머물며 커피값 5천 원을 내는 것만큼 저렴한 데이트 장소도 없었는데, 자판기 커피값과 카페 커피값을 일대일로 비교한 단순함은 꽤나 그녀의 자존심을 헤집어놓았다. 아무런 대꾸도 하지 못한 채 강남 한복판에서 보기 좋게 차였고 다시 혼자의 삶으로 되돌아왔다.

크리스마스와 연말이 지나자 연애를 하고 싶다는 간절함도 함께 식었다. 바쁜 일상은 외로울 틈도 주지 않은 채 낮에는 일터로 저녁에는 동료들과 회식자리로 나를 내몰았다. 그렇게 그녀도 내 삶 속에서 조금씩 지워져갔다.

그로부터 두어 달이 지나(정확히 얼마의 시간이 흘렀는지 기억나지는 않지만) 휴대폰을 바꾸고 저장된 연락처에 문자메시지를 보냈다.

'휴대폰 전화번호가 바뀌었습니다. 다음부터는 010-×××-××××로 연락바랍니다.'

메시지를 보내기 직전 오랫동안 전화를 하지 않은 연락처를 삭제했지만 그녀의 연락처는 의도적으로 지우지 않은 채 남겨두었다. 이별을 통보받고 차인 사람 입장에선 먼저 연락을 하기에는 자존심이 허락하지 않았지만 가끔 그녀의 근황이 궁금했다. 자존심과 쑥스러움 사이에서 선택한 연락방법은 바뀐 전화번호를 그녀의 휴대폰에 전송하는 것이었다.

잠시 뒤 바뀐 휴대폰에 첫 전화가 걸려왔다.

"휴대폰 바뀌었어요?"

"네. 어떻게 지냈어요?"

휴대폰은 우리의 끊어진 인연을 다시 묶어주었고, 전화 통화를 한 그날 그녀의 집 앞 한 카페에서 서로를 마주보며 미소를 지었다. 그녀가 다시 내 삶 속으로 들어왔다.

고백

이듬해 초여름, 그렇게 두 사람의 연애 감정이 싹틀 무렵, 어느 날 그녀가 시무룩해져서 한동안 말이 없었다.

"왜 그래?"

통통 튀는 목소리와 항상 환한 미소만 보였던 그녀가 눈물을 보였다.

"저, 사실 좀 아파요."

그 눈물은 자신에게 지병이 있다는 사실을 고백하는 눈물이었고, 앞으로의 만남을 걱정하는 눈물이기도 했다. 자존심까지 쫓는 건 받아들일 수 없었던지, 눈물을 훔치더니 별다른 말을 하지 않았다. 나 아픈 사람인데 만날지 말지는 네가 결정해라 하는 듯 그녀는 이날 유난히 말을 아꼈다.

소개팅으로 만나기 꼭 1년 전, 스물넷인 그녀에게 지난 삶을 모두 검은색으로 덮은 질병이 찾아왔다. 재생불량성 빈혈. 혈액의 기능이 일반 사람들보다 떨어진다는 병. 고등학교 시절까지 신체검사 때 혈액에 문제가 없었던 그녀가 번듯한 기업 입사를 앞두고 건강검진을 받던 중에 병이 있다는 진단을 받았다. 병원은 원인을 모르지만 후천적으로 찾아왔다는 말만 들려주었다. 진단과 함께 입사도 할 수 없었다. 왜 그런 병에 걸려야 했는지 그 어느 곳에서도 설명을 들을 수 없었다. 다만 산업화가 빠르게 진행된 나라에선 혈액과 관련된 병이 유전과 상관없이 많이 발발한다는 이야기만 확인할 수 있었다. 그녀가 의사로부터 가장 먼저 들었던 질문도 공장 근처에서 산 적이 있느냐는 것이었다. 하지만 그녀의 생활환경은 항상 초록색으로 덮여 있을 만큼 화학공장과는 거리가 멀었다.(내가 삼성반도체 공장 백혈병 환자들의 목소리에 관심을 갖게 된 것도 아내의 질병 때문이었다.)

혈액과 관련한 질병은 특별한 약이 없었다. 뼈나 근육 이상으로 외과 수술을 받을 수 있는 것도 아니었으며, 특정 세균 감염에 대한 처방처럼 항생제로 치료할 수도 없었다. 그저 더 이상 체내에 있는 혈액과 관련된 수치(백혈구, 적혈구, 혈소판)가 떨어지지 않기를 바라는 것 말고는 특단의 해결책은 없다 했다.

대학을 졸업할 때까지 그녀는 삶을 즐기기 위한 시간이 부족할 만큼 모든 게 넉넉했다고 했다. 방송국 간부였던 아버지와 시청 공무원이었던 어머니 사이에서 태어나 내로라하는 대학에서 중국어를 전공하고 일어와 영어에 능통했던 그녀는 20여 년 동안 하루에도 몇 번씩 꿈을 그리고 지웠다가 다시 그리며 한 여자로서 인생의

꽃망울을 키워나갔다. 불행은 저 멀리 떨어져 있거나 다른 사람에 게만 있을 것이라고 여겼던 그녀가 어느 날 갑자기 비운에 빠졌다. 자신이 아프다는 사실을 확인한 날, 그녀는 시간 속에 채워두었던 기쁨을 죄다 빼내고 대신 눈물을 메워넣었다. 신을 향한 원망도 쏟 아냈을 터이다. 당시 그녀의 어머니는 부족한 것이 없던 딸에게 겸 손하라는 신의 충고로 그 질병을 받아들였다고 한다.

나는 잘 알지 못했다. '빈혈도 병인가' 하는 생각에 그냥 지나치 려 했지만, 감추었던 비밀을 꺼낸 그녀의 심각한 모습이 쉽게 지워 지지 않았다. 빈혈 앞에 붙는 '재생불량성'이란 말도 불편한 호기 심을 자극했다. 인터넷에 접속해 관련 정보를 뒤져보았다. 혈액을 만드는 기능에 이상이 있어서 혈액 기능이 떨어지면 신체 곳곳에 서 부작용이 나타난다고 했다. 잠시 어지러운 정도의 빈혈과 견줄 수 있는 질병이 아니었다. 다른 혈액질환보다 병의 경과가 훨씬 좋 다는 점은 그나마 다행이었지만, 여러 합병증이나 부작용을 알리 는 정보 앞에 눈길이 멈추었다.

그 무렵 회사 선배 두 명과 함께 술잔을 기울였다. 세 사람 사이 좁은 공간에선 한숨과 충고가 엇갈렸다. 그녀가 꾹 참았던 눈물과 함께 숨기고 싶었던 고백을 입으로 꺼낸 지 불과 며칠 후였다.

"연애 그만할래요."

자신이 없었다. 더 정확히 말하면 굳이 아픈 사람을 계속 만나야 할 이유를 찾기엔 지금까지 만난 시간이 짧았다. 사람이 주는 상처 는 함께 쌓은 추억에 비례할 테니까.

"그 사람은 숨길 수도 있었지만 너에게 고백한 거잖아. 그럼 받아줘야지."

"빈혈이 심각하면 혈액암인 거예요."

"당장 어떻게 되는 것도 아니라며."

이성과 감성이 충돌하면 대화는 서로 만나지 못한 채 평행선을 달린다. 하지만 이성은 컴퓨터란 기계도 할 수 있는 계산의 산물이지만, 감성은 인간만이 내놓을 수 있는 느낌이었기에 항상 이성을 설득해나갔다. 가게 문을 닫을 때까지 계속된 술자리에서 지금까지 기억에 남는 단 하나의 말은 바로 '사랑'이었다.

"사랑하면 같이 있는 거야. 사랑하지 않으면 헤어지는 거고. 그냥 따지지 말고, 좋아하고 사랑하면 그냥 함께 있는 거야."

연애를 할 때에도 계산을 하면서 사람을 만나느냐는 따뜻한 질책이었다. 마음속에서 들리는 소리에 가만히 귀를 기울여보니, 그 사람을 만나는 이유가 거래인지 사랑인지를 묻고 있었다. 계산하고 따지는 이성이 개입하는 순간, 사람의 관계는 거래로 바뀐다. 거래로 바뀌는 순간 사람은 따스한 온정과 추억을 건네주는 인간이 아닌, 이용해야 할 차가운 상품으로 변했다. 그 순간 나는 내게 물어야 했다. 난 그 사람을 상품으로 보았는지, 아니면 한 인간으로 여겼는지를.

대답은 후자였지만 그럼에도 여전히 자신이 없었다. 자신이 없다는 말은 단어 그대로 나 자신을 신뢰할 수 없다는 뜻이었다. 그 상대를 향한 감정보다 나의 나약함이 자신감을 잃게 했다. 그녀에게 이별을 알려야 할 기회를 찾기로 했지만, 그녀의 얼굴을 볼 때면 쉽게 말문이 열리지 않았다.

병에 관한 걱정은 그녀를 만날 때마다 조금씩 옅어만 갔다. 통통 튀는 목소리와 삶을 향한 자신감은 불안은커녕 만나는 이를 오히려 편하게 해주었다. 감추는 비밀도 없었고 자신을 포장하기 위한 가식도 없었다. 작은 몸 안엔 긍정 에너지가 가득 차 있었다. 자신의 병에 대해서도 만나기 싫은 반 친구 정도로만 여겼다.

"지금이야 이렇지, 처음 재빈(재생불량성 빈혈) 판정을 받았을 때에는 외출도 잘 안 했어요. 마스크에 장갑에 중무장을 한 외계인처럼 하고 거리를 다녔거든요. 그때는 정말 절망이었는데."

주변 사람들은 술을 먹으며 심각한 정치며 사회 이야기를 펼쳤지만 그녀는 커피 한 잔에도 영화와 음악, 미술 이야기를 들려주었다. 목소리만 듣고 있으면 장난기와 씩씩함이 가득했지만, 가끔 서점에 들려 차분하게 책을 읽는 모습은 낯설면서도 무척 잘 어울렸다. 시간이 지날수록 그녀의 질병은 그녀의 다양한 매력 앞에서 조금씩 작아지더니 어느새 사라져갔다.

우리는 날이 좋으면 자주 인천 앞바다로 향했다. 재회를 하고 얼마 있다 구입한 생애 첫 자가용은 든든한 여행 동반자였다. 무위도, 석모도, 강화도. 여행을 갈 때면 그녀는 항상 길 안내자 역할을 했다.

"이쪽으로 왔어."

"아 그래? 오던 길이 다 기억나?"

"그냥 이런 건물하고 이런 공간이 있었잖아."

당시에는 내비게이션을 장착하지 않았던 터라 가끔 원거리 여행을 떠나 길을 잃었을 때 그녀는 자신의 기억력으로 갈 길을 정확히 알려주었다. 수많은 지하주차장에서 차를 찾을 때에도 구역 번호를 따로 기억하지 않고도 주변의 지형을 보며 차를 찾아내는 모습은 신기함에 웃음짓게 했다. 그래서 여행길에서 가끔 그녀 이름 대신 '길도우미'라고 부르곤 했다.

그 후로도 내가 어디선가 길을 잃고 서성일 때마다 그녀가 길을 찾아주었다. 그녀는 그렇게 서서히 내 인생의 '길도우미'가 되어 갔다.

3

친퀘테레

2004년 12월 23일 밤 9시. KBS와 MBC는 iTV(인천방송)가 폐업을 한다는 보도를 주요 뉴스로 전했다. 1980년 언론통폐합 이후 사상 처음으로 지상파 방송국이 문을 닫았다. 서울방송인 SBS와 함께 수도권 지상파 방송의 한 축으로 경기 인천 권역에 전파를 송신했던 iTV가 사라졌다. 아내에게 불현듯 질병이 찾아온 것처럼, 나는 달콤해야 할 크리스마스이브를 하루 앞두고 해고란 운명을 맞이했다.

"회사가 문을 닫았어."

"어떻게 해?"

"다시 새로운 방송국이 생긴다고 하는데, 그리 오래 걸리지 않을 거래."

들리는 소문으로 불안을 애써 덮었다. 한꺼번에 수백 명의 실직자가 생겼으니 정부 차원에서도 시급하게 새로운 방송국 허가를 해줄 것으로 기대한 것도 사실이었다.

"잘됐네. 재미있게 놀면 되잖아."

그녀는 그렇게 나를 위로했다. 직장에 다닐 때에는 일주일 중 휴일 하루 겨우 시간을 낼 수 있었지만, 회사가 문을 닫은 이후로는 자주 식사를 같이 하고 차를 마셨다. 마음속 공허한 자리를 그녀가 대신 채워주었다. 예상보다 새로운 지상파 방송국 하나가 세워지기까지는 절차가 까다로웠고, 내부직원 간 갈등도 얽히고설켜 있었다. 불안했다.

"걱정을 미리 앞서 하지 마. 사람들이 걱정하는 것 대부분은 오늘 문제가 있어서가 아니라 앞으로 다가올 미래에 대한 불안 때문이라고 했잖아. 내일 걱정은 내일 걱정해!"

그렇게 그녀의 위안을 받으면서 시간은 어느덧 1년을 넘겼다. 회사 동료들은 둘로 나뉘어 각각 새로운 방송사를 만들고자 했는데, 어느 한쪽도 선택하지 못했던 나는 어떤 방송사가 세워지든 경력 공채로 재입사하겠다고 생각을 하며 추이를 지켜보았다. iTV가 폐업한 지 1년 2개월이 되어갈 즈음 정부에서 새 방송사를 세우기 위해 사업자를 평가를 하는 날이 다가왔다. 새로운 방송사 사업자가 어느 곳인지 결정하는 날이었다. 하지만 사업자 선정은 연기됐다. 방송사를 설립하겠다는 사업자가 모두 자격 미달이라는 발표였다. 1년을 넘게 기다렸지만, 앞으로 1년을 더 기다려야 할지, 아니면 2, 3년이 더 걸릴지 기약이 없었다.

"우리 그만 헤어지자."

이번엔 내가 이별을 통보했다. 얼굴을 마주보지 못한 채 헤어지자는 제안을 했다. 앞으로 기약 없이 그녀를 백수의 여자친구로 두기에는 자존심도 허락하지 않았고, 그녀의 앞날을 위해서도 더 나은 사람을 만나기를 바랐다. 순간 적막이 흘렀다. 그녀는 아무런 말을 하지 않았고 대신 내 두 손을 꼭 잡아주었다.

새로운 지상파 방송사가 3개월 안에 생길 것이라는 기대는 그로부터 꼭 3년 뒤인 2007년 12월이 되어서야 이뤄졌다. 그 3년이란 불안한 시간 동안 그녀는 밥을 먹을 때에도, 방황을 할 때에도, 그리고 술을 마실 때에도 항상 곁에 있었다. 잠깐 찾아온 시련의 시기를 사랑으로 채워주었다. 인연의 끝을 놓지 않았던 두 사람은 새로운 방송사 설립 소식이 들리기도 전에 연인에서 부부로 더 많은 기억을 함께하기로 약속했다. 결혼 날짜가 12월로 잡혔다.

당시엔 내 이름을 따라 강남구 대치동에서 논술로 학생들을 가르쳤다. 논술은 새로운 세계였다. 어렵다는 논술 지문이 무척 재미있었고, 어른들이 잃어버린 깨끗한 눈망울을 지닌 고등학생들의 풋풋함도 좋았다. 사회 범죄나 공직 비리에 연루된 사람들만 접했던 사회부 기자에게 고3은 괴물이 아닌 천사였다. 아이들을 좋아하는 천성 때문이었는지, 논술이 주는 재미 때문이었는지는 모르겠지만 다른 사람들보다 무척 빠른 기간에 정식 논술강사 자리에 올랐다. 고맙게도 아이들이 잘 따라주었고, 또 운 좋게도 아이들의 입시 성적도 좋았다.

하지만 걸림돌 하나가 있었다. 바로 신혼여행이었다. 결혼 날짜가 12월로 잡혔는데 논술시험은 1월에 몰려 있던 터라 12월 논술 학원은 잠을 제대로 잘 수 없을 만큼 바쁜 시간이었다. 부모님을 설득했다.

"두 번 결혼식을 올릴게요. 한 번은 성당에서 가족들과 미사 중에 약식으로 할게요. 그리고 일가친척과 지인들 부르는 결혼식은 12월에 하고요. 12월에 결혼하면 제 일정 때문에 신혼여행을 다녀올 수 없거든요. 성당에서 결혼 올리고 신혼여행을 먼저 다녀올게요."

양가 모두 쉽게 동의하지 않았지만 계속 졸라댔다.

"성당에서 하는 결혼식이 사실상 진짜 결혼식인 거잖아요."

특히 독실한 가톨릭 신자인 우리 부모님에게 진실된 결혼식이란 신 앞에서 부부로 살 것을 다짐하는 예식이었다. 머뭇거리는 사이에 오히려 장인어른과 장모님이 딸의 행복을 위한다면 형식은 중요하지 않다며 유럽을 다녀오는 신혼여행을 허락해주었다.

철없는 두 사람은 신혼여행을 다녀오겠다는 일념 하나로 열심히 성당 결혼식을 준비했다. 성당에서 결혼을 하기 위해선 가톨릭 신자가 아닌 아내가 교육을 받아야 했는데 교육이 있는 날이면 가장 늦게 들어가 맨 뒤에 앉아 잠을 잤다는 말을 아내는 장난스레 늘어놓았다. 성당에서 약식 결혼식을 하는 날, 10분 남짓 짧은 예식에서 신부님은 우리의 인연을 사람이 풀어선 안 된다면서 만남과 인연 그리고 이별까지 신의 뜻임을 내비쳤다.

"하느님께서 맺어주신 인연을 사람이 갈라놓아선 안 됩니다."

우리 부부는 신부님 말씀을 다음과 같이 해석했다.

'성당에서 결혼식은 간단히 이걸로 끝냅니다. 이제 두 사람은 즐겁게 여행을 다녀오세요.'

양가 부모 형제만 참석한 가운데 과천성당에서 혼인예식을 마친 뒤 2006년 9월 유럽으로 향하는 비행기에 올랐다. 본격적으로 학원이 바빠지는 시기까지는 여유가 있어서 신혼여행 기간을 한 달로 잡았다. 철없는 부부의 30일 유럽 여행이 시작됐다. 아내는 당시만 해도 장시간 비행이나 시차 적응 정도는 거뜬히 해낼 만큼의 체력이 있었다.

여행은 서로 다른 두 사람을 동일한 시간 안에서 살갑게 묶어두고 같은 기억을 갖도록 해주었다. 같은 곳을 향해 같이 걸어가며 함께 대화하고 가끔 힘들 때면 서로에게 기댔다. 화려한 여행이 아니라 배낭여행이었기 때문에 갈 곳도 잘 곳도 상의하며 여정을 짰다. 다음 일정을 위해 평평한 지도를 펼칠 때면 가슴은 설렜고, 목적지에 도착하면 상상 속의 마을과 실제의 마을을 견주어보았다.

가끔 지나친 기대가 실망을 불러오기도 했는데, 영화 〈냉정과 열정 사이〉의 배경이었던 이탈리아 피렌체는 그런 곳 중 하나였다. 일주일 정도 이탈리아에 머물자 피렌체가 품은 건축물은 더 이상 흥미를 끌어내지 못했다. 오히려 음악회를 들려준, 좁은 골목에 위치한 소성당이 인상적이었다. 실망을 지우기 위해선 다시 즐거운 기억을 찾아나서기로 했다. 피렌체 일정 가운데 하루를 지우고 새로운 곳으로 떠났다. 현지인들이 가르쳐준 장소를 향해 기차에 올랐다. 계획에도 일정에도 없던 그곳. 신혼여행에서 가장 기억에 남는 장소를 만난 건 우리에게 실망을 안겨준 피렌체 덕분이었다.

어수룩한 남편 때문에 반대 방향으로 기차에 탄 신혼부부는 황급히 기차에서 내려 맞은편 기차에 올라탔다. 하마터면 유럽에서 길을 잃을 뻔했지만, 사랑하는 사람과 여행을 떠나면 화나는 일도 서로를 보며 웃게 했다. 기차는 들판을 달리다가 터널 안으로 들어갔다. 터널을 빠져나온 기차는 절벽을 보여주고 다시 터널 안을 달렸다. 이번엔 기차를 받치는 교각이 창밖으로 보였다. 터널을 나올 때마다 창가엔 푸른색이 점점 차올랐다. 기차는 어느덧 지중해와 맞닿은 해안선을 따라 달리고 있었다. 해변은 햇볕이 보내준 따뜻함을 만끽하기 위해 푸른 맨몸을 드러냈다.

치솟은 가파른 절벽 위를 달리던 열차는 한 마을에 정차를 한 뒤 다음 마을을 향해 달렸다. 다섯 개의 마을이란 뜻의 친퀘테레는 바다를 내려다보며 높은 절벽 위에 아담하게 자리를 잡고 있었다. 지금은 어떻게 변했을지 알 수 없지만 2006년엔 동양인은 물론이고 유럽 사람들도 많지 않았다. 인생을 오래 동행한 노부부들이 자연과 함께 시간을 보내는 장소였다.

같이 놀자며 발끝까지 계속 따라온 푸른 파도는 결국 아내를 유혹해 바다 안으로 끌어들였다. 아내는 수영을 즐겼는데, 그때까지만 해도 물을 겁냈던 나는 해안가에서 아내가 수영하는 모습을 바라보는 것에 만족했다. 아내가 햇볕에 반짝이는 파도를 쓰다듬으며 한가로이 수영하는 모습은 무척 아름다웠다. 바다는 파란색이 아니라 투명한 파랑과 초록이 섞인 에메랄드빛을 띠고 있다는 사실을 알게 해준 것도 친퀘테레였다. 친퀘테레가 특히 좋았던 건 그 때문이기도 하지만, 신혼여행 한 달 동안 아내가 그곳을 가장 맘에 들어했으며 미소가 떠나지 않았던 장소였기 때문이다.

여행은 가고자 하는 목표 지점을 향해 달려가는 경주가 아니었다. 가야 할 곳을 누구와 함께 가고 있는지를 확인해주는 시간이었다. 그래서 우리의 여정은 곡선을 그리며 때로는 쉬어가며 서로를 확인하는 여행이었다. 설렘으로 오른 신혼여행, 여행길에서 만난 아내는 그렇게 내 인생이란 시간 안에 들어왔다.

공간은 기억을 담는다. 가는 곳에서 잠시 마음을 내려놓고 우리끼리 주고받는 대화와 표정들도 유럽 곳곳에 내려놓고 돌아왔다. 함께 같은 곳을 바라볼 때면 서로 다른 눈높이는 중요하지 않았다. 눈앞 풍경보다 좋은 건 사랑하는 사람이 보여주는 미소와 목소리였다. 그 표정과 말을 카메라에 빼놓지 않고 담았다. 2006년 9월이란 시간 속에 간직한 기억을 잊고 싶지 않아서였다.

가끔 아내와 다투면 신혼여행 비디오테이프를 꺼내 틀어놓았다. 그중에서 가장 자주 본 장소가 지중해 바다가 스며든 친퀘테레였다. 바닷물을 가르며 수영하는 것이 아니라 바다의 몸을 맞대고 껴안는 곳. 그 장면을 볼 때면 저렇게 좋은 곳을 함께했던 사람이 바로 내 배우자였음을 새삼 깨닫곤 했다. 풍경을 담은 공통된 기억은 언제나 화해의 묘약이 되어주었다. 한 달간의 신혼여행이 끝나고, 두 사람은 결혼이라는 새로운 여행길에 올랐다.

4

탄생

결혼은 새로운 가족의 탄생을 의미했다. 아들만 있던 부모님에겐 귀여운 딸이 생겼고, 자매만 있던 처가엔 사위가 아들이 됐다. 피를 나누지 않았더라도 시간을 같이하기로 한 우리는 상대를 '가족'이라고 부른다는 걸 결혼을 통해 알게 되었다.

양가 부모님들 모두 결혼을 늦게 한 편이어서 첫 손주에 대한 소망이 남달랐다.

"아직 소식 없니?"

"결혼한 지 이제 석 달 지났어요."

"아버지 친구분들은 벌써 손주가 두셋인데……."

"제 친구들 중엔 아직 결혼 안 한 애들도 숱하거든요."

은행원 커플이었던 부모님은 직장을 오래 다니려는 어머니 때문에 (70년대엔 여성이 결혼을 하면 관행적으로 직장을 그만두어야 했다고 한다.) 결혼이 다른 지인들보다 늦었다. 가끔 주변사람들로부터 불임 이야기를 건네들을 때면 괜히 노심초사했고, 새로운 생명을 안을 생각을 할 때면 설레어했다.

하지만 아이를 갖기 전 아내는 임신을 마냥 기대하지는 않았다.

"배 속에서 새로운 생명이 움직인다는 생각을 하면 좀 이상해."

그런데 부부의 인연을 하객 앞에 약속한 지 5개월째, 계획하지 않았던 새로운 생명이 아내에게 찾아왔다.

임신을 한 뒤 아내는 다른 사람으로 바뀌었다. 임신이 절실하지 않았던 아내는 배 안에 새로운 생명이 들어오자 따뜻한 정성으로 꼬옥 품어주었다. 그토록 좋아했던 커피는 입에 대지 않은 채 우연히 거리를 걷다 커피 향을 만나면 흡흡 하며 깊은 숨을 들이마신 뒤 "좋다"라고 할 뿐이었다. 속이 불편해 평소엔 먹지 않던 우유도 자주 마셨다. 임신 전과 마찬가지로 아내는 인상을 쓰거나 화를 낸 적이 없었지만, 병원에서 배 속의 아이가 사진으로 모습을 보여준 날, 또렷한 눈코입과 손발은 아내에게 과거와는 다른 행복의 미소를 전해주었다. 아내는 배 속의 아이와 대화하고 함께 음악을 들으며 운명의 시간을 기다렸다.

출산을 위해 아내가 병원에 들어간다는 전화가 왔다. 병원에서 장모님을 만났다. 장모님은 병원에 누워 있는 딸을 보면서 애를 태웠다. 항상 딸에 대해선 건강 걱정이 앞섰다. 아이와 만나기 전 시간이 흘러갔다. 하지만 탄생 소식은 들리지 않았다. 아내 배와 연결된 기계를 통해 아이의 심장소리가 들려왔다. 시계 초침처럼 다소 빨리 뛰는 것 같아 걱정하는 초보아빠에게 간호사는 아이가 건강한 상태라며 다독였다. 빨리 만나고 싶었다. 아이도 그렇게 심장 소리를 울리며 세상에 나올 준비를 하고 있었다. 그런데 아내의 몸이 준비되지 않았다.

"자궁이 열리지 않고 있어요."

아내보다 늦게 입원을 한 산모들이 분만실을 찾아 아이를 낳고 오는데, 아내만은 계속 병실을 지켰다. 더 이상 늦출 수 없다는 말과 함께 아내에게 유도분만을 위한 촉진제를 놓겠다고 했다. 인위적으로 아내 몸을 변화시키는 촉진제는 일반 여성이 겪는 것보다 더한 아픔을 가져다주었다. 찢어지는 비명 소리가 들려왔다. 잠시 멈췄다가 다시 아내의 고통이 허공에 퍼졌다. 그때마다 가슴은 더 빨리 뛰었고 온몸에서 힘은 빠져나갔다. 살이 찢기고 뼈마디가 부서지는 소리가 무엇인지 알려주려는 듯, 아내는 숨을 몰아쉬며 주기적으로 소리를 질렀다. 비명 소리가 하늘에 닿을 것 같았지만 하늘은 무심하게도 아내의 고통을 묵묵히 듣고만 있었다. 촉진제도 별다른 효과가 없었다. 의료진의 고민이 시작됐다. 그리고 그 고민은 아내가 일반인과 다른 신체를 가졌기 때문이라는 걸 의료진의 설명으로 알 수 있었다.

"제왕절개수술이라도 해야 하는데, 아내분은 그럴 수 없어요. 수술을 했다가 지혈이 안 될 수도 있거든요."

혈액 안엔 피를 멈추게 하는 혈소판이 있는데, 빈혈이 있던 아내는 수술을 하려면 위험을 감수해야만 했다. 아내 고통 소리에도 촉진제는 계속 주입됐다. 별다른 방법이 없었다. 그렇게 24시간이 지나갔다. 장모님은 눈을 감은 채 복도 의자에 엎드렸다. 가슴을 후벼 파는 아내의 절규가 이틀 동안 들려왔다. 의사가 보호자를 찾았다.

"이제 아이가 위험할 수도 있어요."

세상으로 나오기 전부터 아이의 생명에 위협이 찾아왔다. 수술을 하면 아내가 위험하고, 수술을 하지 않으면 아이가 위험했다. 평소에 성당이나 교회를 다니지 않았던 장모님은 "하느님 살려주세요"라고 힘없이 애원했다. 아내 진통은 무려 50시간을 넘기고 있었다. 아내의 비명은 마치 한 생명이 끝날 수도 있다는 듯 공포스럽게 다가왔다.

그때 낯선 50세 안팎의 의사 한 명이 눈에 띄었다. 산부인과 의사와 함께 그가 아내를 보고 있었다. 재생불량성 빈혈로 아내를 줄곧 진료했던 아내의 담당의사였고 훗날 아내에게 이식을 권유한 의사이기도 했다. 산부인과 의사와 혈액종양내과 담당의사가 아내를 둘러싼 채 의견을 주고받았다. 조금만 더 기다려보자는 이야기가 들려왔다.

진통이 시작한 지 53시간째.

"아이가 조금씩 나올 것 같아요."

모든 이가 가슴 졸이며 아내를 지켜보던 바로 그때 아내 자궁이 열리기 시작했고 아내 안에 있던 아이가 조금씩 머리를 드러냈다. 단 몇 분 만에 분만실 안으로 들어오라는 이야기가 들렸다. 옷을 가운으로 갈아입고 분만실로 들어가자마자 기다렸던 아이 울음소리가 크게 들렸다. 아이와 아내를 이어주던 탯줄이 보였다. 무척 큰 아이를 보고 놀랐다. 초등학생처럼 작은 아내 배 속에서 팔뚝보다 더 큰 아이가 나왔다는 사실이 믿기지 않았다. 탯줄도 집게손가락처럼 굵게 보였고 또 생각했던 것보다 길었다. 황급히 탯줄을 자르고 아내에게 달려갔다. 아이의 건강보다도 아내가 걱정이었다. 눈을 감은 아내의 입술이 계속 파르르 떨렸다. 입으로 심호흡이 끊이지 않았다.

"축하드려요. 산모와 아이 모두 건강해요."

두 사람 모두 건강하다는 소식을 전해준 의사가 고마웠다. 2008년 3월 13일 오후 1시 18분, 3.68킬로그램의 건강한 아이가 50킬로그램도 안 되는 엄마의 헌신과 고통 속에서 나와 세상과 만났다.

아내는 그 고생을 하고도 남편을 보며 말했다.

"그거 좀 아프네."

그 한 마디에 우리는 서로를 보며 웃었다. 그러다 자신을 찾아온 아이를 직접 품 안에 안는 순간 아내는 하염없이 눈물을 쏟아냈다.

5

아내가 변했다

아이를 낳고 아내는 변했다. 부엌이란 공간이 남녀차별의 상징이라고 외쳤던 아내가 부엌에 머무는 시간이 많아졌다. 이제는 직접 야채를 씻고 고기를 다지며 이유식을 만들었다. 50시간이 넘는 고통을 준 사랑이었지만, 아내는 그 사랑 앞에서 자신의 평소 생각들을 지우고 아이가 원하는 대로 행동했다.

변한 건 아내뿐만 아니었다. 남편 앞에 놓이는 음식도 바뀌었다. 아이가 먹고 남은 이유식을 줄 때면 내가 불평을 늘어놓았다. 그렇다고 질 아내가 아니었다.

"아이가 남긴 음식이긴 하지만 영양가가 높으니까, 고맙다고 하고 먹어."

작고 당돌한 공주는 어느새 여왕으로 변했다.

사실 불만은 내가 먹게 될 이유식이 아니라 아이에게만 향하는 아내의 관심이었는데, 아내는 찬바람 섞인 말로 대화를 마무리하곤 했다.

"자기가 무슨 아이인 줄 알아? 그렇지, 민호야?"

대화를 할 때에도 눈길 한 번 마주치지 않은 채 아이만 바라보는 아내. 새로운 생명은 절규의 53시간을 견딘 아내에게 어두운 밤을 밝히는 여명처럼 기쁨을 가져다주었다. 아픈 몸에 산통까지 겹쳐 체력은 더 떨어졌지만, 아내는 자신을 돌보지 않은 채 아이만을 보살폈다. 작은 욕조에 물을 받고 손목이 시리다며 압박붕대를 감고서도 흐르는 물에 아이 몸을 닦아주었다. 몸이 작아 젖이 잘 나오지 않는다고 유축기로 가슴을 쥐어짜며 훌쩍이던 얼굴은 평소 아내답지 않던 모습이었다. 빈혈로 항상 충분한 수면이 필요했지만 옆에서 자는 남편을 내버려두고 새벽에도 여러 번 일어나 분유를 먹였다. 탁월한 어학 능력 때문에 시간이 허락하는 만큼 외국어 수업으로 많은 돈을 벌었던 아내는 출산 후 모든 일을 접고 아이 곁으로 다가갔다.

"아이와 함께 있을 시간이 많지 않을 거야. 초등학생만 되어도 부모 곁을 떠난다니까. 그 시간 동안은 민호랑 같이 지낼 거야."

돈은 나중에라도 벌 수 있지만, 아이와 함께 보낼 수 있는 시간은 다시 돌아오지 않는다고 했다. 그러면서 두 사람이 하나의 시간 안에서 같이 살을 맞대며 목욕을 하며, 미소를 짓고, 음식을 함께 먹었다. 아이를 데리고 항상 특정한 장소를 향해 멀리 가려는 남편에게 아내는 "사랑은 그냥 같이 있는 것"이라며 핀잔을 주곤 했다.

많은 사람들이 특별한 사랑을 꿈꾸는데, 특별한 사랑은 특별한 사람을 만나는 게 아니라 평범한 사람이 만나 특별한 관계를 만들 때 특별한 사랑이 된다고 한 도종환 시인의 말을, 아내는 일상 속에서 아이와 함께 실천했다. 아내는 매일 아이를 바라보며 사랑스러운 기억을 시간과 가슴 안에 차곡차곡 쌓아갔다.

결혼을 한 뒤 명절 아침이면 아내는 방 안에서 나지막이 겁을 줬다.

"그만 일어나시지?"

그럴 때마다 자리에서 벌떡 일어날 수밖에 없는 건 바로 공포 때문이었다. 몸이 피곤해 늑장을 부릴 때면 작은 물리력도 동원된다. 작은 발로 톡톡 몸을 흔들어 깨웠는데 그때는 말투가 좀더 엄하게 바뀐다.

"일어나지?"

몇 분 후 나는 어느덧 아내와 함께 전을 부치고 고기를 썰었다. 아이 이유식을 위해 자발적으로 찾는 부엌과, 명절이 다가와 의무적으로 음식을 해야 하는 부엌은 서로 다른 부엌이었다. 일반인들이 휴식을 취하는 날이면 방송기자들은 중계차로 교통 소식을 전하거나 대중이 모인 곳을 찾아 현장 소식을 전하며 더 바쁜 하루를 보냈다. 그럼에도 명절 전후 싸움은 무조건 남편이 질 수밖에 없다는 생각에 순순히 아내 말에 따랐다.

아이 이유식을 제외한 모든 음식에 서툰 아내는 음식을 하는 시어머니 옆에 달라붙어 보조 역할을 충실히 해냈다. 아내는 음식을 손으로 하기보다는 말로 했다. 어머님 어머님 하면서 육아 이야기이며, 동네 이웃 이야기이며, 때로는 살림에 관한 질문까지 어머니와 대화를 이어갔다. 서로 맞장구를 치며 이야기가 꼬리에 꼬리를 물었다. 아버지와 형제만 키우며 조용히 가족을 뒷바라지했던 어머니에게 살갑게 대하는 며느리는 음식엔 비록 서툴지만 즐거운 말동무였다.

아내가 남편을 깨우는 건 지나고 보니 연휴 기간이라도 함께 이야기를 하고 싶다는 신호였다. 항상 아침 일찍 일어나 밤늦게 돌아오는 남편을 향해 명절 때만큼은 나가지 말고 집에서 대화를 하자는 듯 아내는 시어머니와 남편 사이를 왔다 갔다 하며 말을 붙였다. 나도 말하는 걸 좋아하지만, 일에 매달린 뒤 남은 피로 탓에 입을 굳게 다물고 살았다. 그래서 항상 이름을 불러주며 말을 걸어주는 사람은 아내였다.

아내와 사소한 다툼은 가끔 말 때문이었다. 어쩌다 시간을 함께 보내게 된 아내가 옆에서 이런저런 이야기를 쏟아낼 때마다 나는 곧잘 짧게 물었다.

"그래서 '야마'가 뭔데?"

야마는 '핵심'이라는 뜻으로 기자들이 쓰는 일본어식 은어였다. 몸은 천근만근인데, 작은 사건 하나에 대해 미주알고주알 이야기하면 짜증이 밀려왔다. '야마'를 따지면 아내는 잠시 침묵했고, 그 시간은 내게 짧은 공포감을 안겨주었다. 그리고 일주일에 몇 번 본다고 대화를 끊느냐며 질타가 이어졌다. 말은 뱉어놓고 나서야 실수인 줄 안다. 간혹 학습효과 때문에 이야기는 끝까지 듣지만, 그 사안은 문제가 이것이니 아마 이렇게 해결하면 되지 않겠냐고 답을 하고 만다. 그러면 또다시 공포의 침묵이 시작되고 꾸중이 이어진다.

"누가 문제점을 짚으래? 말은 문제를 해결해달라고 하는 게 아니라고."

아내는 내가 말하는 대화 방식에 재미라고는 눈곱만큼도 찾을 수 없다면서 그냥 맞장구를 쳐주거나 고개를 끄덕이라 했다. 자신의 부탁이니 대화 방법을 그냥 외우고 몸으로 받아들이라고 강조했다.

지나고 보니 누군가 내게 말을 걸어준다는 건 무척 고마운 일이었다. 그냥 속에 있는 이야기를 풀어놓는 건 그만큼 상대를 신뢰하기 때문이라는 걸 뒤늦게 알았다. 그래서 어쩌면 말을 하는 데 중요한 건 말이 담고 있는 내용이 아니라 말에 앞선 관계였다. 해결책을 제시해주거나 문제를 파악해주는 게 아니라, 그냥 상대의 말을 들을 수 있는 것만으로도 그건 행복이었다.

6

우리 세 식구

장모님은 아이를 바라볼 때에는 행복이 가득했지만, 딸을 바라볼 때에는 걱정이 앞섰다. 몸이 약했지만 아이까지 낳은 딸을 관심과 근심 가득한 눈으로 바라봤다. 걱정을 일부러 키울 필요가 없다는 생각에 어머니 아버지에게 아내의 질병은 영원한 비밀이었다.

"잘 좀 먹어라, 얘야. 엄마가 건강해야 한단다."

어머니는 추위를 잘 타는 며느리가 약해 보인다며 늘 건강을 염려했다. 하지만 아내는 주변의 염려에 대해선 무관심이었다. 생명까지 위협받으면서 아이를 낳았지만 자신의 건강은 뒷전이었다.

어느 날 밤 훌쩍이는 소리에 잠에서 깼다.

"무슨 일이야?"

놀란 마음에 물으며 일어났는데, 모유를 짜내는 유축기를 가슴에 댄 아내 모습이 보였다.

"젖이 잘 안 나와."

"그것 때문에 울었어? 그냥 우유 먹여, 왜 고생이야."

"모유를 먹여야 아이가 건강하단 말이야."

아내는 훌쩍이며 유축기를 돌리고 또 돌렸다. 아이가 태어나고 밤이면 유축기 소리와 아내의 한숨 소리를 자주 들어야만 했다.

다행히 아이가 태어난 지 1년. 행복과 염려 속에 아이와 엄마는 모두 건강히 1년을 넘겼다. 돌잔칫날, 많은 하객들이 아이의 건강과 행복을 위해 행사장을 찾았다. 행사를 시작하려는 즈음 입구에서 큰 소리가 들려왔다.

"불이야~!"

소리가 나는 쪽을 돌아보니 하얀 연기가 천장 위로 타고 들어왔다. 자리에 앉던 사람들은 급히 밖으로 뛰쳐나갔고, 매장 입구에 가보니 어른 키만 한 불기둥이 솟구쳤다. 커다란 케이크 주변을 아래부터 계단 모양으로 쌓아놓은 작은 양초들 전체에 불이 옮겨 붙었다. 소화기를 가져다 진화에 나섰지만 불길은 잡히지 않았다. 순간 인공 기름 위에 불이 붙으면 불이 잡히지 않는다던 한 소방관의 말이 떠올랐다. 아무리 소화기를 뿌려대도 인공 기름 위에 타는 불은 계속 타오르기만 했다. 당황한 탓에 얼마의 시간이 흘러갔는지 모르는 사이, 불이 마침내 꺼졌다. 매장 음식 위엔 하얀 소화기 가루가 뒤덮여 있었다. 음식을 모두 새 음식으로 대체하고 청소를 하고 있는 사이 아내가 나타났다. 잔치를 망쳐버린 모습에 속은 안상했을까 얼굴을 쳐다보는데 아내는 아랑곳하지 않고 오히려 자신감 찬 어조로 말을 건넸다.

"오빠, 민호는 큰사람이 될 거야."

"응?"

"불이 난다는 건 상서로운 조짐이래. 꿈에서도 불이 나는 건 복을 부른다고 하더라고. 두고 봐, 돌잔치에 불이 난 건 길조야!"

웃음이 나왔다. 아내의 말을 듣고 나서 우리 부부는 아무런 일도 없다는 듯 하객들 앞에서 밝게 미소 지었다.

어쩌다 하루 일찍 들어와 안방 문을 열면 두 사람은 나란히 침대 위에 누워 있곤 했다. 샤워를 마친 아이는 보송보송하게 로션을 바르고 깨끗한 잠옷을 입고 있었다.

"남편, 안녕."

"아빠, 안녕."

9시를 전후에 자기 전에 들어온 아빠의 '이례적인 방문'에 손인사 한 번, 미소 한 번 보낸 두 사람은 읽던 책을 계속 읽어내려갔다. 민호는 맑은 눈동자를 움직이며 엄마의 목소리를 바탕으로 상상의 나래를 펼쳤다. 나란히 누워 침대 위에서 동화를 읽는 아내는 행복이 무엇인지 알게 했다. 그렇게 아내 목소리는 항상 아이 곁에 있었다.

"엄마, 이거 뭐야?"

"엄마, 저건 뭐야?"

"엄마, 왜?"

세 살이 넘어가면서 부쩍 호기심이 많아진 민호는 쉼 없이 엄마에게 말을 걸었다. 말하기를 좋아하는 엄마 아빠를 닮아서인지 민호의 입도 조용히 쉬는 시간이 없었다. 묻고 대답하고 자기 생각을 말하고 다시 묻기를 반복했다. 옆에서 보면 하루 종일 계속되는 아이의 질문에 지치기도 하련만 아내는 오히려 질문 하나에 여러 문장을 이어 정성껏 답해주었다.

"고맙게도 나를 불러주잖아. 나를 필요로 하는데 옆에 있어주어야지."

아내는 아이가 불러주는 '엄마'라는 단어를 무척 좋아했다. 아내는 자기가 있는 이 시간과, 민호와 함께하는 이곳을 사랑했다. 행복의 중심을 집밖에서 찾지 않았다. 아내는 그런 사람이었다. 자신이 쌓아온 경력과 지식을 모두 내려놓고 자신을 찾아온 새로운 생명을 온몸으로 느꼈다. 아내가 아이를 느낄수록 거실은 아이의 놀이터로 변했고, 안방은 아이를 위한 침실로 변신했다. 책장엔 어느새 부부의 책은 구석으로 밀렸고, 동화책과 영어책이 빼곡히 쌓였다. 집이란 공간은 아내가 아이를 향한 관심만큼 곳곳이 아이 흔적으로 바뀌었다. 아이가 유리창에 크레파스로 그림을 그려도 그 그림을 지우지 않은 채 그대로 간직했고, 마루 위엔 아이를 보호하기 위한 두꺼운 매트가 깔렸다. 식탁 옆엔 어린이 탁자가 아이를 기다렸고, 화분 대신 노랗고 빨간 비행기며 뽀로로 장난감들이 장식장 위에서 아이를 바라보았다.

일주일에 하루, 주말에 세 식구가 모이면 저녁식사를 마친 뒤 자주 서울대공원으로 향했다. 차로 5분 남짓이면 서울대공원 주차장에 도착하는 거리에서 살았던 터라 아내는 특히 민호와 서울대공원 길을 걷는 걸 좋아했다. 민호는 서울대공원과 서울랜드 앞을 지나가는 코끼리열차를 무척 신기해했다. 봄가을이면 리프트 아래에서 분홍빛으로 화사하게 고개를 든 봄꽃과 붉은 단풍을 바라보았고, 여름이면 코끼리열차를 타고 바람에 땀을 식혔다. 리프트 위에서 아빠와 엄마 사이에 앉은 아이는 발밑을 내려다보며 숨쉬는 동물과 식물들을 작은 눈으로 바라보았다.

아이와 산책을 할 때면 아내는 절대로 앞서 걸어나가지 않았다. 아이가 쪼그리고 앉으면 아내는 아이 뒤에서 묵묵히 아이를 바라보았고, 아이가 손가락을 무엇을 가리키면 아이 얼굴에 자신의 얼굴을 가져다 대고 아이와 시선을 맞췄다. "지극정성"이라고 한마디하면 아내의 답은 한결 같았다.

"아이와 이렇게 시간을 보낼 수 있는 것도 한때야."

우리는 여름이면 자주 양평을 찾았다. 장인어른과 친분이 두터운 지인 한 분 별장이 양평에 있었는데, 퇴직 후 장인어른이 그 별장에 머무르며 농사도 짓고 관리도 했다. 지나고 생각하면 아내에게 자연은 곧 살아 있는 것이었다. 아내는 민호에게 시간이 나는 대로 흙을 밟으며 살아 있는 것이 내뿜는 아름다움을 마주할 기회를 제공했다. 아내 덕분에 민호와 나는 고추가 어떻게 커가는지, 호박은 어떻게 열리고 매달려 있는지 배울 수 있었다.

항상 보석처럼 밝고 화려한 것을 보기 좋아했던 아내는 아이를 키우면서 초록색으로 가득 찬 자연으로 눈길을 돌렸다. 네온사인 아래 도심 속을 걸었던 아내는 천천히 곡선을 그리며 아이 손을 잡고 흙을 밟았다. 아이가 엄마에게 말을 걸수록, 엄마는 나무 아래에서 아이와 많은 대화를 나눴다. 아내는 아이와 함께하는 시간 속에서, 그리고 다시 못 올 그 시간 안에서 행복을 만끽하며 하루 종일 미소를 지었다.

남동생이 결혼을 하지 않은 데다 처제에게도 아이가 없어 온 사랑을 한 몸에 받는 아이에겐 음식과 장난감, 옷이 넘쳐났다. 당신들은 들지 않더라도 아이를 위한 음식이라면 최고급 고기를 가져다 냉장고에 넣던 부모님이었고, 아이가 원하는 장난감은 가격표를 보지 않고 아이 품에 안겨주던 처제와 남동생이었다. 아빠는 일주일에 아이와 얼굴을 마주하는 시간이 채 하루도 안 돼 쓴소리를 낼 틈도 없었다. 가끔 아이가 어른들에게 버릇없는 행동을 하거나 장난이 심할 때면 아내는 아이에게 몇 차례 경고를 주었고 그래도 말썽을 피우면 아이 손을 붙잡고 방 안으로 들어갔다. 아이가 엄마 손을 붙잡고 방 안으로 들어갈 때면 아빠는 아이와 짧은 작별의 인사를 나눴다.

"민호야, 안녕! 좀 이따가 봐!"

아이는 자신이 엄마에게 혼쭐이 난다는 사실을 모른 채 아빠에게 웃으며 대답을 해주었다.

"아빠, 안녕!"

아내는 아이에게 엄했다. 매를 들거나 소리를 지르는 폭력적인 방식이 아니더라도 단호한 말투와 눈빛으로 아이의 잘못을 꾸짖었다. 혼을 낼 때에도 아내는 무릎을 꿇고 아이와 눈높이를 맞췄다. 그러면서 방문을 닫고 아이의 자존심을 지켜주었다. 하지만 엄마의 짧은 꾸중 때문에 아이는 눈물을 흘리곤 했다. 가족들에게까지 아이의 인격을 존중해주던 아내였지만, 나중에 주변 엄마들에게까지 '민호 엄마는 아이에게 엄격했다'라는 평가를 들었을 만큼 아이를 위한 쓴소리를 아끼지 않았다.

아내가 떠나고 가장 먼저 했던 일 중에 하나가 사진을 찾는 일이었다. 아내와 함께 했던 결혼 5년 동안 무슨 일이 일어났는지 찾고 싶었다. 수많은 사진들이 아내 컴퓨터에 저장되어 있었다. 사건을 찾아 말과 글로 기사를 전달하는 사이, 아내는 남편이 알 수 없는 시간 속에서 아이와 추억을 매일 하나씩 쌓아올렸다. 아빠와 아이는 다른 시간 속에 5년 가까이 떨어져 있었고 아이와 함께한 시간은 아내에게만 있었다.

7

웃음

우리 부부는 싸움과 거리가 멀었다. 낙천적이고 느긋한 성격이 서로 닮았기 때문이었다. 이를테면,

"청소 좀 하자."

"하고 싶으면 오빠가 해."

"좋아. 그러면 우리 모두 하지 말자."

"그래, 좋아!"

항상 이런 식이었다.

그런데 신혼집을 어느 곳에 마련할지를 두고는 두 사람이 충돌했다.

"강남으로 가자."

"안 돼!"

"친구들이 다 강남에 있단 말이야."

"너 건강을 생각해야지. 과천이 녹지가 많아 건강에 좋단 말야!"

아내는 무척 강남에서 살고 싶어했다. 남들 눈 때문이 아니었다. 청소년 시절을 강남 일원동에서 줄곧 보낸 터라 아내는 친구들을 쉽게 만날 수 있는 곳에서 신혼 둥지를 틀자며 졸랐다. 결혼 준비기간에 혼수 등의 문제로 심각하게 다투는 커플들이 많다는 이야기를 익히 들어 아내 말을 받아주는 편이었지만, 살 곳을 정하는 문제만큼은 건강과 관련된 것이니 양보할 수 없었다. 평소와 달리 남편이 물러설 기색이 없자 아내는 고맙게도 남편 뜻을 따랐다.

사실 싸우지 않았던 가장 큰 이유는 바로 아내가 아파서였다. 급하게 일을 처리하는 기자라는 직업을 가진 탓에 순간 아내를 향해 화가 오르면, 아내는 종종 한 손을 머리에 얹고 두 눈을 지그시 감은 채 장난스레 반응했다.

"오빠, 갑자기 어지럽네."

치솟은 분노는 아내의 넉살에 허탈한 웃음으로 바뀌었다. 사소한 다툼이 큰 싸움으로 번지기 전에 항상 아내에게 무릎을 꿇을 수밖에 없었던 건 바로 아내의 어지럽다는 농담 한 마디 때문이었다. 실제로도 여린 아내는 남들보다 쉽게 피곤을 느꼈다.

아픈 사랑은 나무의 나이테를 많이 닮는다. 겨울이 추울수록 나이테는 진하게 변한다. 혹독한 추위일수록 나이테는 생장을 천천히 진행하며 진한 나이테를 그린다. 연약한 아내를 바라보는 감정은 가끔 서늘해질 정도로 불안했지만, 오히려 그 불안은 아내를 자주 생각하게 해주었다. 사랑하는 사람이 아플수록 두 사람의 관계는 더 깊어갔다. 그래서 아픈 사랑은 슬프기도 하지만 다툼 없는 축복받은 사랑이기도 했다.

아이를 낳고 1년 반이 지난 어느 날, 아내는 웃으며 병원에 다녀온 소식을 전했다.

"오빠, 나 희귀 난치성 질병으로 판정받았어."

빈혈이 희귀한 병이냐고 묻자 아내는 그건 중요하지 않다고 했다.

"희귀 난치성 질병으로 인정되면 병원비의 10프로만 내면 되거든. 아무튼 돈을 버는 거지."

이민을 고려해본 적도 없지만 한국에서 아이와 함께 오래오래 살자는 말도 덧붙였다. 의료 민영화를 실시하는 미국처럼 병원비용을 민간 보험회사에 의지하지 않는 정책 덕분에, 천문학적인 돈을 병원에 지불할 필요가 없다면서 철없는 부부는 좋아했다. 뒤집어 생각해보면, 아내의 병은 쉽게 나을 수 있는 병이 아니기 때문에 정부에서 재정보조를 평생 해준다는 의미였다.

3개월에 한 번씩 정기적으로 혈액검사를 받아왔던 아내는 난치성 질환 판정을 받은 뒤로는 달마다 병원을 찾아야만 했다. 백혈구와 혈소판 그리고 적혈구 수치를 매달 확인해야 했다. 그래도 별로 부담스럽지 않게 여긴 건 그래야 '병원비의 10프로'만 내면 된다는 생각 때문이었다. 그건 남편의 무관심이 부른 착각이었다.

아내는 매달 왜 병원을 가는지에 대해선 말을 아꼈다. 난치성 질환 판정을 받은 시기가 다른 때도 아닌 왜 2009년이어야 했는지에 대해선 침묵했다. 아내는 남편이 듣기 좋아하는 말만 골라 안심시

켜주었고, 들어서 걱정할 이야기는 꺼내지도 않았다. 훗날 아내 진료기록지들을 세밀히 살펴보니 바로 그 시점은 아내에게 있던 백혈구와 혈소판 그리고 적혈구 수치가 점점 떨어지며 기능을 급격하게 잃어가기 시작한 때였다. 다시 말해 '희귀 난치성 질병' 판정은 곧 아내 신체가 악화일로를 걷기 시작했음을 의미했다. 아내는 그때부터 병원에서 자주 수혈을 받고 혼자서 돌아왔다.

아내는 자신에게 찾아온 시련을 혼자서 감당했다. 아내는 말이나 표정으로는 내게 아픔을 감추었지만, 잠자다 가끔 인기척에 눈을 떠보면 아내는 혼자서 침대 위에 앉아 있곤 했다. 그 고요 속에서 아내가 몸으로 느낄 불편함을 미루어 짐작만 했다. 몸이 불편하냐고 물어도 그럴 때면 그냥 "아니야" 짧은 대답만 들려왔다. 아마 근심과 슬픔을 깊은 마음속에서 혼자서만 마주하고 있던 듯했다.

장난 어린 핀잔을 주는 여동생 같았던 아내는 점점 성숙한 누나처럼 모든 것을 받아주기 시작했다. 속에 담아놓지 못하고 풀어내야 직성이 풀리는 남편이 회사 일로 스트레스가 쌓일 때면 넋두리를 귀담아 들어주었다. 아내는 한 귀로는 남편의 말을, 그리고 또 다른 귀로는 아이의 말을 들었다. 그러면서 아내는 자신이 품은 아픔에 대해선 침묵했다. 가끔 아내도 비를 흠뻑 맞으며 한없이 울고 싶었을 테다. 사람마다 각자가 가슴 한구석에 슬픔 하나씩 있겠지만 병을 간직한 사람의 마음에 자리잡은 슬픔은 그 사람을 가끔 흠뻑 적셔놓았을 테다.

두려운 판정을 받고 나서 혼자서 가슴앓이를 했을 것 같던 아내는 이내 아이를 더 오래 품에 안으며 불안을 밀어냈다. 그래서 내가 기억하는 아내의 얼굴은 대부분 아이를 바라보며 짓던 웃음과 가끔 나를 놀리며 내보이던 미소였다. 아내를 존경하는 여러 이유 중 하나가 바로 일상에서 웃음을 놓은 적이 없다는 사실이었다.

아내는 몸이 웃음을 잃게 하지 않는 한 항상 웃으며 살라고 가르쳐주었다. 그리 길지 않은 삶을 짜증이나 분노 대신 행복한 미소로 채워넣는 방법을 몸소 보여주었다. 그래서 아내의 웃는 모습이 떠오를 때마다 삶 속에서 웃음을 잃게 하는 요소들을 하나씩 지워야 했다. 아내 말대로 다가오지 않은 미래를 현실에서 불안해하지 않아야 했고, 내가 지닌 꿈을 놓지 않아야 했다. 가끔 힘들 때면 곁에서 아내가 속삭이는 것만 같다.

"왜 그러니? 난 입원할 때 빼놓고는 항상 싱글벙글이었는데."

8

희생

"얻어만 먹지 마. 밥값에 인색하면 추하거든."

지갑 안엔 항상 아내가 건네준 신용카드 한 장이 꽂혀 있었다. 현찰도 거의 없고, 여러 장의 신용카드도 없이 단출하게 지갑을 지킨 신용카드 한 장. 이 마법의 플라스틱 카드 한 장으로 대중교통은 물론 늦은 귀가에 이용하는 택시비, 각종 식사까지 쉽게 해결했다. 바쁜 기자들이 시간을 내 취재원을 만나면 취재원들이 으레 밥값을 냈지만, 아내가 준 카드 덕분에 심심찮게 내가 내기도 했다.

아내가 직장을 그만둔 뒤로 박봉인 남편 월급에 살림살이는 허덕였지만 남편의 카드 씀씀이는 그대로였다. 오히려 일선에 있는 후배들이 많아져 나가는 돈이 더 늘었으니 벌이는 줄고 지출만 많아진 셈이었다. 그래도 아내는 남편의 사회생활을 적극적으로 지지했다.

"돈은 내가 나중에 벌면 돼. 오빠는 기자 생활에만 집중해. 돈 격정 말고 당당하게 다녀."

훗날 집을 정리하다보니 수많은 약들이 쏟아졌는데 아내는 입 안이 자주 헐어서 몸에 좋다는 각종 비타민제와 한약 캡슐들을 복용하고 있었다. 그때 발견한 영수증 보관함에는 알지 못했던 아내 약값이 빼곡히 쌓여 있었다. 약값과 병원비가 늘면서 근심도 커졌을 텐데 아내는 고맙게도 항상 남편을 지지했던 것이다.

그런 아내였지만 가끔 지출이 얼마인지도 모를 남편의 카드명세서를 보고 한숨을 쉬곤 했다. 뾰로통한 목소리로 투정 한번 부리지만 그래도 결론은 어깨 움츠리고 다니지 말라는 말이었다. 어린아이처럼 사람들을 무척 좋아하는 남편은 아내를 든든한 후견인이라며 치켜세운 뒤 집밖으로 나가서는 여유로운 기자 생활을 즐겼다.

수입이 줄면서 변한 건 아내였다. 지금도 아내가 그리울 때면 사진과 동영상을 자주 꺼내보곤 하는데 사진 속 아내는 같은 옷을 입고 있었다. 일상을 떠나 여행을 갈 때에도, 햇살을 만끽하는 나들이를 나갈 때에도 아내가 몸에 걸치던 옷은 집에서 설거지를 하거나 아이를 돌볼 때 입는 옷과 같았다. 넉넉했던 청소년기와 20대를 보낸 아내였지만, 50시간 넘게 산통을 하게 한 아이와 기자라는 직업을 가진 남편을 위해 자신의 차림새엔 인색했다.

강릉으로 휴가를 간 2011년 여름, 재래시장에서 바지를 내보이며 아내가 물었다.

"오빠, 이 바지 어때? 5천 원짜리인데 괜찮지?"

싸구려 옷을 집어든 아내에게 미안한 마음이 앞서야 할 그 순간, 소비에 대한 평소 생각이 습관처럼 툭 튀어나왔다.

"소비는 필요해서 하는 게 아니라, 그냥 눈에 보이기 때문에 하는 거야."

현대 사회는 사람들의 눈을 현란하게 만들어 과잉 소비를 부추긴다고 느꼈지만, 그 말은 5천 원짜리 바지 앞에서는 맞지 않는 맥락이었다.

"아내를 위해 5천 원 쓰는 게 그토록 아깝냐?"

말 한 마디를 잘못해 3일 동안 아내에게 미안하다는 말을 달고 다녔던 당시엔 아내의 검소함에 대해선 잘 알지 못했다.

경제적 넉넉함 대신 아이와 함께 하는 시간을 선택한 아내는 희생으로 줄어든 가정 경제를 메워나갔다. 알뜰했던 아내가 조금이라도 나은 이자와 투자 수익을 찾아 은행 계좌만 8개를 개설했고 증권계좌 24개를 가지고 있었다는 사실은 아내가 떠난 뒤에야 알았다. 하지만 잔고가 있는 계좌는 몇 개에 불과할 만큼 절약을 위해선 번거로운 일도 마다하지 않았던 셈이었다.

연애 시절 입던 옷을 입고 가방을 들어도 아내 얼굴에 그늘은 없었다.

"은지는 항상 웃어서 예뻐."

어머니는 며느리를 좋아한 가장 큰 이유로 웃는 얼굴과 정겨운 말투라고 종종 말했다. 돌이켜보면 아내는 행복의 기준을 '비교'를 통해 찾지 않았다. 예쁜 머리끈 하나 없어도, 자존심으로 내세우는 명품 가방 하나가 없어도, 감탄을 자아낼 만한 다이아몬드 하나 없어도 아내에겐 그런 것들이 중요하지 않았다. 대신 옆에서 작은 숨을 내쉬며 아이가 잠을 자는 모습에, 아이와 서울대공원을 향하는 산책 길에서 지저귀는 새들의 소리에 집중했다.

남들이 부르는 희생이라고 하는 것들이 아내에게는 그저 남들의 평가일 뿐이었다. 남들이 말하는 삶이 아닌, 자신이 정한 삶을 살았다. 그래서 아내의 시간은 얼마만큼 갖는 것에 있지 않았고 누구와 함께 있는 것들로 가득 찼다. 그러고 보면 아내는 자신에게 허락된 시간 동안 무엇을 하며 살아야 할지 정확히 판단하고 결정했다. 아내는 자신을 드러내는 데 소홀했지만, 자신의 가슴을 어떤 감정으로 채워야 할지에 대해선 욕심이 많았다.

경제적으로는 과거처럼 윤택하지 않았어도 아내는 오히려 행복했다. 그러면서 상대의 모든 것을 있는 그대로 받아주는 것이 사랑임을 남편에게 가르쳐주었다. 아이가 밥을 달라고 할 때 상대를 위해 식사를 준비해주고, 아이가 놀자고 조르면 함께 산책을 나가며, 피곤함이 몰려오는 아이 머리맡에서 조명을 어둡게 한 채 조용한 목소리로 책을 읽어주었다. 남편이든 아이든 상대가 원하는 것을 그대로 받아준 아내. 아내는 사랑하면 상대의 기쁨과 자신의 기쁨을 동일시한다는 것, 그리고 상대가 원하는 대로 자신이 이끌려도 웃을 수 있는 것이 사랑임을 행동으로 말해주었다.

9

우리, 함께했을 때 깨닫지 못했던 것들

사진에도 없었다. 영상에도 없었다. 결혼을 하고 난 뒤 남은 아내 흔적은 기록 밖에 있는 기억 속 몇 개 단편만이 전부였다. 아내를 위한 글은 결혼기념일에 좋아하던 시 한 편을 써준 게 전부였다. 아내와 누릴 행복을 항상 유예하는 동안 아내와 함께할 시간도 지워졌다.

'함께 사진 찍은 게 이렇게도 없나?'

불평은 사진에서 시작해 나에게서 끝났다.

내 시계는 항상 미래를 향해 있었다. 그러면서 더 큰 행복은 소유의 양과 비례한다고 굳게 믿었다. 그래서 모든 것을 가져야 하는 시대엔 돈은 물론이거니와 명예도 학교도 그리고 직장도 가져야 했다. 일을 하면서 의미를 찾지 않고 일을 통해 명예를 가져야 했고, 학문에 대한 관심보다 학교 이름을 소유하고 싶었으며, 사람과 관계를 맺는 직장보다 직장 이름을 명함에 새기는 것이 더 중요했다. 지금 해야 할 일은 모두 미래를 위한 것이었다. 집과 자동차, 아이 교육, 그리고 노년 준비. 도로 위에 있는 풍경과 마을에 눈길 한 번 주지 않은 채 빨리 달리기에 바쁜 지하철처럼, 내 안에 있는 시간은 어제와 오늘을 건너뛰고 미래를 향해 속도를 높이며 달려만 갔다.

아내가 아플 때에도 아픈 아내의 모습을 그대로 받아들이기보다, 건강을 되찾았을 아내를 상상했다. 내 행복은 항상 '지금 여기'의 밖으로 숙제처럼 밀려나 있었다. 많은 것을 가질수록 인간이 지닌 온기는 사라지고 겉모습이 번지르르한 차가운 상품으로 변해갔다. 성취를 한다는 건 뒤돌아보니, 보이지 않는 값비싼 상표를 하나씩 내 이름에 덧붙이는 과정이었다.

행복은 그렇게 멀리 있지 않다는 걸 아내가 떠난 뒤에야 알 수 있었다. 아이 음식을 위해 앞치마를 두른 아내의 뒷모습에서, 퇴근하고 집에 돌아왔을 때 "안녕" 하며 반기는 인사말에서, 소파에 앉아 빨래를 개는 가녀린 손길에서, 아이와 함께 색색 소리를 내며 잠을 자는 모습에서, 불만이 생겨 힘주어 부르는 "남편!"이라는 소리에서, 아내와 함께 있는 순간마다 행복은 있었지만 무심코 지나쳤다. 매 순간 집중하기에도 부족한 시간을 항상 멀리 있는 행복을 바라보며 그저 지나쳤다. 아내는 가르쳐주었다. 이제 더 이상 일상이 주는 행복을 놓치지 말라고.

행복을 유예하면, 사랑한다는 말도 행복이란 단어도 함께 뒤로 밀려나간다. 사랑을 한다는 말은 사랑하는 사람이 곁에 있음을 전제하는데, 곁에 있는 사람에게서 깊은 사랑을 느끼지 못하면 사랑한다는 말도 일상에서 사라진다. 배는 고동 소리를 낼 때 비로소 움직이는 것처럼, 사랑도 '사랑한다'는 말을 해야만 더 짙어간다. 감정이 없는 물건이 아니었는데, 사랑을 느낄 수 있는 사람이었는데, 결혼 기간을 포함한 연애 10년 동안 사랑한다는 그 소중한 말을 한 기억이 별로 없었다. 아내가 이별을 앞두고 마지막 눈물을 보인 순간에도 참고 견디라는 부탁의 말보다 사랑한다는 말을 했어야 했는데 그 흔하고 많이 들었던 사랑한다는 말은 가슴에만 머물러 있었다.

다시 연애시절 처음으로 돌아간다면 지금 이 순간 옆에 있는 아내에게 집중하며 감정 섞인 말들을 전하고 싶다. 아내와 다시 시간을 함께할 수 있다면 차려준 음식을 급하게 먹기보다, 음식 하나하나를 천천히 씹으며 아내와 오늘 있었던 일들에 대해 대화하고 싶다. 계절이 바뀌면 새로운 옷을 사주려고 고민하지 않고, 계절에 따라 아내가 좋아하는 색이 무엇인지를 묻고 원하는 옷을 함께 고르러 가고 싶다. 아침마다 다녀오겠다는 말 대신 함께 있어줘 고맙다고, 사랑한다고, 매일 말해주고 싶다.

한 사내가 있었습니다. 그 사내는 집 앞에 핀 꽃을 사랑했습니다. 꽃도 그를 사랑했습니다. 그는 꽃이 항상 옆에 있을 줄 알았습니다. 그래서 그는 옆에서 자신을 기다리던 꽃을 항상 지나쳐 밖으로 나갔습니다. 꽃은 자신이 꽃을 피울 때 좋아해준 것처럼 바로 앞에 그가 마주하며 말을 걸어주기를 원했습니다. 그러던 어느 날 꽃잎은 떨어졌고, 앙상한 줄기만 남았습니다. 사내는 뒤늦게 영원히 같이 있을 것 같던 꽃을 그리워했습니다.

그 후로 사내는 매일 그 줄기 앞에 앉아 있었습니다. 그러면서 사라진 꽃이 주었던 진한 향기와 예쁜 모습에 가슴 아파했습니다. 사내는 기도를 했습니다. 앞에 있는 줄기에서 다시 꽃이 피어나라고.

그렇게 한 해가 지났습니다. 매일 보던 줄기에 꽃봉오리가 조금씩 열리기 시작했습니다. 서서히 피는 꽃을 보며 그는 무척 기뻐했습니다. 하지만 그해 핀 꽃은 지난해에 피었던 꽃이 아니었습니다. 같은 꽃이 매년 피는 줄 알았지만, 이미 시든 꽃은 다시 피지 않았습니다.

사내는 새로 핀 꽃을 보며 시든 꽃을 매일 생각합니다. 그리고 다짐했습니다. 지난해 잘 만나주지 못한 그 꽃을 위해서라도 새로 핀 꽃과 오래 같이 있겠다고.

새로 핀 꽃의 모습을 한 아이가 좋은 이유는 지난해 시든 엄마란 꽃의 향기를 담고 있기 때문입니다.

7월이면 비가 오는데, 나뭇가지에서 떨어져 나간 꽃잎들이 하늘로 올라간 뒤 나무를 잊을 수 없어 다시 땅으로 내려오는 것입니다. 사내는 그래서 비가 오면 그냥 그 비를 맞고 있습니다.

—2013년 7월 일기에서

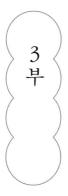

3부

1

아이 곁에

머리카락 한 올 없었지만 예쁜 두상을 드러낸 아내가 보였다. 옷도
입지 않은 채로 아이 앞에서 무릎을 꿇은 아내는 아이를 지그시 내
려다보았다. 눈물을 흘리지 않으면서도 울고 있는 눈망울이었다.
아이는 두 눈을 감고 깊은 잠을 자고 있었는데, 아내는 아이의 얼
굴에서 눈을 떼지 않았다. 몸은 약에 시달려 부기 있는 모습 그대
로였다.

"여보."

방 한가운데에 있는 아내를 문 옆에 서서 불렀다.

"여보!"

여러 차례 아내를 불렀지만, 아내는 아무런 말을 하지 않았다.
마치 말을 잃은 인어공주처럼 그냥 슬픈 눈으로 잠을 자고 있는 아
이만을 바라보았다. 눈물이 눈물샘을 꽉 막은, 통곡할 것 같은 눈
망울이었다. 아내는 아이 앞에서 죄인처럼 무릎을 꿇은 채 미동도

없었다. 이제 와 어떤 말을 해보았자 아무런 소용이 없다는 듯 그렇게 침묵했다. 아내가 떠날 것 같은 느낌이 불현듯 밀려왔다. 아내를 향해 소리쳤다.

"더 있다 가. 더 있다 가, 여보!"

소리를 지르며 잠에서 깼다. 장례식을 치르고 난 뒤 꿈속에서 처음 만난 아내였다. 꿈에 나타난 아내를 생각할 때마다 아이에게 쏟았던 아내의 마음을 다시 한번 깊게 느꼈다.

아내를 생각할수록 아이 생각이 간절했다. 지난 두 달 동안 모든 가족이 병원에 있는 아내에게 온 신경을 곤두세웠을 뿐, 아이의 정서나 심리에 대해선 미처 챙길 여력이 없었다. 마침 후배가 나를 위해 일부러 정보를 찾아내 영유아아동상담센터를 추천해주었다. 후배에게 고맙다는 말을 건넨 뒤 곧바로 그곳을 찾아나섰다.

반달 모양의 눈으로 온화한 미소를 띤 상담센터의 교수는 내 이야기를 듣더니, 내게 가장 풀고 싶은 문제가 무엇인지를 물었다.

"사별한 엄마 소식을 아이에게 어떻게 전달해야 할지 모르겠습니다. 전달하는 것이 맞는지 안 하는 것이 맞는지도 모르겠고요. 아무튼 아이가 상처를 적게 받았으면 좋겠습니다."

상담 교수는 가볍지도 그렇다고 무겁지도 않은 목소리로 아이 심리검사를 해보자고 제안했다. 아내와 이별한 지 꼭 열흘째 되던 날이었다.

민호에게 놀이방에 가자고 했더니 금세 차에 올라타며 좋아했다. 상담센터엔 방마다 장난감이 가득했다. 민호는 도착하자마자 장난감을 이것저것 가지고 놀며 낯선 장소에 쉽게 적응을 했다.

지능과 심리 검사가 동시에 진행됐다.

"지능검사는 왜 하는 건가요?"

부모 설문을 작성하다 궁금해 물었다.

"정서적으로 불안하면 지적 발달에도 영향을 미치거든요."

네 시간이 지나 검사가 끝났다. 지능검사는 아이가 질문에 직접 응답을 하는 형식인 반면, 심리검사는 특정상황에 놓인 인형이나 그림을 어떻게 받아들이는지를 기록하며 진행됐다. 아이가 상황을 설정해 이야기를 만들어가는 방식이었는데, 아이의 이야기 속에서 아이의 마음을 읽어내려갔다. 이야기 속 어린아이 인형은 바로 민호인 셈이었다.

검사 결과는 약 2주일이 지나 나왔다. 바람과 달리 민호는 몹시 불안한 상태였다. 상담센터는 아이 불안을 해소하기 위한 심리 프로그램을 제안하면서 특이한 사항 하나가 발견됐다고 알렸다.

"엄마에 대해 민호가 갖고 있는 이미지가 다른 아이들과 좀 달라요. 보통 아이들은 부모에 대해 서로 다른 이미지를 하나씩 갖고 있는데, 민호는 엄마에 대해 두 가지 이미지가 있어요. 사랑스런 이미지와 엄한 이미지요."

보통 아빠가 엄하면 엄마는 사랑스럽고, 엄마가 엄하면 아빠는 사랑스러운 이미지로 남는데, 민호는 엄마에게서 사랑스런 이미지와 엄한 이미지를 거의 대등하게 가지고 있다고 했다. 이런 현상이 아이에게 어떤 의미인지 생각하며 머릿속이 복잡해지려는데,

상담 교수가 대뜸 물었다.

"아빠 생활은 어땠나요?"

"무척 바빴습니다. 쉬는 날이 일주일에 사실상 하루뿐이었는데 그날도 피곤한 데다 제 시간을 갖고 싶어서 아이와 잘 놀아주지 못했습니다."

사실이었다. 평일엔 아이가 일어나기 전에 출근을 해서는 보통 아내와 아이가 나란히 잠들어 있을 때 퇴근을 했다. 일에서 스트레스를 많이 받았는데, 수영을 하거나 카페에 조용히 앉아 글을 쓰거나 책을 읽는 방법으로 스트레스를 풀어냈다. 그런 남편에게 아내는 가끔 "집이 여관이냐"며 핀잔을 주곤 했다.

"아내분이 아빠 역할과 엄마 역할을 동시에 한 것 같아요. 그래서 아이는 엄마에 대한 이미지를 무서우면서도 굉장히 사랑스러운 사람으로 받아들이고 있어요."

아이에게 아내는 엄마이면서 동시에 아빠였다. 응석을 받아주는 엄마로서, 때로는 엄격하게 꾸짖는 아빠로서 아이에게 다가갔다. 달리 이야기를 하면 아빠는 아이에게 심지어 나쁜 기억을 줄 만큼의 시간도 함께 보내지 못한 셈이었다.

하루에도 몇 번씩 아내가 유언 대신 병원에서 흘린 마지막 눈물의 의미를 되새기곤 했는데, 아이 곁에 남아 아이를 잘 키워달라고 당부한 것이라고 스스로 결론을 내린 것도 그즈음이었다.

사랑은 그렇게 특별한 것도, 준비해야 해낼 수 있는 어려운 숙제도 아니었다. 불안감에 도망치고 싶을 때 곁에 있고, 울고 싶을 때 함께 슬퍼하며, 놀고 싶을 때 즐거움을 나누는 시간을 다른 말로 바꾸면 사랑일 것 같았다. 말을 걸면 받아주고, 웃음을 보이면 미소로 공감하고, 투정을 부리면 따뜻하게 잘못을 이야기해주는 일. 아이를 위한 길은 백화점 안에 있는 화려한 장난감도, 비싼 상표로 빛나는 옷에 있는 게 아닌 바로 그냥 곁에 남아 함께 추억을 하나씩 쌓아가는 일이라는 걸 아내는 눈물로 말한 것만 같았다. 아내가 5년 동안 모든 것을 버리고 아이 곁에 남았던 것처럼, 가정에서 제대로 시간을 보내지 않은 남편 또한 지금부터라도 아이 곁에 있겠다는 다짐을 했다.

아내와 못다 한 연애를 아이와 하기로 했다.

2

안아줄 것

진단 의뢰 사유: 만 4세 2개월 된 남아로 10일 전 갑작스런 엄마의 사망으로 향후 아동 심리상태 염려. ○○○ 교수님 추천으로 본 센터로 아동의 심리평가 의뢰.

당시 민호는 만 네 살을 막 넘긴, 한창 엄마 품이 그리운 어린 나이였다. 아이는 5개의 검사를, 아빠인 나는 아이 상태를 묻는 3개의 유형 검사를 받았다. 모두 8개 검사가 진행됐다.

행동관찰: (중략) 지능검사보다 '투사검사' '엄마와 관련한 질문'에서는 저항이 심하며 '똥'이라고 답하거나 '쉬 마려요'라며 퇴실하거나 응답을 회피했음.

민호가 엄마를 찾지 않아 가족들은 다행이라고 생각을 했는데,

지나고 보니 납득할 수 없는 행동이었다. 왜 엄마를 찾지 않았는지 그리고 민호는 엄마와 관련한 질문에 왜 대답을 피했는지 궁금했다.

지능결과: 전체 지능 136. 언어 지능 144. 동작성 지능 119. 동작성 지능이 상대적으로 떨어진 이유는 검사시간이 길어지면서 아이가 지겨워하며 검사에 제대로 임하지 않은 결과로 추정. 지적 잠재력 '최우수' 수준.

언어 감각이 탁월한 아내 덕분에 아이가 언어 지능이 높게 나온 것 같아 아내에게 고맙다는 말을 속으로 전했다. 중요한 건 지능이 아니라 아이의 심리였다.

심리검사 결과를 차근차근 읽어내려갔다. 검사 결과 내용만 봐서는 아이 심리가 정확히 어떤 상황인지 가늠할 수 없었다. 전문가와 검사 결과를 놓고 상담이 이어졌다.

"가족 여행을 다녀오던 자동차에 사고가 났다는 상황을 민호에게 만들어주었어요. 그리고 그다음 이야기가 어떻게 되었을지 물었죠. 민호는 구급차가 와서 가족들을 병원으로 데려갔고, 사고 현장에 남은 아이는 자동차 앞에서 울면서 이야기가 끝나요."

아이가 그 설정을 상상하는 것만으로도 무척 힘들었을 것 같다는 생각에 안쓰러웠다. 상담 교수가 말을 이었다.

"일반적인 경우와 달라요."

가슴이 뛰었다. 하지만 사고가 나서 구급차가 오고, 아이가 울고 있는 장면은 지극히 당연한 것 같았다.

"어떤 부분이 다르다는 건가요?"

"이야기가 거기서 끝나는 거요."

무슨 말인지 이해가 되지 않아 계속 설명을 들어야 했다.

"교통사고가 나면 병원에 가고 슬프겠지요. 하지만 병원에 간 가족들은 건강을 되찾고 집으로 와서 함께 밥도 먹고 재미있게 놀고 다시 행복하게 지내지요. 일반적으로 동화책처럼 행복하게 잘 살면서 이야기가 마무리돼요. 그런데 민호는 그렇지가 않아요. 가족들과 헤어진 채로 이야기가 끝났어요. 그리고 혼자 남아 울고 있잖아요."

이야기를 듣는 순간, 가슴 한편에 구멍이 뚫리면서 차가운 바람이 쉴 새 없이 파고드는 느낌이었다. 그랬다. 민호는 혼자서 울고 있었다. 그리고 몹시 불안해하고 있었다.

사랑하는 사람이 갑자기 곁을 떠나면 아이는 큰 공포를 느낀다 했다. 나를 지켜주는 또 다른 사람도 어느 순간 떠날 수 있다는 불안. 그 불안감은 '분리불안'을 낳는다고 했다. 맞벌이 부부 아이 가운데 가끔 나타나는 이 불안감은 부모와 떨어지면 자지러지게 울거나 안절부절못하는 현상이었다. 아이를 향해 모든 촉각을 곤두세웠다. 변화들이 감지됐다.

부모가 못 들어가는 놀이방에 안 들어감.

공공장소에서 가족이 바로 옆에 있지 않으면 울음을 터뜨림.

이마트 장난감 진열대에서도 내 옆에 꼭 있으라며 당부를 함.

항상 작은 손으로 아빠 손가락 하나를 붙잡고 있음.

놀이방에서도 자신이 보이는 장소에 보호자가 있어야 함.

—메모장에서

지난 5년 동안도 아이에게 무관심했는데, 최근에는 떠난 아내에 대한 생각 때문에 아이가 혼자 울고 있다는 사실을 모르고 있던 것이 아이에게 몹시 미안해졌다. 어느 날 민호가 회사를 간 아빠를 찾으면서 현관 앞에 한동안 앉아 있어 가슴이 아팠다는 어머니 말씀도 떠올랐다. 민호는 엄마가 어디론가 떠나 불안했고, 또 남은 가족들도 그렇게 갑자기 떠나지는 않을지 걱정했다. 이제 엄마처럼 아빠까지 떠날 수 있다는 불안감. 그 불안을 혼자서 어린 나이에 감당하고 있었다.

"저는 아이를 위해서 어떻게 해야 하나요?"

그 어떤 대가를 치르더라도, 민호의 불안감을 없애고 싶었다. 민호가 입은 마음의 상처를 치유하는 일이라면 어떤 대가도 치를 준비가 되어 있었다. 하지만 아이의 심리를 다독이는 일은 그렇게 돈이 많이 드는 일도, 그렇게 어렵거나 낯선 일도 아니었다.

"많이 안아주세요."

많이 안아주는 것, 아이와 살을 맞대는 것. 그건 사랑한다는 말

160

처럼 흔했지만 평소에 잘하지 못했던 일이었다. 심리적으로 아이와 피부를 맞대는 시간이 길수록 아이의 안정에 도움을 준다고 했다.

그 후로는 딱딱했던 말 대신 부드러운 손길로 아이 등을 어루만져주었다. 손을 잡을 때도 아이의 온기를 손으로 느꼈다. 아이가 눈물을 흘릴 때나 투정을 할 때도 가슴을 맞대며 안아주는 걸 잊지 않았다. 사랑한다는 말을 입에 달았고, 그 말 한 마디를 할 때마다 아이에게 내 체온을 전달했다.

아내에게도 아이에게도 스킨십에 인색했던 건 마치 사랑을 전달하기 위해선 거대한 선물이나 많은 돈을 들인 티켓이 필요한 줄로만 알았기 때문이다. 하지만 정작 필요했던 건 그저 서로를 느끼는 시간이었다.

3

아내의 전화

상담을 할 때마다 아빠의 역할이 하나씩 늘었다. 그래서 하고 싶고
오르고 싶었던 서울지방경찰청(시경) 캡 자리를 내려놓기로 했다.
회사는 고맙게도 중요한 자리를 일찍 그만두는 것에 대해 징계를
내리기는커녕 오히려 아침뉴스 앵커 자리로 임명했다. 아이와의
관계를 위해 동료들과 관계 맺기를 미루기로 했다. 미련은 있었지
만 후회는 없었다.

　끊은 담배를 딱 두 번을 피웠는데,
　한 번은 시경 출입 투표 전날(신생 언론사가 서울 경찰청에 출입하기
　위해선 각 언론사들로부터 투표를 통해 합격 통과를 받는 것이 관례
　였다)
　한 기자 앞에서,
　그리고 다른 한 번은 오늘이었습니다.

아마도 처음에는 간절한 마음에,

그리고 오늘은 아쉬운 마음에

그리한 것 같습니다.

죽음과 맞서는 일이 그리 쉽지는 않지만,

조만간 잘 극복을 할 것 같은데,

단 하나 걸리는 것은

지금도 장난감을 사들고 올 엄마를 기다리고 있는

다섯 살배기 아들입니다.

결핍은 성장의 큰 밑거름이고,

슬픔은 강함을 이끄는 중요한 동력임을

지금 이 순간도 의심치 않으며,

우리 부자와 가족은 더 깊은 사랑을 느낄 것이란 생각엔 변함없지만,

지금만큼은 아들에게 아빠가 필요하다는 전문가 말에

잠시 여러분을 떠납니다.

언제 다시 돌아올지

그리고 어떤 모습으로 나타날지

인간인 내가 미래를 예상할 수 있는 능력은 없지만,

그럼에도 여러분께 지금 부탁하고픈 말이 있습니다.

나 자신에게 당당해야 합니다.

그리고 기자로서 어떤 권력 앞에서도

그것이 사내든 사외든

할 말은 하는 기자 후배였으면 합니다.

비록 소송이나 험담,

나쁜 여론이 여러분을 기다리고 있더라도

내 소신을 굽히지 않았으면 합니다.

함께한 시간이 소중했고,

그 순간을 잊지 못할 겁니다.

사랑했지만,

혹 그럼에도 내가 짊어진 삶이 겨워

훗날 변했거든,

2012년 시경 캡으로

기억해주시길 부탁합니다.

—2012년 6월 메모장에서

아내가 떠난 지 한 달, 회사에서 아침뉴스를 막 마치고 한숨을 돌리는데 아침 7시 반에 전화벨이 울렸다. 아내 휴대폰에서 나는 소리였다. 아내는 그 골동품 같은 폴더형 휴대폰도 좋다고 했다. 오래된 아내 휴대폰 배경화면에 노란 가운을 입은 아이가 해맑게 웃고 있었다. 아내의 소식을 접하지 못한 사람들은 여전히 아내에게 전화를 걸어왔다. 학원 강사 동료들, 대학 동창들이 연락해올 때마다 아내가 떠난 소식을 전해주었다.

이른 아침부터 누가 아내를 찾을까 하며 전화기를 집어들었는데, 발신자가 '우리 집'으로 표시됐다. 부모님이 내 번호와 아내 번호를 헷갈렸나보다 짐작하면서 통화버튼을 눌렀다. 그런데 부모님이 아니었다.

"엄마아!"

민호였다. 한동안 말문이 막혔다. 아침에 아이의 행동이 잠깐 동안에 눈앞에 펼쳐졌다. 오전 7시 반은 아이가 막 눈을 뜨는 시간이니까, 일어나자마자 엄마의 빈 공간이 아이 눈 안에 들어왔을 테다. 그래서 집전화를 들고 엄마 전화번호가 저장된 단축키를 꾹꾹 손가락으로 눌렀던 것이다. 가슴속에서 그리운 엄마를 찾은 아이 생각에, 잠시 침묵이 이어졌다. 민호는 계속 그리운 이름을 불렀다.

"엄마아!"

아내 흉내를 낼 수도 없는 노릇이었다. 그렇다고 아무런 말을 안하는 건 민호에게 더 큰 불안을 줄 것만 같았다.

"여보세요, 민호니? 아빤데."

마르게 막힌 목에서 억지로 똑똑히 소리를 냈다. 아이가 전화기에서 떨어진 채 혼자서 말을 했다.

"왜 엄마한테 전화를 했는데, 아빠가 받지?"

그러고는 전화가 툭 끊겼다.

심리검사 결과대로 민호는 입을 닫은 채로 엄마를 보고 싶어했다. 혼자서 전화를 한 것처럼 혼자서 그리움과 슬픔, 불안을 가슴속에 담아두었다. 그런데 왜 민호가 가족들에게 엄마 이야기를 꺼내지 않는지 궁금했다.

"왜 엄마 이야기를 안 하죠? 왜 안 하는 거죠?"

상담 교수는 주저하지 않고 대답했다.

"민호는 알고 있어요. 아빠가 슬퍼하고 있다는 걸요."

다섯 살 아이가 아빠의 감정을 헤아린다는 사실을 받아들일 수 없었다. 그런 내 표정을 읽었는지 교수는 말을 이었다.

"민호는 아빠가 슬퍼한다는 걸 알고 있기 때문에 엄마 이야기를 하면 안 된다고 스스로 느끼고 있어요. 아이들은 느낌에 강해요."

나는 묵묵히 듣기만 했다.

"아이들은 대화를 언어로 하지 않아요. 바로 느낌으로 하지요. 집안 분위기, 사람들 표정, 이런 걸 느끼면서 상황을 받아들여요."

가족들은 민호가 엄마 이야기를 꺼내지 않아 다행이라 여겼는데, 오히려 가족들의 바람이 민호의 입을 닫게 했다. 그건 가족들만을 위한 다행이었지, 아이를 위한 다행은 아니었다. 그러면서 민호가 앞으로 맞이할 감정의 운명을 들려주었다.

"민호는 큰 슬픔을 겪을 거예요. 그 다가오는 슬픔을 민호는 피해갈 수 없어요. 그리고 슬픔의 크기는 시간이 지나면서 점점 커질 거예요."

보고 싶은 사람을 볼 수 없어 찾아오는 비애감은 바로 사춘기를 전후해 아이에게 가장 크게 찾아올 것이라고 했다. 안타깝지만 어쩔 수 없는 건 그 모든 감정을 민호 혼자서 견뎌야 한다는 점이었다. 있는 그대로의 사실을 상담 교수는 또박또박 차분하게 전했다. 대안을 찾기 위해선 현실을 냉정하게 바라봐야 한다고 생각하며 교수의 말을 하나하나 놓치지 않고 가슴에 새겨넣었다. 받아들일 수 없는 현실을 들었으니, 이제 아빠로서 무언가 해야 할 일을 찾아야 했다.

"아이를 위해서 제가 할 수 있는 일은 없을까요?"

내가 무엇을 아는지보다 필요한 건 내가 무엇을 해야 하는지였다.

"관계를 쌓으세요."

"……"

"아이가 속에 있는 감정을 모두 풀어놓을 수 있는 사람이 바로 아빠가 될 수 있도록 노력하세요. 슬프면 아빠 앞에서 슬프다고 울고, 기쁘면 아빠 앞에서 기쁜 이야기를 들려주도록 하세요. 친구보다 더 친구 같은 사람이 되셔야 해요."

아이가 미래에 겪을 일을 알았고, 아빠가 현재에 해야 할 일도 알았다. 속에 있는 심정을 다 꺼내어 들려주고 싶은 아빠, 자신의 말에 가장 귀 기울여주는 아빠, 슬프면 마음껏 울고 즐거우면 마음껏 떠들어댈 수 있는 아빠가 되어야 한다고 했다. 말을 건네고 싶은 아빠가 되기로 했다.

4

엄마 소식

늦은 봄부터 상담센터를 다니기 시작한 민호는 반소매 옷으로 갈
아입었다. 시간은 한여름 8월을 향해 달려갔다. 3개월 동안 심리전
문가는 장난감놀이를 통해 아이와 관계를 친밀하게 쌓으면서 아
이 심리를 살폈다. 가장 피하고 싶은 말이 들려왔다.

"아이에게 이제 엄마 사별 소식을 전하려고 해요."

멈칫하다 상담 교수에게 질문을 했다.

"꼭 말을 해야 할까요?"

질문이었지만 현실을 아이에게 전하지 않겠다는 뜻을 담은 말
이기도 했다. 대답은 변함없이 똑같이 되돌아왔다.

"네, 사실대로 말하셔야 합니다."

거부할 수 있는 제안인지 확인하기 위해 다시 물었다.

"치료를 받으러 외국으로 나갔다고 하면 안 될까요? 아이가 받
을 상처가 걱정이 돼서요."

순간 교수가 단호한 표정으로 대답했다.

"사실을 있는 그대로 모두 말해주세요."

양가 부모님들 또한 사실을 감추자고 했다. 엄마 없는 아이라는 편견이 성장과정에서 민호에게 숱한 상처를 줄까봐 아빠인 나 또한 몹시 두려웠다. 가족들은 민호가 감당해야 할 시련을 최대한 늦추고 싶었다. 어차피 받을 상처라면 굳이 일찍 말할 필요가 없다고 여겼다. 다시 물었다.

"주위 사람들과 아이 친구들이 엄마 사별 소식을 알면, 편부모란 폭력적인 시선이 민호를 더 힘들게 할 것 같아요."

'정상'과 '비정상'으로 나누기 좋아하고 내면보다는 겉모습으로 체면을 차리는 데 익숙한 우리 사회를 생각하니, 거짓말을 해서라도 그 편견의 시선들을 피하고 싶었다. 갑자기 아이가 불안해하는 모습이 찾아와 걱정이 되는데 그런 아이에게 사실을 말하라는 건 벼랑 끝에서 아이를 밀어버리는 것만 같아 차마 엄두를 내지 못했다.

"전 말 못 합니다."

잘라 말했다. 묻는 말에 대답을 해주던 교수는 오히려 반문했다.

"그토록 보고 싶은 엄마가 석 달 가까이 없었어요. 아버님이 민호라면 지금 현재 무슨 일이 일어났는지 알아야 하지 않을까요?"

짧은 물음이었지만 그 목소리는 가슴속을 휘몰아치며 지금까지 완강했던 내 주장을 휩쓸고 지나갔다. 내 어머니가 석 달 동안 보이지 않는다면 나는 어떤 느낌일까. 보고 싶은 어머니는 지금 어디에 있고, 왜 나를 찾지 않을까. 왜 전화조차 하지 않을까. 내가 아이라면 도대체 엄마에게 무슨 일이 생겼는지 온갖 부정적인 상상의 문을 열고 엄마의 존재를 찾아나설 것만 같았다.

상담 초기에 부모가 순간 사라지면 아이 심리는 크게 왜곡될 여지가 있다고 했다. 아이는 엄마가 없을 경우 생각이 두 가지 방향으로 흐르는데, 하나는 엄마가 나를 버렸다는 것으로, 다른 하나는 내가 말썽을 많이 피워 엄마가 떠난 것으로 여긴다는 것이다. 전자라면 엄마에 대한 기억이 나쁘게 남아 폭력성을 띨 수 있고, 후자라면 자신을 학대할 수가 있다는 것이다. 이혼이든 사별이든 부모의 부재는 자칫 아이를 폭력적인 아이로, 아니면 반대로 자학하며 자존감이 없는 아이로 키울 수 있다는 말이 떠올랐다. 생각을 뒤집는 결정적인 한마디가 들려왔다.

"거짓말을 한 아빠를 용서하지 않을 수도 있어요. 다른 거짓말도 아닌 그토록 보고 싶은 엄마가 살아 있다고 거짓말을 한 아빠를 나중에 미워할 수도 있어요. 그리고 다섯 살은 죽음을 이해하지 못해요. 아이는 죽음이란 단어를 듣고 어른들만큼 슬퍼하지 않을 거예요. 그냥 있는 그대로 말씀하세요."

듣고 보니 아이의 슬픔이 걸림돌이 아니었다. 걸림돌은 바로 나였다. 두려운 건 아이의 슬픔이 아니라, 아이의 슬픔을 앞에서 바라보며 느껴야 하는 바로 내 슬픔이었다. 내가 아이라면 도대체 엄마가 지금 어디서 무엇을 하고 있기에 자신을 찾지 않는지 설명을 듣고 싶을 것이다. 하지만 느낌으로 대화하는 아이는 엄마 이야기를 의도적으로 숨기는 가족들에겐 궁금한 것도 묻지 못하고 그렇게 혼자서만 울고 있었던 것이었다.

사랑은 곧잘 나를 향한 사랑이었다. 어쩌면 민호가 받을 상처만큼이나, 사실을 전달할 때 내가 받을 상처를 감내할 수 없을 것 같은 공포 때문에 민호에게 사별 소식을 미뤘다. 사랑은 나로부터 시작해 상대에게서 끝나야 하지만 나로부터 시작해 나에게서 끝났다. 내가 슬픈 것이지 아이가 슬픈 것은 아니었는데, 내 감정이 아이와 똑같을 것이라고 아빠인 나는 착각했다. 내 감정에만 집중한 결과 아이에게 어떻게 행동하고 말을 해야 할지 주저했다.

이기심은 나와 모든 사람의 감정이 동일할 것이란 착각 속에서 다른 사람의 감정에 공감하지 않는 것이라고 했다. 분명 아이에게 엄마 소식을 전하지 않았던 아빠는 이기적이었다. 민호에게 가장 필요한 건 바로 엄마의 소식을 있는 그대로 전해주는 일이었다.

전문가 조언에 따르기로 했다. 민호에게 가장 좋아하는 세 사람을 물었다. 민호는 아빠와 삼촌 그리고 이모를 꼽았다. 그리고 가장 편안한 장소를 물으니 외갓집이라고 답했다. 나와 남동생 그리고 처제가 처가에서 만나기로 한 하루 전날, 마트에 아이와 함께 나섰다가 슬쩍 아이를 떠보기로 했다. 다음날 전해줄 소식에 민호가 충격을 덜 받게 하기 위해 엄마의 사별을 암시하고 싶었다.

"민호야, 내일 삼촌하고 이모를 만나기로 했잖아. 그런데 어쩌면 민호에게 슬픈 소식을 전해줄 것 같아."

"……"

"혹시 무슨 이야기일지 알 것 같아?"

"응."

"…… 뭔데?"

"엄마 이야기지?"

민호는 집안에서 흐르는 분위기로 이미 엄마에게 중대한 일이 일어난 걸 감지했다. 민호는 엄마를 만날 수 없다는 사실을 이미 느끼고 있을 것이라는 전문가의 말이 떠올랐다. 힘겨운 목소리라도 들었던 전화마저 끊긴 게 벌써 90일이 다 되어갔다. 그 누구도 엄마와 관한 이야기를 하지 않았지만 아이는 이미 모든 것을 다 알고 있다는 듯 눈을 마주치지 않으며 속에 있는 말을 꺼냈다. 내가 한마디 덧붙였다.

"응. 아마 엄마를 앞으로도 만날 수 없을지도 모르겠어."

아이는 별다른 말은 안 했지만 그렇다고 표정이 크게 변하지도 않았다.

다음날, 시간에 맞춰 남동생이 처가에 도착하자 장인어른과 장모님은 미리 계획한 대로 자리를 피해 밖으로 나갔다.

"삼촌!"

아이 외갓집에 삼촌이 처음으로 등장하자 아이는 뛰며 기뻐했다. 아이가 가장 좋아하는 세 사람, 아빠, 삼촌, 이모 이렇게 세 명이 한자리에 모였다. 아이는 삼촌 품 안에서 삼촌 얼굴을 만지며 한참 웃었다. 평소에 민호가 좋아하던 음악을 틀어주었다. 카메라 녹화도 시작했다. 훗날 아이와 관계가 서먹해지면 기억을 끄집어내기 위해 순간순간을 메모하고 기록했는데 이날도 그랬다. 아이 주변을 세 사람이 둘러쌌다.

"민호야, 엄마 안 보고 싶어?"

평소에 엄마 말을 꺼내지 않던 아빠가 낯설었는지 아이는 아빠를 힐끔 쳐다본 뒤 대답했다.

"엄마, 보고 싶어."

민호는 이때부터 어른들과 눈을 마주치지 않은 채, 손에 쥔 장난감만 바라보았다. 눈은 아래를 보고 있지만 귀는 어른들 목소리를 향하는 걸 느낄 수 있었다. 장난감을 보며 다시 말을 이었다.

"엄마 빨리 나았으면 좋겠어."

"엄마, 많이 아파."

"얼마만큼?"

"열이 펄펄 났거든."

민호는 눈을 동그랗게 뜬 뒤 말을 이었다.

"그럼 나, 엄마한테 데려가줘."

아빠의 슬픔 때문에 갇혀 있던 말이 서서히 흘러나왔다.

"엄마 보고 싶어, 엄마한테 데려가줘."

데려갈 수 없었던 이유를 처제와 번갈아가면서 설명해주었다. 아이를 한 인간이라고 대하며 있는 그대로 설명했다. 엄마를 만나기 위해선 여러 번 소독을 실시해야 할 만큼 까다로웠고, 세균을 옮기면 안 되기 때문에 그동안 병원에 데려가지 않았다고 전했다. 처제가 민호에게 물었다.

"엄마가 많이 아팠는데, 엄마가 계속 그렇게 아프면 이모는 무척 속이 상한데 민호는 어떠니?"

"엄마 빨리 나았으면 좋겠어."

엄마 이야기를 꺼내지 않던 아이 입에서 그리움을 담은 엄마 이야기가 계속 나오자 어른 셋은 차마 사별 소식을 전하지 못하고 있었다. 처제가 용기를 냈다.

"민호야, 엄마가 하늘나라로 갔어. 이제 엄마는 더 이상 아프지 않을 거야."

민호는 아무 말이 없었다. 표정의 변화도 없었다. 아이는 죽음을 이해하지 못할 거라는 전문가 말이 떠올랐다.

"하늘나라로 간다는 게 뭔지 알아?"

민호는 다시 슬쩍 쳐다보며 대답했다.

"아니."

아이는 '하늘나라'가 암시한 뜻을 전혀 파악하지 못했다. 올라오는 아픔을 꾹 누른 채 차분하면서도 또박또박 민호에게 설명해 주었다.

"엄마는 자연으로 돌아갔어. 흙으로 변했어. 그래서 우리는 이제 엄마를 만날 수 없단다. 민호도 아빠도 엄마가 무척 보고 싶지만 이젠 만날 수가 없어. 그리고 사람은 누구나 많이 아프면 그렇게 자연으로 돌아가."

"엄마를 다시 못 만나?"

아이 수준에서 죽음은 알 수 없었지만 이별은 무엇인지 알고 있었다. 아이가 깜짝 놀라 물었다. 다시는 만나지 못한다는 말에 눈을 크게 떴다.

"응. 다시는 만날 수 없어."

"엄마를 다시 못 만나?"

고개를 끄덕이자 굳었던 표정이 놀람으로 바뀌었다.

"엄마를 다시 만날 수 없다고?"

아이는 엄마와의 이별 소식을 듣고 울음을 터뜨렸다. 아이 눈물 앞에서 어른 셋은 슬픔을 꽉 부여잡고 있음이 서로에게 느껴졌다. 아이는 아빠 품에 안겨 "엄마"를 부르며 한참을 울었다. 엄마를 왜 만날 수 없느냐며 '엄마'를 부르고 또 불렀다.

한동안 울던 민호는 곁에 있는 장난감을 잡고 다시 놀기 시작했다. 농담도 건넸다. 통곡하며 가슴을 뜯었던 어른과 비교를 하면 아이가 보여준 슬픔은 예상보다 작았다. 이날 민호는 엄마 사별 소식에 잠시 아빠 품에 안겨 우는 것이 전부였다. 아이의 가슴은 지금이 아니라 사춘기 때 비통함에 젖을 것이란 교수의 말이 떠올랐다. 사실을 말하고 나니 민호를 향한 미안함이 서서히 걷혀갔다.

175

5

영결식

"엄마 영결식을 치르고자 하는데, 아버님 생각은 어떠세요?"

상담센터에서 아이를 위한 영결식을 치르자는 제안을 했다. 영결식이란 단어가 무겁게 다가왔다.

"꼭 치러야 하는 이유가 있나요?"

영결식이란 단어에 아내 장례식장 풍경이 떠올랐다.

"아이도 어른처럼 애도과정을 거쳐야 해요. 아이도 엄마를 떠나보내는 과정이 필요하거든요."

다시 전문가 의견을 따르기로 했다. 아내 사별 소식을 전할 때 전문가가 예고한 것처럼 아이의 반응이 '예상보다' 담담했기 때문이다.

8월 어느 날 오후, 부랴부랴 회사에서 집으로 돌아왔다. 일주일에 한 차례씩 총 네 번에 걸쳐 영결식을 치르기로 했는데 오늘이 첫날이었다. 집에 오자마자 새벽 출근으로 누적된 피로 때문에 깜빡 잠이 들었다. 일어나보니 시간이 빠듯했다. 서둘러야 했다.

"지금 빨리 홍대 장난감 놀이방에 가자."

상담센터를 민호에겐 '홍대 장난감 놀이방'이라고 말했다.

"아빠, TV 하나 보여주기로 했잖아."

잠에서 깬 아빠를 향해 아이는 먼저 한 약속을 지키라고 했다.

"갔다 와서 두 개 보여줄게. 빨리 가자."

아이는 항상 대화로 협상을 하면 절충안을 쉽게 수용했다. 주변 부모들은 다섯 살 아이의 그런 모습이 부럽다며 교육방법을 물을 정도였다. 상황을 자세히 설명해주면 고개를 끄덕이던 민호가 이 날은 달랐다. 갑자기 울음을 터뜨렸다. 내지르는 소리가 평소와 달랐다.

"아빠, 나빠!"라는 혼잣말을 몇 차례 하더니 두 손을 불끈 쥐며 달려와 주먹질을 했다. 작은 손이었지만 작은 근육들에 모두 힘을 쏟아부었다. 피하고 싶은 영결식 날, 예상 밖 아이의 반응에 붙잡혀 약속한 시간을 맞추지 못할 것 같았다. 결국 깜빡 잠을 잔 내 탓이란 생각에 어르고 달래기를 계속하는데, 아이가 울고 때리는 일에 지쳐 그만 무릎을 꿇으며 흐느꼈다. 아이가 주저앉는 모습에 참았던 감정이 거세게 튀어나왔다. 집이 떠나갈 듯 민호에게 소리를 쳤다.

"무릎 꿇지 말고 일어서! 울면 되는 거지, 왜 비굴하게 무릎을 꿇어? 당장 일어서!"

엄마가 없더라도 단단하고 당당하게 살기를 바랐는데 아이가 무릎을 꿇는 순간 현실에 고개를 숙인 아이 모습이 떠올랐다. 집이 들썩일 만큼 큰 소리였다.

"너 이야기 다 받아주는 할아버지 할머니하고 아빠는 달라. 울고 싶으면 마음껏 울어."

그러면서 짐을 챙겨 현관 앞으로 다가갔다. 그제야 민호는 훌쩍이며 같이 가자고 했다. 차 안에서 민호가 울음을 삼키며 훌쩍이다 입을 열었다.

"난 아빠가 없었으면 좋겠어."

순간 서운함이 몰려왔다. 그래도 엄한 아빠여야 한다고 다짐을 했다.

"왜?"

"아빠가 없으면 TV도 마음껏 보고 장난감도 가족들이 맨날맨날 사주니까."

민호는 울다 지쳐 잠이 들었고, 상담센터에 도착해서야 잠에서 깼다.

"아빠, 나 운 거 티나?"

시무룩했던 아이는 울음을 다른 사람에게 보이기 싫었는지 눈가를 한번 훔치더니 상담센터를 향해 달려나갔다. 먹구름이 걷히며 흰 구름 사이로 해가 얼굴을 내미는 것처럼, 아이는 다시 밝게 웃었다.

놀이방 한가운데에 영유아심리 교수와 외상후스트레스증후군 전문가 그리고 아이와 나 이렇게 네 명이 원을 그리며 앉았다. 벽면에 동화 한 편이 나타났다. 아이를 위한 영결식이 시작됐다.

"민호야 동화책 안의 저 아이 이름을 뭐라고 부를까?"

교수가 묻자, 아이는 언제 울었느냐는 듯 장난 섞인 표정으로 "에르에르"라 했다. 민호는 하기 싫은 대답은 '에르에르'라고 하는 습관이 있었다. 주인공 에르에르가 나오는 동화책을 어른 세 명이 돌아가면서 한 페이지씩 읽었다. 영결식이란 단어를 들었을 때엔 무척 무겁게 다가왔는데, 아이 수준에서 영결식이란 말 그대로 엄마를 마음에서 떠나보내는 과정이었다. 불은 꺼졌고, 방 안 벽면에 동화책 화면만 밝게 남았다.

한 어린이가 있었다. 어느 날 갑자기 엄마가 없어졌다. 그래서 엄마를 찾았다. 침대 밑, 옷장 안, 방 안 구석구석을 찾아도 엄마는 없었다. 하지만 엄마 물건은 그대로 있었다. 엄마가 그리웠지만 엄마는 나타나지 않았다. '내가 말썽을 많이 피워 엄마가 없어졌다'는 생각을 하니 속상했다. 엄마가 있는 곳이라고 아빠 손을 잡고 갔는데 자기 키만 한 돌이 있었다. 돌 주변에 꽃이 있어 꽃을 놓고 왔는데 엄마는 없었다. 사람들이 왜 슬퍼하는지 이해할 수 없었다. 그러고 나서도 한동안 엄마는 없었다. 갑자기 화가 났다. 물건을 어지르고 떼를 쓰기도 했다. 방 안에 혼자 앉아서 시무룩해지기도 했다.

벽면에 나타난 책을 읽는 동안 민호는 화면에서 눈을 떼지 않았다. 이야기가 끝나고 교수가 민호에게 질문을 했다.

"에르에르가 화가 많이 나 있구나. 그런데 에르에르하고 누구랑 비슷한 거 같은데 민호는 그게 누구라고 생각하니?"

"저요."

아이는 바로 대답을 했다. 그리고 자리에서 일어나 장난감을 가지고 놀고 싶다고 했다. 아이가 잠깐 자리를 비운 사이, 상담센터에 오기 전 아이의 격한 반응을 자세히 전했다.

"제가 알던 아이의 모습이 아니었어요."

이야기를 듣던 교수는 즉답했다.

"슬픔을 겪는 과정이에요."

동화책을 읽고 난 직후여서 그 의미가 무슨 의미인지 알아챘다. 민호는 동화책 주인공인 에르에르와 꼭 닮았다. 불쑥 화를 내고 갑자기 떼를 쓰다 서럽게 울곤 했다.

"아이들은 어른처럼 울고 떠들면서 슬픔을 이겨내지 못합니다. 그러다보니 다양한 감정을 평소와 다르게 표출하거든요."

"그럼 여기 오기 전에 저에게 떼를 쓰고 주먹을 휘두른 것도 화가 났기 때문이 아니라 결국 슬펐기 때문인가요?"

앞에 있던 두 명의 전문가는 함께 고개를 끄덕였다.

"민호는 지금 많이 슬퍼하고 있습니다. 단지 슬픔을 표현하는 방식이 어른들과 다를 뿐이지요."

"엄마 없는 아이여서 버릇없다는 평가를 받을까봐 더 엄해야 한다고 생각했습니다."

앞으로 민호가 떼를 쓰거나 억지를 부리는 횟수가 더 늘어날 수도 있을 거라고 했다. 물건을 부수거나 폭력적인 모습이 나타나기도 하고, 한 가지 일에 집중하기가 어려울 수도 있을 거라고 했다. 어리광이 늘고 부정확한 발음을 할 수도 있다고 했다. 퇴행. 평소보다 어리게 행동하는 언행이 나타날 수 있을 거란 말이었다.

"일시적이에요. 하지만 최소한 6개월은 생각하셔야 해요."

"제가 없으면 불안해하는 것도 사라질까요?"

"예, 반드시 없어집니다. 민호가 겪어야 할 슬픔이지만 이겨냅니다."

반드시 사라진다고 했다. 그러면서 당부했다. 오늘 일을 포함해 앞으로 아이를 대할 때에 새겨야 할 말이기도 했다.

"민호 아버님은 이 기간만큼은 '너그럽게' 아이를 대하셔야 해요. 엄하게 아이를 대하지 마시고 평소보다 더 관대하게 아이를 안아주셔야 합니다."

그러면서 이 기간에 아이가 아빠에게 고집을 부리고 투정을 하면 오히려 기쁘게 받아들이라고 했다.

"민호는 자신이 가장 믿는 사람들에게만 어리광을 부리고 떼를 쓰는 겁니다."

그러고 보니 민호는 다른 이들에게는 평소처럼 씩씩하다가 나만 보면 이래저래 귀찮게 했다. 그 말을 들으니 오히려 나를 괴롭힌 민호가 고마웠다.

분노는 상처의 다른 말이라고 했다. 화를 잘 내는 사람은 상처가 많은 사람이라고 했다. 이후에 성인이어도 불쑥불쑥 감정을 다스리지 못한 채 분노를 표출하는 사람들을 보면 반감보다는 연민이 앞서는 것도 이날 얻은 교훈 때문이었다. 화를 잘 내는 어른은 상처가 많은 어린아이처럼 보였다.

사실은 나도 무척이나 예민해져 있었다. 한번은 은행 직원에게, 또 한번은 유치원 원장에게 끓어오른 감정을 토해낸 뒤 왜 그랬나 하고 후회를 한 것도 바로 얼마 전 일이었다. 전문가의 말에 따르면, 불쑥 튀어나온 감정의 밑바닥에 아내를 향한 그리움과 슬픔이 자리잡고 있던 것이었다. 어른들도 이런데 어린아이야 오죽할까.

민호가 화를 내거나 투정을 부리면 그때부터는 민호를 다잡기보다는 오히려 안아주었다. 아주 기쁘게, 그것도 꼭 안아주었다. 아이는 도끼눈이지만 아빠는 반달눈이 되어 웃음을 지었다. 그러면서 조용히 마음 안에서 민호에게 말했다.

'넌 아빠를 제일 사랑해서 아빠에게 화를 내는구나.'

보고 싶어

"민호가 엄마 이야기를 꺼내기 시작했어요."

아이를 위한 영결식 두번째 시간부터 아이는 엄마 이야기를 쉽게 입 밖으로 풀어냈다. 전문가들은 아이가 예상보다 빨리 엄마 이야기를 꺼내서 다행이라고 반응했다. 그게 왜 다행일까. 실제로 아이 심리에 어떤 영향이 미칠지 궁금했다.

"엄마 이야기를 아이가 쉽게 하는 게 왜 긍정적인가요?"

"감정을 의도적으로 억압하면 왜곡되거든요. 왜곡된 감정은 부정적으로 나타나요. 모든 감정을 다 드러내면 내가 미처 몰랐던 감정도 있었구나 하고 알게 되고요. 그리고 좋든 나쁘든 내 감정과 직면하면 그게 꼭 부정적이지만은 않다는 걸 아는 게 중요해요. 그러면서 후련해지는 거고, 또 그러면서 동시에 상처가 치유되기 시작해요."

마음에 있는 상처는 그것을 입 밖으로 꺼낼 때마다 그 상처의 크기는 조금씩 줄어든다는 의미로 들렸다. "이야기된 불행은 불행이 아니다"라고 한 이성복 시인의 말처럼 가슴속에 있는 감정을 내 언어로 끄집어낼 때 불행은 말과 함께 공기 중으로 사라질 것이란 의미이기도 했다.

한 달간 아이를 위한 영결식을 진행하는 동안에도 아이 표정만 큼은 밝았다. 유치원 셔틀버스에서 내리면서 손에 쥐고 있던 큰 책 두 권을 들어올렸다. 'LION KING(라이언 킹)'이란 글자와 사자 그림이 보였다. 집으로 오는 길에 유치원에서 받은 책을 넘겨가며 소리를 쳤다.

"돈 고 투 더 섀도 랜드."

"아이 포갓, 유 포갓."

주인공 목소리를 낼 때에는 힘을 주었고, 악역 목소리를 낼 때에는 얼굴을 찡그렸다. 영어도 아닌 발음으로 외치는 소리에 지나가던 사람들이 미소를 지으며 아이를 쳐다봤다.

집에 오면 간식을 먹어야 하는데 책부터 집어들었다. 스크램블도 식으려면 시간이 걸릴 것 같아 책을 함께 읽기로 했다. 아기 사자 심바와 아빠 사자 무파사가 왕권을 빼앗으려는 삼촌 사자 스카를 물리치는 줄거리였다. 삼촌 사자가 왕이 되기 위해 아빠 사자와 아이 사자를 위험한 곳으로 밀어넣자, 아빠 사자는 아기 사자를 구하고 죽는 내용이었다.

한참을 읽다 아빠 사자가 숨지는 장면에선 멈칫했는데 옆을 힐끗 보니 민호도 조용했다. 아빠를 잃은 아기 사자 심바가 아프리카 초원에서 방황할 때, 죽은 아빠 사자가 구름 형상으로 아들 앞에 나타났다. 구름이 된 아빠 사자가 아들에게 말을 걸었다. 아기 사자는 하늘에서 들리는 아빠 사자 말에 용기를 얻어, 삼촌 사자와 싸워 왕위를 되찾았다. 죽은 사람은 다시 만날 수 없다고 민호에게 말했지만, 동화책에서 죽었던 아빠 사자는 구름 모습으로 다시 나타났다.

책을 읽고 간식을 먹으니 미술 놀이교사가 도착했다. 그리고 한 시간 수업이 끝났는데 이례적으로 잠깐 면담을 하자는 눈치였다.

"최근에 속상한 일이 있었냐고 물어봤어요. 그랬더니 민호가 엄마와 이별한 이야기를 하면서 눈물을 글썽거렸어요."

미술심리를 전공한 교사는 민호의 그림이 평소와 달라 잠깐 몇 가지를 물었다고 말했다. 민호의 대답은 엄마가 많이 보고 싶고 혼자서도 운다는 것이었다.

"민호는 아빠가 많이 속상해한다면서 아빠 앞에선 울지 않는대요. 자기가 울면 아빠도 아파할 거란 생각을 하는 것 같아요."

상담센터에서 들었던 내용과 꼭 같았다. 민호는 내게 엄마 이야기를 진지하게 물어본 적이 없었다. 상담센터에서 치른 영결식 첫날 잠깐 엄마 이야기를 한 것이 전부였다. 가끔 자기 마음을 드러내기 위해 옆에 있는 내게 들으라는 듯 "엄마 보고 싶다"라는 혼잣말이 전부였다.

바로 그날 잠자리에 들기 전 책상에 앉아 있는 내게 민호가 다가왔다. 의자에 앉은 나는 옆에 선 아이와 눈을 마주쳤다.

"아빠, 엄마 보고 싶어."

다른 곳을 바라보며 하는 혼잣말이 아니라 내 눈을 정면으로 바라보며 이야기를 했다. 누가 물어서 대답한 것이 아니라, 아이가 스스로 아빠를 찾아와 스스로 속에 있는 감정을 풀어놓았다. 단 둘이 있을 때 아빠에게 하는 첫 고백이었다. 마음에 쌓였던 감정이 언어가 되어 입을 통해 밖으로 튀어나온 것이다. 아이에게 사별 소식을 전한 지 한 달, 엄마가 세상을 떠난 지 넉 달 만이었다. 하고 싶은 말을 참거나 감정을 누르면 오히려 큰 상처가 난다는 전문가의 말이 떠올랐다. 또 자신의 슬픔을 아빠 앞에 고백하는 모습에서 아이가 아빠를 신뢰하기 시작했다는 설렘도 일었다. 안쓰러웠지만 기쁜 마음으로 아이의 말에 귀를 기울였다. 민호가 다시 한번 말했다.

"아빠, 엄마 보고 싶어."

아빠도 엄마가 무척이나 보고 싶다고 했다. 민호는 엄마를 볼 수 있는 방법이 없느냐고 물었다. 일관성 있게 대답하라는 전문가들의 충고에 따라 엄마는 자연으로 돌아가 바람 같은 모습으로 우리 곁에 있다고 했다. 하지만 예전처럼 얼굴을 보며 손을 잡거나 품에 안겨서 대화를 나눌 수는 없다고 전했다. 아이가 울먹였다.

"난 엄마가 구름으로 나타났으면 좋겠어."

죽은 아빠 사자가 구름 모양으로 나타나 아기 사자와 대화를 했던 동화책 장면에서, 민호는 죽은 엄마를 떠올린 것이었다. 민호는 동화책에서 다시 엄마를 만날 수 있다는 희망을 잠시 가졌다. 하지만 나는 엄마가 바람과 구름으로 변해 우리 곁에 있지만, 동화책처럼 엄마가 구름 모습으로 다가와 민호에게 말을 거는 일은 없을 것이라고 말했다.

"엄마가 자연이면 나를 항상 보고 있어?"

아이가 울음을 삼키고 더듬거리며 또 물었다. 만날 수 없다는 엄마가 곁에 있다는 것만이라도 확인하고 싶은 질문이었다.

"엄마는 항상 민호를 지켜보고 있단다. 우리 민호가 잘 크고 있구나, 우리 민호가 씩씩하게 유치원에 잘 가고 있구나 하면서 말야."

엄마가 민호를 항상 지켜보고 있다는 말을 듣자마자, 민호는 참았던 눈물을 터뜨렸다. 엄마가 자신에게 다시 돌아오지 않아 속상했던 아이는 엄마가 항상 자신을 바라보고 있다는 말에 얼굴을 찡그리며 서럽게 울기 시작했다. 그리움과 슬픔을 담은 울음, 가슴 깊이 참았던 슬픔이 마음껏 터져나온 울음이었다. 얼굴은 천장을 향했고, 눈은 꼭 감고 있었다. 울음소리는 크게 벌린 입에서 계속 울려퍼졌다. 떼를 쓰거나 아파서 우는 얼굴과, 그리움에 젖어 우는 얼굴은 달랐다. 목 놓아 울던 아이는 다가와 아빠 가슴에 얼굴을 묻었다. 눈물을 참지 말고 눈물을 모두 밖으로 드러낼 때 상처는 치유되기 시작한다는 전문가의 조언이 생각났다.

민호를 꼭 끌어안으며 아빠도 함께 눈물을 흘렸다. 아이처럼 아내를 보고 싶어하는 눈물이었고, 아이 마음이 저려와도 죽음 앞에선 아무것도 해줄 수 없어 속상해하는 눈물이기도 했다. 한편으론 드디어 아이가 슬프다고 스스로 이야기해준 다행스러움도 얼굴을

타고 흘러내렸다. 이날 아이는 엄마를 마음껏 불렀다. 아빠와 아이
는 서로 끌어안은 채 각자 가진 상처를 눈물로 어루만져주었다.

7

엄마 보러 가자

그 후로 아이는 그동안 쌓아놓은 말을 하나씩 꺼냈다.

"엄마 보고 싶다."

"아빠도 엄마가 무척 보고 싶어."

"난 엄마 생각만 하면 눈물이 나."

"아빠도 거의 매일 울어. 가끔씩은 엉엉 운단다."

그러자 민호가 뜻밖의 제안을 했다.

"그럼 엄마 보러 가자!"

아이 눈이 반짝였다. 당연한 생각을 뒤늦게 한 것처럼 동그랗게 눈을 뜨며 아빠를 바라보았다. 순간 이건 무슨 말인지 납득이 가지 않아 민호를 빤히 쳐다보았다. 엄마가 자연으로 돌아갔다는 말을 한 게 불과 얼마 전인데 엄마를 만나자고 하니 잠시 동안 할 말을 잃었다.

"어떻게?"

민호는 어른이 그것도 모르냐는 투로 설명했다.

"엄마가 죽어서 땅속에 있다고 했지?"

"응."

"그러면 땅을 파면 엄마가 있을 거잖아. 그러니까 엄마를 볼 수는 있는 거잖아."

수수께끼를 푼 아르키메데스가 "유레카"라고 외친 것처럼, 민호도 자신이 위대한 발견을 한 것인 양 큰소리로 외쳤다. 똘망똘망한 눈초리와 다부진 목소리가 귀여워 잠시 웃음을 지었다.

아이는 죽음을 어른들처럼 받아들이지 못했다. 죽음을 한 번도 가까이서 보지 못했던 아이는 죽음을 그냥 만날 수 없는 이별로만 이해했다. 다시 민호에게 사실을 있는 그대로 전달하기로 했다. 현실에서 이룰 수 없는 상상은 몽상이니까. 몽상은 현실을 바라보지 못한 채 다가갈 수 없는 상상만 키우고, 그 상상이 현실에서 이뤄질 수 없다는 것을 깨닫는 순간에 좌절감은 더 크게 다가올 것 같았다.

"엄마는 지금 흙으로 변해서 작은 항아리에 있어. 그래서 민호가 아빠한테 하는 것처럼 엄마와 말을 주고받거나 예전처럼 만날 수는 없어."

"그럼 앞으로도 엄마를 볼 수는 없어?"

"예전처럼 직접 만나서 이야기를 할 수는 없지만, 작은 항아리 안에 있기 때문에 그 집에 찾아갈 수는 있어."

추모관을 간 적 없던 아이가 다시 물었다.

"그럼 엄마는 요만해졌어?"

아이가 작은 두 손을 자기 어깨만큼 벌렸다.

"엄마가 요만해졌다는 이야기가 무슨 말이야?"

"아니 엄마가 작은 항아리에 들어갔다며. 그럼 엄마는 이만큼 작아졌냐고."

"민호야, 엄마는 산속에 있는 흙처럼 변했어. 그래서 그 항아리 속에 엄마는 우리 같은 모습이 아니라 흙으로 변한 모습이야."

"그럼 진짜 엄마는 어디 있어?"

"진짜 엄마는 하늘나라에 있지."

아이는 엄마 생각이 날 때마다 3개월 동안 닫아놓았던 궁금증에서 질문을 하나씩 꺼내들었다. 해맑은 얼굴로 동물 이름을 알아가는 아이처럼 호기심 가득한 질문들이었다.

하루는 유치원에서 세계에 여러 나라가 있다고 배웠다며 중국과 일본 위치를 아빠에게 설명해주던 민호는 어느 순간 말을 멈추고 질문을 했다.

"아빠, 일본이라는 나라는 우리나라 옆에 있잖아."

"응."

"중국은 또 다른 옆에 있고."

"응."

"그러면 하늘나라는 지도 위에 어디에 있어?"

아이는 비행기를 타고 하늘 '나라'에 가고 싶어했다.

어른들의 고정관념을 뛰어넘은 아이의 질문은 수개월 동안 이어졌다.

"아빠, 하늘나라엔 어떻게 가?"

"하늘나라는 많이 아파야지 가. 그래서 너무 많이 아프면 하느님이 더 아프지 말고 하늘나라에서 놀자 하고 데려가시거든."

"그럼 엄마도 많이 아팠어?"

"엄마도 많이 아팠어. 민호는 엄마가 많이 아파서 '아야' 하면서 병원에 있는 게 더 좋아, 아니면 하늘나라에서 재미있게 노는 게 더 좋아?"

민호는 엄마도 아프지 않은 하늘나라에서 재미있게 노는 게 더 좋다고 했다.

"하늘나라에 있으면 엄마는 이제 안 아파?"

"하늘나라에 있으면 아프지 않아."

질문은 계속됐다. 그리고 마지막으로 던진 질문은 다시 쉽게 대답할 수 없는 것이었다.

"아프지 않으면 다 나은 거잖아."

"응."

"그런데 엄마는 왜 나를 다시 만나러 오지 않아?"

말문이 막혔다. 평소에 민호가 품은 생각이 확 열린 느낌이었다. 예상을 넘어선 질문이었기 때문에 놀랐고 그래서 미안했다.

그랬다. 민호는 엄마를 그렇게 기다렸다. 엄마가 하늘나라에 있다면 언젠가 자신에게 돌아올 것이라고 생각했다. 왜 자신을 지켜본다는 엄마가, 그리고 즐겁게 지낼 거라는 엄마가 건강한 모습으로 자기를 만나러 오지 않는지를 그렇게 따져물었다. 엄마는 벌써 자기를 잊은 것이 아닌지 궁금해했다.

많은 유아심리서적과 민호를 둘러싼 전문가들이 조언한 것처럼 있는 그대로 사실을 전했다. 다시는 엄마를 만날 수 없다고, 하늘나라는 갈 수 없는 곳이며, 그곳에서 엄마가 무엇을 하고 어떻게 지내는지는 아빠는 알 수 없다고 말했다. 대신 나중에 아빠와 민호가 하늘나라에 가면 그때 만날 수 있을 거라고 전했다. 그러면서 엄마를 하늘나라에서 만나는 것보다 더 소중한 건 지금 여기에서 민호 곁에 있는 아빠와 이모, 삼촌, 할아버지, 할머니와 행복하게 지내는 것임을 지속적으로 이야기했다.

8

사진

다섯 살에게 한 장소에 한 시간 넘게 앉아 있기를 기대하는 건 무리였지만 예전과 다른 건 장난감을 가지고 노는 시간이었다. 보통 장난감을 하나 잡으면 30분에서 1시간 동안 집중하며 가지고 놀았는데, 요즈음은 이것저것 만지작거리다가 다른 것을 집어들었다. 의자를 거꾸로 눕히고 앉거나 위에 서기도 했다. 불안해서일까. 아니면 새로운 장난감이 많아 여러 장난감을 만지고 싶어서일까. 아니면 다른 이유에서일까. 집중을 잘하던 아이가 갑자기 예전과 달리 산만한 행동을 하면 생각이 복잡했다. 사랑을 한다는 건 어쩌면 내 마음을 온종일 상대방에게 열어둔 채로 말 하나 행동 하나에도 깊은 관심을 두는 것 같았다. 아내와 연애할 때 그랬던 것처럼.

일주일간 민호의 언행에 대해 이야기가 끝나자 상담 교수는 다시 민호를 불렀다.

"민호야, 이거 하나만 약속하자."

민호가 귀를 쫑긋했다.

"민호는 엄마가 보고 싶지?"

"네."

"그런데 집 안에 엄마 사진은 있니?"

"없어요."

아내 사진이 집 안에 있으면 아이가 계속 엄마 생각을 하며 슬퍼할 것만 같았다. 아내와 관련된 사진뿐만 아니라, 모든 옷가지도 아이가 볼 수 없는 곳으로 치웠다. 아내 옷과 물품, 심지어 아내가 평소에 걸던 귀고리까지 버리지는 않았지만 아이 눈에 벗어난 구석에 정리해두었다. 상담 교수가 아이에게 제안을 했다.

"엄마가 보고 싶으면 아빠한테 엄마 사진을 보여달라고 이야기하자."

"네."

민호는 짧게 대답했다.

"아버님, 이제 민호에게 엄마 사진을 보여주실 거죠?"

"네. 그렇게 하겠습니다."

나는 고개를 끄덕였다.

아이가 장난감을 가지고 노는 동안 교수에게 아이가 받을 상처가 걱정된다고 이야기를 했지만, 듣고 보니 그 논리는 전혀 설득력이 없었다.

"아버님도 아내분이 보고 싶으시면 옛날 사진을 꺼내 보시잖아요."

아내 사진은 지갑에도 있었다. 컴퓨터를 열 때마다 웃으며 인사를 하는 아내를 만났다. 가끔 동영상을 편집해 아내에게 영상편지를 쓰기도 했다. 사진을 보면 그리움이 깊어지는 것이 아니라 오히려 옅어졌다. 엄마 이야기를 말로 풀었을 때 상처가 줄어드는 것처럼, 보고 싶은 엄마가 마음속에서 떠오르면 엄마 사진을 직접 보는 것이 바람직하다고 했다. 감정을 억누르거나 슬픔을 억지로 감추는 것이 아이 심리와 정서에 위험하고, 억눌린 감정은 아이가 성장을 한 뒤에 성격적인 결함으로 나타날 수 있다고 다시 강조했다.

사진 열다섯 장을 골랐다. 아이를 위한 영결식 가운데 하루는 지난 5년여 동안 민호가 엄마와 함께 찍은 사진을 보며 과거를 회상하는 시간을 갖기로 했다. 아이도 엄마가 보고 싶으면 사진을 보며 그 그리움을 걷어내야 했다.

"민호는 일주일간 어떻게 지냈니?"

상담 교수가 그간 안부를 묻자,

"'가나다라마바사…… 하'까지 다 알아요."

답을 피하며 유치원에서 배운 지식부터 늘어놓았다.

"지난번에는 『보고 싶은 엄마』책을 같이 봤지? 그 책을 읽었을 때 민호는 어땠니?"

"슬펐어요. 난 지난번에 울 뻔했어요."

민호는 영결식 초반과 달리 자신의 감정을 솔직하게 드러냈다. 예전 같으면 아이의 반응에 안쓰러운 마음이 앞섰겠지만 상담과 책으로 학습한 결과 아이의 이 같은 대답에 오히려 기뻤다.

"오늘은 조금 더 슬플 수도 있고, 재미있을 수도 있어요. 아빠가 엄마 사진들을 가져왔는데, 사진을 보면서 생각나는 걸 서로 이야기할 거야."

상담 교수는 파란 풍선을 집어들었다. 이야기를 하고 싶은 사람은 작은 방에 떠 있는 파란 풍선을 잡고 말을 하기로 약속을 하고 사진을 한 장씩 열기 시작했다. 민호가 엄마 얼굴을 다시 보기까지 입원 기간을 포함해 넉 달이란 시간이 흘러야만 했다. 벽면에 고운 머리를 가지런히 빗어넘겨 뒤로 묶은 아내 얼굴이 나타났다. 한복을 입고 미소 짓고 있는 얼굴이었다. 남편이 가장 좋아하는 아내의 모습이기도 했다.

"김은지다!"

큰 소리로 엄마 이름을 불렀다. 아이 얼굴엔 웃음이 가득 퍼졌다. 꾸밈없는 목소리였는데, 엄마란 단어 대신 아내 이름을 그대로 불렀다. 버릇없는 것도 아빠를 닮았다고 생각하니 웃음이 피식 나왔다.

"엄마라 불러야지."

무안한 마음에 한마디했지만 아이는 대꾸도 하지 않은 채 "우리 엄마"라고 자랑을 했다. 태아 때부터 100일, 그리고 1년. 그 후 다섯 살 때까지 아이와 함께 찍은 아내 사진이 벽면에 크게 나타났다 사라졌다 했다. 사진 하나하나마다 우리 부자는 과거를 회상하며 아내와의 행복한 시간을 더듬어갔다. 민호는 생각나는 대로 자신의 생각을 말로 표현했다. 한 시간 동안 열다섯 장의 사진에 관한 이야기를 계속했다.

아이에게 아내 사진을 보이지 않은 것도 아이 마음을 헤아리지 못한 결과였다. 아이가 보고 싶은 엄마 사진을 모두 아이 시선 밖에 놓아둔 것도 아이가 사진을 보며 슬퍼하는 걸 보기 싫은 내 감정 때문이었다. 나는 지갑 안에, 사물함 안에, 컴퓨터 안에 아내와 함께한 사진을 넣어두고 아내가 보고 싶으면 수시로 꺼내보며 그리움을 덜어냈지만, 아이에겐 그러한 치유의 기회를 허락하지 않았다. 상대를 사랑하는 것이, 얼마만큼 이기적인 사랑으로 끝날 수 있는지를 다시 한번 가슴 깊이 느껴야만 했다.

사진 영결식을 마친 그다음날, 미술 수업을 하기 위해 자동차로 이동하는데, 민호가 뒤에서 말을 걸었다.

"아빠, 엄마 사진 보여줘."

마침 전날 사진 영결식을 위해 준비했던 사진 열다섯 장이 차 안에 있었다. 사진을 건네주자 한 장씩 넘겨가며 꼼꼼하게 살펴보더니, 내게 사진 하나를 보여주었다.

"아빠, 이게 1등 사진이야."

자연스럽게 엄마 이야기를 꺼내는 민호가 오히려 고마웠다. 1등 사진이라고 보여준 것은 한복을 입은 아내 모습이었다. 사진을 보며 느끼는 감정도 유전인가 생각을 하는데 뒤에서 "엄마 예쁘다" 하는 말이 연이어 들려왔다. 그리고 강릉에서 가족 세 명이 의자에 앉아 손가락으로 V자를 함께 그리며 찍은 사진을 2등으로 꼽았다. 민호는 열다섯 장의 사진에 등수를 매겼다.

"세상에서 가장 예쁜 사람이 누구게?"

예상대로 대답은 엄마였다. 그리고 2등은 〈로보카 폴리〉라는 만화에 나오는 앰뷸런스라고 했다. 아빠도 아니고 가족도 아니고 친구도 아닌 만화 캐릭터가 왜 2등인지는 모르겠지만, 분명한 건 이제 민호가 쉽게 엄마 이야기를 꺼내고 동시에 사진을 보면서 상처를 조금씩 치유하기 시작했다는 점이었다. 울먹임도 없었다. 보고 싶다는 말보다는 '예쁘다'라는 말이 더 많았다.

"아빠, 잘 때 엄마 사진하고 같이 잘래."

그 사진들은 민호 것이기 때문에 잘 때 사진을 옆에 두고 자도 괜찮다고 말하면서도, 아빠도 엄마가 무척 그립다고 대답해주었다. 그러고는 운전을 하며 룸미러로 아이를 힐끔거렸다.

"엄마 꼭 안아줄래."

거울에 비친 민호는 사진들을 작은 품에 꼭 끌어안았다. 아이는 만날 수 없는 엄마의 온기를 사진을 통해 온몸으로 느꼈다.

9

엄마를 만나는 날

민호가 꿈 이야기를 들려주었다. 집에서 아빠와 엄마 그리고 민호, 셋이 만나 신나게 놀았다고 했다.

"아빠가 꿈에서 이제 집에서 엄마랑 같이 살 거라고 했어."

꿈은 마음을 열어 보이는 창이라고 생각하니, 어쩌면 그런 꿈들은 민호에게 자주 나타날 것만 같았다.

아이가 꿈 이야기를 들려준 뒤 사흘이 지나 아이의 미술 교사가 상담을 요청했다. 그는 사별 직후 가족들이 갈팡질팡할 때 오히려 먼저 다가와 민호 심리를 전달한 사람이기도 했다.

"민호가 엄마를 무척 그리워하고 있는 것 같아요."

아이가 그린 나무를 보여주었다. 얼핏 보니 밤색으로 색칠한 나무 세 그루가 보였다.

"나무라고 그렸는데 십자가를 그렸어요."

그러고 보니 아이가 그린 나무는 십자가 형상이었다. 긴 세로 직선과 교차한 짧은 가로 직선. 십자가 아래는 흙더미가 있었다. 나는 약 일주일 전 민호 증조부모님이 안치된 성묘를 다녀왔다는 말을 전했다.

"민호 증조 할아버지와 할머니는 돌아가셔서 묘소에 남아 있잖아요. 그런데 엄마도 죽었는데 엄마는 도대체 어디에 있는 거지, 그런 생각을 했던 것 같아요. 민호가 추모관에 간 적이 있나요?"

아동상담센터에선 민호를 추모관에 데려다줄 것을 일찍부터 제안했다. 엄마가 특정한 장소에 있다는 사실은 아이에게 안정감을 준다고 했다. 그러면서 추모관은 아이에게 예쁘고 아름다우며 따뜻한 장소로 기억되어야 한다고 강조했다. 단 민호가 먼저 데려가 달라고 요청할 때에만 동행하라는 조건을 달았다.

"지난주에 추모관에 가고 싶다고 했는데 제 일정 때문에 시간을 맞추지 못했어요."

상담센터에서 들었던 말을 떠올리며 미술 교사에게 답변을 했다. 아이가 다시 한번 엄마가 있는 곳을 가자는 의사 표시를 하면 그다음날 어떤 약속이 있더라도 갈 것이라고 다짐했다. 며칠 뒤 민호가 다시 엄마 있는 곳을 찾았다. 다른 일정을 모두 미루고 추모관을 향했다. 처가 식구들도 동행했다.

민호가 기다리던 엄마를 만나는 날. 나무는 푸른색에서 붉고 노란 옷으로 갈아입었다. 하늘은 구름 하나 그리지 않은 채 파란 몸을 드러냈다. 과천 의왕 간 고속도로에 차가 오르자 시간은 장례식 마지막날로 흘러 들어갔다. 오늘처럼 맑고 쾌청했던 2012년 5월이었고 화장을 하는 시간엔 갑자기 검은 먹구름이 몰려오더니 천둥소리와 함께 빗방울을 떨어뜨린 5월이었다. 장인어른은 추모관에 가는 길에 한참 재직 시절 이야기를 들려주었는데 내 귓가엔 아내가 화장할 당시 천둥과 빗소리 외에는 아무것도 들리지 않았다. 그렇게 과천에서 경기도 비봉으로 가는 25킬로미터는 2012년 5월 안에 있었다. 달라진 건 가을로 물든 풍경뿐이었다.

추모관 입구엔 대리석으로 만든 듯한 하얀 피에타 상이 있었다. 성모 마리아가 숨이 멎은 사람의 아들을 묵묵히 안고 있는 피에타 상을 보자 민호는 작은 소리로 감탄사를 내뱉었다.

"우와, 멋지다."

아내도 유럽 신혼여행 때 피에타 상 앞에서 감탄했던 기억이 떠올랐다. 천장에서 쏟아지는 햇빛이 피에타 상에 닿은 모습을 민호는 신기한 듯 바라봤다. 아이에게 이곳은 예쁜 기억으로 남겨놓아야 할 장소였다.

"엄마 있는 곳이 민호 말대로 멋지다. 모두 반짝반짝 빛나."

추모관 주위 꽃들도 벽도 바닥도 모두 하얀빛을 뿜어냈다. 주위를 두리번거리던 민호는 지하로 내려가는 엘리베이터에 올랐다. 지하 1층. 이제 스무 걸음이면 민호가 기다리던 엄마가 나온다. 그리고 그토록 기다렸지만 오지 않았던 엄마와 마주하는 순간이었다. 입원한 기간까지 포함해 7개월 만의 재회였다.

어른들은 뒤에서 민호의 모습을 바라보았다. 아이가 엄마 사진과 마주했다. 작은 항아리 안에 있는 엄마와 만났다. 로봇 장난감을 사들고 올 거라는 엄마는 아무 말 없이 사진 속에서 웃고만 있었다. 민호는 1분도 안 되어 사진을 등졌다. 주변을 맴돌면서 딴청이었다. 자세히 보니 민호 눈가엔 눈물이 고였다. 울음을 참고 있었다. 말문이 막힌 민호는 더 이상 엄마를 바라볼 수 없었던지 발걸음을 옮기며 주변을 구경하는 척만 했다. 아이가 드디어 엄마와 마주하자 장모님은 참아야 했던 눈물이 북받쳐 올라왔다. 다섯 살 민호가 흐느끼는 외할머니에게 말을 걸었다.

"할머니, 나 하나도 안 슬프니까 울지 마."

민호의 말은 이미 주변 사람들이 자신을 걱정하고 있다는 것을 전제하고 있었다. 아이들은 어른들의 말을 통해서가 아니라 눈빛과 표정, 침묵을 포함한 느낌을 통해서 상황을 받아들인다는 전문가의 말이 다시 떠올랐다. 민호는 엄마가 병원으로 떠난 지 7개월 만에 엄마를 만났지만 자신이 슬퍼하면 가족들 또한 애통해할 것을 잘 알고 있었다.

아이 눈을 피하기 위해 처가 가족들은 장모님을 모시고 추모관 건물 밖으로 나갔다. 추모관에서만큼은 아이에게 눈물을 보이면 안 된다는 생각 때문이었다. 아빠와 단 둘이 남은 민호는 주차장까지 수많은 나무들 사이를 가로지르며 내려왔다.

"민호야, 엄마는 하늘나라에 있다가 집으로 오지 못하고 여기에 있었어. 따뜻하고 반짝반짝 빛나는 이 집에."

"아, 엄마는 그래서 민호를 여기서 기다리고 있었던 거구나."

이제야 의문이 풀렸다는 듯 어두웠던 표정이 밝게 변했다.

"응. 엄마가 민호를 여기서 오랫동안 기다리고 있었어. 민호를 잊거나 싫어서 안 온 게 아니고. 엄마가 말은 못 하지만 여기서 민호를 기다린 거야. 하늘나라에 있는 사람들은 여기에서만 가족들을 기다리거든."

민호는 자주 엄마에게 오자고 했다. 추모관에서 잠시 눈물을 글썽이던 아빠와 아들은 과천 집으로 돌아와 놀이터에서 뛰어놀고 저녁식사를 함께했다. 그날 밤 아빠와 아들은 서로 꼬옥 껴안은 채 잠들었다.

10

민호는 잠수 중

유치원에서 미래의 꿈을 그려오라는 숙제가 나왔다. 부엌에서 저녁을 준비하는데 집 안이 조용했다. 어린아이가 있는 집이 조용하면 오히려 부모는 순간 불안에 휩싸인다. 후다닥 아이 방으로 뛰어들어갔다. 민호는 혼자서 조용히 그림을 그리고 있었다.

"바다에서 내가 수영하는 거야."

수영 선수가 꿈이라고 했다. 아내와 이별을 하고 함께 시작한 수영에 아이가 푹 빠졌나보다 하며 다시 저녁 준비를 했다. 아이 방에서 아이가 아빠를 부르는 소리가 들렸다. 바빴지만 누군가 내 이름을 불러주는 건 기쁜 일이라는 생각에, 아이가 부르면 항상 모든 일을 미루고 아이에게 다가갔다. 민호는 자신이 그린 그림을 손에 들고 있었다. 온통 파란색인 도화지. 다른 색 점 하나 없이 파란색 크레파스로 꽉 채운 그림이었다. 아이가 무엇이 되고 싶은지 그려오라는 그림에 정작 미래의 아이는 없었다.

"민호는?"

그랬더니 아이는 태연하게 대답했다.

"난 잠수 중인데."

수영 선수가 된 아이는 파란 도화지 안에서 잠수를 했다. 아이는 잠수 중이어서 도화지는 파란 물만 그릴 수밖에 없었다는 설명이었다. 아이다운 그림에 미소를 지으며 이 이야기를 주위 사람들에게 전했다. 그런데 몇몇 사람이 그림 안에 자신을 그리지 않은 것에 대해 전문가 상담을 제안했다. 여전히 내면을 감추고 있다는 징표라는 지적도 있었다. 그러려니 했는데, 취재차 우연히 만났던 어느 의사까지 같은 의견을 제시해 미술 교사에게 전화를 걸었다. 그림에 나타난 아이 심리의 근황을 물었다.

"한 달 전쯤 달팽이 가족을 그리다가 그림을 모두 뭉갰어요. 엄마 달팽이와 있는 가족의 모습을 보고 감정이 복잡해졌나봐요. 지금은 아이가 슬픔을 견뎌내는 과정인 것 같아요."

가족 그림을 그리다가 지우는 아이 얼굴을 상상하니 가슴 한쪽이 아렸다. 매주 찾아가는 상담센터에 가서 파란 도화지 그림과 달팽이 가족 그림 이야기를 전했다. 아이와 관련한 작은 의심이 생기면 항상 마지막엔 전문가에게 조언을 구했다. 그림 한 편만 보면 여러 해석이 가능하지만, 매주 아이와 시간을 보내며 관찰한 결과 이번 그림이 걱정할 일은 아니라고 분석했다. 비로소 안심이었다. 당부의 말이 이어졌다.

"아이를 위해 무엇을 할지 고민하거나 분석하지 마시고 아이의 기분에 맞춰주세요. 그냥 공감하세요."

다시 '공감'이라는 단어가 들렸다. 자주 듣는 말이었지만 단어를 이해하는 것과 마음으로 느끼는 것은 분명 큰 차이가 있었다. 아이 마음속으로 들어가고 싶지만 그럴 수가 없었다. 당연한 생각인데 아이 마음은 아이만 아니까. 내 생각과 아이 생각을 동일시하는 순간, 그 생각은 사랑이 아니라 내 감정을 아이에게 투영하는 이기심으로 곧잘 변한다는 생각도 했다. 그래서 오늘 같은 경우는 어떻게 해야 하냐고 물었다.

"그림을 보고 민호에게 말하세요. '민호가 잠수를 잘하고 있구나'라고요. 그리고 아빠도 잠수 중일 것 같은데 어디에 있는지 가르쳐달라고도 하세요. 멋진 그림이란 칭찬도 잊지 마시고요."

아이 마음속으로 들어갈 수는 없어도 가장 가까워지는 길은 아이가 한 말을 반복해 말하고 아이가 한 행동을 그대로 인정해주는 일일 것 같았다. 공감. 쓰기는 쉬워도 가슴으로 느끼기에는 진정 어려운 말이었다. 설사 아이가 어떤 감정을 갖더라도 그 모든 감정을 그대로 받아줄 것을 요구했다.

한 유아심리 서적에서 아이들의 감정은 빛의 삼원색과 같다고 했다. 모든 빛은 빨간색과 초록색, 파란색을 조합해 만들어낼 수 있는 것처럼, 아이들에게도 삼원색 같은 감정이 있는데 즐거움과 분노, 그리고 슬픔과 공포가 아이들이 가진 근원감정들이라고 했다. 금방 웃었다가 눈물을 흘리고, 그러다가 부모를 찾으며 무서움에 떨다가 느닷없이 화를 내는 감정들. 이 감정들은 서로 조합하면서 성인의 성격을 만들어나가는데, 그래서 성인의 성격은 유년기의 감정 그리고 기억과 반드시 연결된다고 했다.

아이가 자신의 감정을 억제하지 않고 자연스럽게 발산하기 위해서는 아이에게 공감을 해야 했다. 자신을 인정하는 사람에게 마음을 열어놓을 테니까. 부모보다 자신의 마음을 가장 잘 헤아려주는 친구들을 좋아하는 건 어쩌면 당연한 일인 것만 같았다. 아빠도 아이의 친구가 되고 싶었다.

"민호가 자신의 슬픔을 드러내 보일 때 슬퍼하거나 불안해하지 마세요. 어른들이 아이의 감정을 마주할 때 불편해하면 아이들은 그 감정을 숨기거든요."

공감하는 방법에 대해서 상담센터에선 새로운 방법도 알려주었다.

"아이가 슬플 때는 아버님도 슬프다고 하세요. 아이가 눈물을 흘릴 때 아버님도 눈물이 나면 참지 말고 같이 눈물을 흘리세요. 그러면 아이는 아빠가 나약하다고 생각하는 대신에, 오히려 자신과 같은 심정임을 느끼며 더 솔직해질 거예요."

그러고 보면 상처를 안아주는 방법은 어른이나 아이나 마찬가지였다. 상대가 자신의 심정을 드러낼 때, 대안을 제시하거나 원인을 분석하는 것이 아니라 '공감'하는 것. 자신과 같은 감정의 상태에 있는 사람을 만나는 일은 아이에게 치유의 경험이었다. 공감은 그래서 마음의 상처를 치유하는 힘을 지녔다.

아이를 대하는 화법이 서서히 변했다. 아이가 하는 행동을 그대로 언어로 옮겼다.

"민호가 떼를 쓰는 거를 보니 많이 화가 났구나."

그냥 있는 그대로 인정해주었다. 그러면 아이는 그렇다고 하면서 스스로 감정을 조금씩 정리해나갔다.

"민호가 밥을 안 먹는 걸 보니 입맛이 없구나. 밥을 잘 먹기는 어떤 어린이도 어려울 거야."

장난감을 던지든, TV를 보고 싶다고 투정을 부리든 일단 아이의 감정을 억누르거나 바꾸려고 하지 않고 그대로 먼저 받아주었다. 그리고 가장 많이 했던 말은 아빠도 민호처럼 엄마가 무척 보고 싶고, 엄마 생각에 가끔 눈물을 흘린다는 고백이었다.

11

혼자서도 괜찮아

창이 큰 수영장은 아침이면 유난히 반짝거렸다. 햇살이 창을 뚫고 물 위에 내려앉으면, 물과 햇살은 마음껏 한데 어울려 자신들을 드러냈다. 물속으로 들어온 햇빛은 수영장마다 달라지는데 과천의 한 수영장은 유난히 짙은 파란색을 뽐냈다. 수면 아래에서 보는 물색은 층층이 다른 색이었다.

물은 아내가 아픈 모습에 걱정이 앞설 때면 항상 나를 위로해준 조용한 친구였다. 아이에게 그 오랜 친구를 소개해주고 싶었다. 피부에 닿는 물길이 가슴까지 들어와 복잡한 마음을 깨끗이 씻어주기를 바라면서 아내와 이별한 그해 여름, 아이와 함께 수영장을 찾았다.

민호도 무척 물을 반겼다. 엄마 자궁 안 물속에 있던 태아 경험이 의식 저 아래에 있는 기억에 남아 있어서 물은 사람들에게 편안함을 가져다준다고 했다. 그래서인지 수영장엔 저녁이면 장애를 지닌 아이들이 수영을 즐겼다. 물 안에서 노는 아이들의 표정은 어떤 어른들보다 건강했다. 물과 함께 환하게 웃는 아이들은 작은 발로 물장구를 치고, 물 위에 떠다니는 장난감을 잡기 위해 뛰어다녔다. 하지만 민호는 아빠와 떨어지기를 거부했다.

"아빠, 옆에 있어줘."

수영 첫날 수영장으로 들어서는 아이가 손을 놓지 않자 안내원에게 아이 곁에 있을 수 있는지를 물었다. 하지만 그런 경우는 없다고 했다. 대신 아이를 지켜볼 수 있는 장소가 있다는 정보를 전해주었다. 어린이 수영장 쪽 유리창과 맞닿은 공간이 있었는데 그곳에 가기 위해서는 쪽문을 열고 들어가야 했다.

"수영장 안쪽 문 좀 열어주세요."

탈의실에서 나와 프런트로 가 부탁을 했다. 일반인들이 드나드는 문이 아니었으니 직원은 의아한 표정을 지었다.

"수영을 하는 아이가 아빠를 보지 않으면 불안해해서요."

아이 엄마 이야기를 알리면 모든 어른들은 아이를 위해 불편함을 기꺼이 감수했다. 쪽문이 열렸다. 안내원에게 고맙다는 인사를 하고 수영장 바로 옆 창문으로 다가갔다. 민호에게 손을 흔들었다. 아이는 아빠를 바라보며 환한 미소를 지었다. 한창 물속에서 놀다가 아빠 한번 쳐다보고, 한창 놀이에 빠졌다가 다시 힐끔 바라보았다. 놀이에 집중을 하다가도 아빠가 있는지 확인을 해야만 다시 안심했다. 실내가 아닌 수영장 창밖은 무척 더운 한여름이었지만, 그래도 아이 미소를 보니 좋았다. 누군가 나에게 의지를 한다는 건 예전엔 부담스러운 짐이라고 생각했지만, 창밖으로 아빠를 찾는 아이의 눈빛을 보니 분명 행복한 일이었다. 일주일에 두 번, 하루에 한 시간씩 항상 창문 너머로 수영을 하는 민호 곁을 지켰다.

더위를 담았던 바람은 어느새 흩날리는 낙엽과 함께 선선해졌다. 시간은 8월에서 9월, 10월을 넘어 11월을 향했다. 창가 옆에 있는 하얀 플라스틱 의자 위에 앉으면 계절의 변화를 온몸으로 느낄 수 있었다.

"아빠가 보이지 않더라도 자신을 지켜주는 아빠가 있다는 느낌이 있어야지만 자연스럽게 떨어질 거예요. 그 불안은 반드시 사라지지만 갑자기 엄마가 사라진 충격이 없어지기까지는 아빠도 자신을 어느 날 떠날 수 있다는 생각을 하며 아빠를 계속 찾을 거예요."

옆에 없더라도 마음속에 아빠가 곁에 있다는 안정감이 찾아올 때까지 기다려야 했다. 기약 없는 기다림이었다. 겨울이 코앞으로 다가온 그해 마지막 달, 민호가 수영장에 들어가기 전에 제안했다.

"아빠, 이제 수영장 옆에 없어도 돼."

"……."

"아빠 없어도 괜찮아."

"정말, 괜찮겠어?"

"응."

아이가 수영장으로 들어가는 모습을 보고 난 뒤 밖으로 빠져나와 다시 쪽문을 통해 아이가 보이는 창가로 향했다. 몸을 숨기고 아이를 지켜봤다. 아이는 주변을 두리번거리지도 않은 채 물놀이에 집중했다. 물장구를 치며 까르르 웃고 첨벙거리며 물 위에 뜬 장난감을 줍는 데 한창이었다. 수영을 시작한 뒤 5개월이 다 되어서야 아이는 아빠 없이도 혼자서 놀게 됐다.

혼자서 논다는 건, 어린아이가 부모 곁에서 쉽게 떨어질 수 있다는 건, 아이가 충분한 사랑과 안정감을 느낄 때 가능하다는 걸 뒤늦게 배웠다. 추위에 떨지 않아도 된다는 안도감보다 아이가 슬픔을 걷어내고 있다는 생각에 마음엔 봄바람이 일었다.

아이가 마음이 아픈 모습을 행동으로 보일 때마다, 미루지 않고 전문가에게 자문했다. 시간이 남으면 육아와 아동심리 서적을 닥치는 대로 읽어나갔다. 그러면서 아이는 유년기에 손과 발, 온몸을 마음껏 펼친 채 흔들며 뛰어놀아야 한다는 걸 배웠다. 자연은 아이들에게 가장 훌륭한 장난감이며 안정을 주는 친구라고 했다. 아이의 손길과 발길에 따라 수시로 모양을 바꾸는 물과 모래는 아이들에게 다양한 상상력을 부추기며 불안을 걷어낸다고 했다.

아이가 맨발로 뛰어놀고 흙을 밟거나 물을 어루만질 수 있는 곳을 찾아나섰다. 수영장으로 계곡으로 산으로 바다로 모래놀이터로. 아이가 초록색 나무를 보며 바람이 전달하는 숲의 향기를 맡고, 물속에선 호흡을 멈추고 살을 어루만지는 물을 느낄 수 있는 시간을 일상 속에서 채워나갔다.

수영장에선 잠수하는 법을 배웠다는 아이가 물속에서 작은 거품을 올리는 모습을 보여주었고, 숲 속에선 쪼그리고 앉아 꽃과 벌레에 소리 없이 집중하는 모습을 보여주었다. 서툰 잠수 실력에 허우적거리면 아이를 안고 맨살을 맞대며 아이의 온기를 느꼈고, 자연을 바라볼 때면 가급적 아이 옆으로 다가와 아이가 주시하는 곳을 쳐다보았다. 차가운 시멘트 대신 살아 있는 나뭇잎을 마주했던 시간이었고, 딱딱한 아스팔트를 밟기보다는 물속에서 물과 하나가 되는 시간이었다. 땅만 바라보지 않고 하늘도 보았고, 땅 위를 달리는 자동차를 바라보기보다 하늘에 뜬 별들을 찾기 위해 고개를 들었던 시간이기도 했다.

치유의 힘을 지닌 자연. 그러고 보면 자연을 접하는 마음은 어린이나 어른이나 마찬가지인 것 같았다. 밖에서 몸을 움직이는 걸 몹시 귀찮아했던 아빠였지만, 아이 손을 잡고 같은 공간에서 함께 숨을 쉬는 일은 아빠에게도 편안함을 안겨주었다.

12

친구

신혼여행에서 아내와 남편은 모두 파리를 사랑했다. 파리란 공간은 같았지만, 서로 갖고 있던 기억은 서로 달랐다. 아내는 미술을 좋아했고, 남편은 거리 풍경을 좋아했다. 아내는 그림 안에서 과거 속으로 들어갔고, 남편은 풍경을 보며 현재의 시간에 충실하고 싶었다.

"우리 오늘만 헤어지자."

일주일 가운데 3일 동안 미술관에 가겠다는 제안이 미안했는지 아내는 하루만 서로 다른 공간에 있자고 먼저 제안을 했다. 아내는 남편이 미술에 지독하게 관심이 없다는 사실을 잘 알고 있었다.

방학을 맞이해 미술전시회를 보러 아이와 함께 예술의전당으로 가는 길. 아내와 파리에서 함께 그림을 본 기억이 떠올랐다. 예술의전당은 집에서 불과 9킬로미터 거리에 있었지만 미술에 별다른 흥미가 없어 과천으로 이사를 온 지 8년 만에 처음으로 그곳을 찾았다. 파리에서도 미술관에 가기 싫어했던 남편은 이제 아내 대신 아이와 함께 미술관에 간다.

미술관에서 미리 약속한 유치원 친구를 만났다. 아이에게 미술관은 또 다른 놀이터였다. 이곳저곳을 뛰어다니고 소리를 지르는 아이의 모습 뒤로 여러 그림들이 보였다. 잠시 오르세와 루브르 미술관이 전시장 사이로 보였다 사라졌다.

벽에는 커다란 도화지가 걸려 있었는데 자세히 보니 초록색 칠판이었다. 초록색 칠판을 동그랗게 만들어 벽에 걸어놓으니 멋진 원형 도화지로 변했다. 아이들은 분필을 잡고 선과 면을 만들어나갔다. 딱히 무엇을 그리는지 짐작할 수 없는 그림들. 아이들은 그렇게 쉽게 설명할 수 없는 내면을 가지고 있었다. 개인적으로 음악을 좋아하지만, 어렸을 때 아이들이 체험하는 건 음악보다는 미술이었으면 좋겠다는 상상을 잠깐 했다. 어린 시절 음악은 음표 안에 나를 가둬놓지만, 미술은 자신의 내면을 풀어헤칠 것만 같아서였다. 아이들은 밝은 색깔로 미소를 지으며 더운 오후를 시원하게 물들였다.

미술체험을 하기 위해 잠시 떨어진 사이 미술관 안내 책자를 읽어내려갔다. 안내 책장 안에 한 문장이 눈에 띄었는데, 바로 '아이는 놀기 위해 태어났다'는 것이었다. 삶에서 여유를 빼앗긴 현대인들에게 논다는 것은 사치스럽게만 느껴지지만, 가장 깨끗한 영혼을 지닌 아이들이 추구하는 건 바로 '노는 것'이라고 작은 책자는 말했다. 아이들처럼 논다는 건 컴퓨터 게임을 하거나 TV를 시청하며 흘려버리는 시간과는 달랐다. 아이들에게 논다는 것은 낯선 세상에서 낯선 경험들을 찾아 하며 기뻐하는 과정이었다. 그래서 아이들에게 일상은 모두 놀이였다. 미술관에서 체험은 물론이거니와 물에 젖은 종이가 거울에 붙는 것도, 연필이 연필깎이를 통해 다듬어지는 것도, 가위가 종이를 자르는 것도 모두 놀이였다.

컨베이어벨트처럼 익숙한 일을 했던 지난 시간은 낯선 세상에 대해선 오히려 불안감을 느끼게 했다. 그 결과 아이들과 같은 호기심은 사라졌고 그래서 일상에서 노는 즐거움도 함께 사라졌다는 생각을 할 즈음, 벽에 걸려 있는 다른 하나의 문장에 다시 시선이 멈췄다.

"노는 것은 보는 것이 아니라 참여하는 것입니다."

그 문장을 보며 어른이 된다는 건 세상에 익숙해진다는 것이며, 사람들과 함께 어울리기보다는 사람들과 거리를 둔 채 바라보기만을 좋아하도록 길들여지는 과정 같았다. 바라본다는 건 나를 기준으로 세상을 해석하는 과정이라고 그 문장이 조용히 알려주었다. 참여하기 위해선 상대에게 다가가야 하는데, 항상 내가 서 있는 위치에서 가만히 세상을 바라본 내 모습이 한 편의 그림처럼 떠올랐다.

수많은 조언과 수많은 책을 뒤적이며 가슴에 담아둔 단어는 바로 '친구'였다. 어른은 결코 아이의 세계로 들어갈 수 없다는 것. 그리고 그 세계로 들어갈 수 있는 사람은 바로 아이 친구라는 사실이었다. 그래서 아이가 친구들과 함께 놀 수 있는 기회를 마련하라는 이야기를 책에서 그리고 전문가를 통해서 자주 들었다. 아이들끼리 어울리면서 서로 위로를 받고 여러 명이 있을 때 따라야 하는 규칙과 질서도 동시에 배워나간다고 했다.

아이들은 놀기 위해 항상 친구들에게 다가갔다. 제자리에 앉거나 서서 상대를 바라보기만 하지 않았다. 가끔은 싸우고 토라지지만 항상 서로 말을 주고받고 있었다. 놀기 위해선 누구와 놀까 하는 문제가 항상 따라다녔다. 어쩌면 무엇을 하며 놀 것인지는 누구와 노는지에 따라 달랐다. 아이의 놀이 세계로 문을 열고 들어가 그 놀이에 참여할 수 있는 사람들. 바로 아이 친구들이 민호에겐 무척 소중한 존재였다.

엄마들에게 수시로 부탁을 했다.

"유치원 끝내고 민호와 같이 놀게 할게요."

"같이 집에서 놀리다가 저녁 먹이고 보낼게요."

외로움에 젖은 민호에게 엄마의 빈자리를 가장 많이 채워주는 사람은 다름 아닌 다섯 살 친구들이었다. 놀이는 보는 것이 아니라 참여하는 것이란 사실을, 집 안에서 아이들이 노는 소리를 들으면 알 수 있었다. 어른들은 결코 이해할 수 없는 아이들만의 논리와 아이들만의 언어가 있었다. 그리고 다섯 살이라도 그들끼리 공유할 수 있는 문화가 따로 있었다. 민호가 아빠에게 감정을 숨겼을 때 자신이 더 이상 엄마를 볼 수 없어 슬프다는 사실을 털어놓은 것도 바로 가족이 아닌 유치원 친구 앞에서였다.

직장을 다니던 시절 휴일이나 주말에도 아이가 놀이로 초대를 하면 나는 의도적으로 피하기에 바빴다. 그나마 참여의 길을 열어 준 아이에게 피곤하다며 아이와 어울리기보다 곁에서 바라보기만 했다. 먼저 말을 걸어준 건 항상 아이였다. 아이는 "놀자"고 했지만, 그 말 안엔 "아빠 나와 대화해" 또는 "아빠 나와 함께 시간을 보내줘"라는 의미가 함께 담겨 있었다. 그 말에 "아빠 바빠" "미안한데 혼자서 좀 놀아줄래"라고 답을 했지만. 아이 친구들은 같이 놀자고 말을 할 때마다 거절하는 법이 없었다. 아이에게 소중한 사람들 가운데 하나가 친구인 이유는 상대의 말을 경청해주고 그에 긍정적으로 반응해서일 거란 생각마저 들었다.

아이들은 잘 노는 방법을 알고 있었다. 세상을 낯설게 보며 탐구하고, 관념이 아닌 경험으로 즐거워하면서 상대에게 다가가 시간을 함께 보내는 것. 그 아이다운 놀이의 모습이 어른들이 만든 거짓 놀이로 변색되지 않기를 바랐다.

13

위로

2013년 6월, 아이 두 명을 뒷좌석에 태웠다. 민호와 민호 여자친구를 데리고 장인어른 지인의 별장이 있는 양평으로 향했다. 다른 집 아이를 태울 때면 운전은 더 조심스러웠다. 팔당댐이 오른쪽 옆으로 나타날 즈음 차들이 도로를 가득 메웠다.

길은 꽉 막혔지만, 아이들 동심은 여전히 막힘이 없었다. 순수한 대화가 오고 갔다. 아이들 대화 한마디 한마디가 귀 안으로 흘러들어왔다.

"지금 가는 곳엔 누가 있어?"

"외할아버지."

"외할아버지랑 과천 집에서 안 살아?"

"응."

"그럼 넌 누구랑 살아?"

"아빠하고 나. 우리 엄마는……."

다시 엄마 이야기가 민호 입에서 나왔다. 뒤를 돌아볼 수 없었지만 민호 말에 집중을 했다. 마음에 슬픔을 담아두지 않아야 하기 때문에 짧은 순간이지만 속으로 민호에게 말을 걸었다. 민호야 마음에 담아두지 말고 말해, 슬프면 슬프다고 말을 해야 해.

엄마와 헤어진 뒤 꼭 1년째 되는 달이자 '가정의 달'인 5월 초를 시작으로 민호는 다시 엄마 이야기를 입 밖으로 꺼내기 힘들어했다. 엄마와 이별을 하고 처음 맞는 5월. 민호와 나는 더욱 아내 생각을 많이 하는 시기였다. 느낌으로 대화를 하는 민호는 여기저기서 '엄마'라는 단어가 들려오는 5월에 들어서자 활기가 조금씩 줄어들었다. 엄마 이야기가 나오면 말을 돌리거나 억지 장난을 쳤다고 했다. 어버이날 이틀 뒤에는 민호가 종이를 들고 엄마에게 편지를 쓰고 싶다며 한글을 가르쳐달라고 졸랐다. 아내가 떠난 지 1년, 그리움이 시간마다 스며든 2013년 5월엔 특히 아이의 말 표정 몸짓 하나에 긴장을 했다.

그래서 차 안에서 다시 나온 엄마 이야기에 신경은 모두 아이들이 차지한 뒷좌석으로 향했다. 몇 초가 흐른 뒤 민호가 닫았던 입을 열었다.

"우리 엄마는 하늘나라에 있어. 그래서 우리 집에선 아빠랑 나, 이렇게 둘만 살아."

막힌 수도관이 갑자기 뚫리는 듯 긴장으로 멎었던 시간이 기쁨으로 터져 다시 빠르게 흘렀다.

여자친구가 민호의 말을 받았다.

"야, 그럼 아빠가 최고네."

"응. 맞아."

"그럼 민호야, 엄마가 없어도 슬퍼하지 마. 아빠가 있잖아."

엄마의 빈자리를 아빠가 메워준다는 말이 대견했다. 사랑스러운 아이들 대화에 스며들었다.

"응. 난 슬프지 않아. 괜찮아. 그래도 가끔 엄마가 보고는 싶어."

비록 아이들이지만 아빠란 존재를 인정하는 말에 묘한 기쁨이 찾아왔다. 하지만 그것보다 민호가 엄마의 부재를 담담하게 말하고 있는 모습이 더 고마웠다. 여자아이가 친구를 다독이는 모습도 놀라웠고, 게다가 자신의 솔직한 마음을 친구에게 고백하는 민호의 말도 안쓰럽지만 반가웠다. 자신의 심리를 정확히 인지해 다른 이들에게 전달을 하는 건, 큰 상실을 겪은 여섯 살에게 매우 어려운 일이라고 심리전문가가 조언한 적이 있었다. 어느덧 민호도 다섯 살에서 여섯 살로 자랐다.

더운 여름날 땡볕에도 벌레들은 제 갈 길을 가느라 바빴고, 하늘을 나는 곤충들은 무리 지어 비행을 즐기느라 여념이 없었다. 그 사이를 두 명의 아이들은 작은 발로 잔디를 밟으며 소리를 질렀다. 아이들의 미소가 별장을 둘러쌌다. 잔잔한 바람과 햇살 덕분에 나무와 숲 속 그늘은 나비며 여치며 여러 벌레들을 그득 품었다.

시간을 멈추고 들었다. 무릎 위에 앉아 내 얼굴을 한참 쳐다보는 벌레와 나풀대며 떨어진 나뭇잎 사이로 아내가 말을 걸었다. 함께 같은 흙 위를 걸으며 고추와 호박을 땄던 곳이 바로 여기라고. 머리 위를 보니 밤나무가 넓은 그늘을 드리웠다. 아내는 내게 주변을 세밀하게 살펴볼 수 있는 시야와 아이들의 웃음소리를 선물로 안겨주었다. 수년 동안 양평에 왔지만 밤나무가 그곳에 있다는 사실을 안 것도 아이 친구가 양평을 찾은 것도 그날이 처음이었다.

한창 공을 가지고 뒹군 아이들도 쉬겠다며 나무 그늘을 찾았다. 나란히 앉은 아이들은 먼 산을 쳐다보며 아무 말이 없었다. 시멘트와 숫자를 보지 않고 초록과 산을 말없이 바라보는 아이들. 땀을 식힌 아이들은 호박잎과 만나 인사를 하고 초록색 고추를 찾아 언덕 아래로 내려갔다. 민호는 그렇게 엄마가 그토록 보고 싶어했던 나무를 보며 조금씩 안정을 되찾아갔다. 아이에게 행복은 그렇게 자연의 향기를 맡으면서 친구들과 마주보고 웃으며 뛰어노는 모습 안에 있었다.

그 무렵 유치원 선생님한테서 전화를 받았다. 유치원에서도 민호에 대한 관심은 남달랐다.

"유치원에서 한 아이가 엄마하고 떨어졌다면서 심하게 울고 있었거든요. 그런데 민호가 그 여자아이한테 다가가더니 말을 걸더라고요. 자기도 엄마를 만날 수 없지만 씩씩하게 지낸다면서 위로를 했어요. 엄마는 나중에 하늘나라에서 만날 수 있어서 슬프지 않다고 말했어요. 그러면서 우는 아이에게 유치원 끝나면 너도 엄마를 만날 수 있으니까 그만 울라고 다독였어요."

민호의 말을 들으면서 유치원 담임교사는 무척 가슴이 아팠지만 한편으로는 기특했다고 했다. 흙과 나무, 친구와 미술, 그리고 장난감은 지난 1년간 민호 곁을 지키며 아이를 위로했고, 자신이 받은 위로의 방법으로 아이는 다른 아이를 달랬다.

꾸밈없는 민호 친구들은 일상 속에서 왜 민호 집엔 엄마가 없는지 쉽 없이 물었다. 질문이 있을 때마다 자신도 설명할 수 없는 죽음 앞에서 민호는 1년 동안 대부분을 침묵했다. 침묵을 의식하지 못한 채 질문이 이어지면 아이는 하는 수없이 짧은 문장 몇 개로 대답했다. 친구들의 물음 하나에 상처 하나가 남았을 테다. 그런 민호의 표정과 대답을 들으며 곁을 지켰지만, 결국 민호의 마음속에 찾아온 시련을 이길 수 있는 사람은 바로 민호 자신일 수밖에 없었다.

아이는 어느덧 엄마는 영원히 사라진 사람이 아니라, 자신을 하늘에서 기다려주는 사람으로 기억했다. 시간이 흐르면 엄마는 언젠가 다시 만나기 때문에, 만나는 날까지는 아빠와 친구들과 재미있게 놀겠다고 했다. 민호는 스스로를 달래는 말을 할 줄 알게 된 것이다.

민호가 어느 순간부터 조금씩 입을 열었다.

"우리 엄마가 많이 아파서 하늘나라에 갔어. 사람들은 다 많이 아프면 하늘나라로 가. 그런데 난 이제 안 슬퍼. 어차피 하늘나라에서 우리 가족이 다 만날 거니까!"

14

아빠의 하얀 종이

"아버님은 좀 어떠세요?"

아이에 대한 상담 끝엔 항상 아빠의 감정을 물었다. 감정은 물감 처럼 주변 사람으로 번진다고 했다. 아이가 안정을 찾기 위해선 아 빠의 안정이 필요했다. 아이가 아빠의 슬픔까지 감내해야 하는 상 황만은 막아야 했다. 육아휴직에 들어가기 전에 세 가지 일을 하루 에 처리했다. 새벽 2시 반에 출근해 아침뉴스를 앵커로 진행해야 했고, 일이 끝나면 아이를 돌봐야 했고, 그 사이사이 시간을 내 삼 성서울병원을 상대로 아내 죽음을 둘러싼 의문을 풀어야 했다. 나 는 늘 가장 큰 문제가 피로라고 대답을 했다. 상담교수는 피곤함보 다 아빠의 답답함이 더 걱정이라고 의견을 전했다.

"감정을 억누르고 있을 거예요. 아이의 아빠로서 감정을 억누르 면서 양가 부모님들에게 가면 사위나 아들로서 역할을 해야 할 테 니까요."

민호처럼 나에게도 감정을 억압하지 말 것을 당부했다.

"감정을 억압하면 어른도 똑같이 감정이 왜곡됩니다. 왜곡된 감정은 부정적으로 나타나요."

내 안에 있는 감정을 그대로 인정하기로 했다. 특히 슬픔에 대해 물러서지 않기로 했다. 슬프면 슬프다고 스스로에게 말을 했다. 감추지도 않고, 아닌 척하지도 않기로 했다. 사람들이 어떠냐고 물으면 많이 슬프다고 답했다. 상담 교수뿐만 아니라 많은 심리서적들도 감정을 왜곡하지 말 것을 조언했다.

당신이 느끼는 정직한 감정은 드러낼 수 있는 것이며 숨겨야 하는 것이 아닙니다. 당신이 슬퍼할 때, 당신은 자식에게 오히려 본이 될 수 있습니다. 아이는 자신의 감정이 밖으로 드러낼 수 있는 것임을 이해하게 됩니다. 만약 억지로 슬픔을 감추려 한다면, 아이는 엄마의 무덤덤함에 대한 나름대로의 이유를 만들어낼지도 모릅니다. "아빠는 울지 않아. 엄마를 사랑하지 않았나봐"라고요.

— 얼 그롤먼, 『아이와 함께 나누는 죽음에 관한 이야기』, 이너북스 중에서

글을 쓰다 울고, 음악을 듣다 울고, 피아노를 치다 울고, 영화를 보다가 울었다. 잠을 자는 아이의 얼굴을 보며 눈물을 흘렸고, 아내의 마지막 눈물이 떠오를 때마다, 아내가 병상에서 부른 이름들이 귓가에 들릴 때마다 눈물을 흘렸다.

혼자 있을 때는 더 이상 아침뉴스 앵커도, 사회부 기자도, 아빠도, 부모님의 아들도, 그리고 떠난 딸의 곁을 지켜야 하는 사위도 아니었다. 아무런 수식어도 붙지 않은 그 시간 속에선 마음껏 눈밖으로 슬픔을 쏟아냈다. 슬픔의 감정이 한순간 온몸을 덮치면 두 손으로 가슴께를 꼭 부여잡아야 했다. 가슴에 담았던 눈물은 가슴이 터지는 울음소리를 달고 흘러나왔다. 아내가 떠난 빈집은 자주 비탄에 잠겨 타들어가는 남편의 통곡이 메우곤 했다. 시간이 얼마나 흘렀는지 알 수 없을 만큼 눈물을 한껏 밖으로 내몰고 나면 슬픔에 팽창했던 가슴은 다시 원래 크기로 돌아갔고, 가슴에 남은 상처 자국을 따뜻한 위로의 말이 덮었다.

'이별하고 슬퍼하는 걸 보니, 아내를 무척 많이 사랑했구나.'

오히려 진정 슬픈 인생은 사람들과 이별을 하고도 슬퍼하지 않는 삶이라고 생각하며 스스로를 달랬다. 내 곁에 있는 사람을 내가 사랑하는지 사랑하지 않는지에 대해 알려주는 것은 이별하고 남은 감정이었다. 누구나 나만큼 씻을 수 없는 아픈 기억 하나쯤 간직하고 있음을 잊지 않으려고 했다.

돌아보면 아내가 아플 때마다 항상 무언가를 써내려갔다. 슬픈 이야기를 다른 이들에게 전하기엔 그들은 너무 바빴다. 시간을 쪼개 만나서 함께 울기보다 다들 즐겁고 기쁜 이야기를 듣고 싶어했다. 그럴 때마다 묵묵히 내 이야기를 들어주던 친구는 바로 하얀 종이였다. 마음에서 열린 감정이 손끝으로 옮겨갈 때, 종이는 그 느낌을 그대로 자신의 몸에 새겼다. 혼자 견디기 버거워지면 항상

종이를 찾았다. 글쓰기는 수다스러웠지만 종이는 하얀 표정으로
그 이야기들을 하나도 빠짐없이 경청했다. 슬픔을 통과하기 위해
선 써야 했다. 틈만 나면 메모장을 꺼냈고, 시간이 허락할 때마다
하얀 종이와 마주했다. 이미지를 카메라에 담는 사진사처럼, 순간
찾아온 감정을 붙들기 위해 종이를 찾았다.

　상담센터에서는 아빠인 나에게도 상담을 제안했는데 지나고 보
니 나에게 중요한 상담사 중 하나는 바로 종이였고 글을 쓰는 과정
이 일종의 심리상담이었다. 생각이 나서 글을 쓰는 게 아니라, 글
을 쓰다보면 생각이 정리된다는 사실을 가르쳐준 것도 종이였다.
표현할 수 없는 감정들을 글자로 풀어내면 그 안에 담긴 감정이 무
엇인지를 할 수 있었다. 슬픔, 불안, 환희, 만족. 글을 통해 보면 내
가 지금 어디에 서 있는지 만날 수 있었다. 내면에 흐르는 거센 감
정의 소용돌이가 어디서 휘몰아치는지 하얀 종이가 알려주었다.

　지나고 보면 언론사 시험을 준비하던 시절의 글쓰기도, 기자가
되고 나서의 글쓰기도 모두 나를 위해서가 아닌 남에게 보여주기
위한 글쓰기였다. 적잖은 방법과 요령 그리고 기술. 하지만 내가
나라는 독자를 위해 쓰는 글은 그 어떤 가식이나 수사도 필요하지
않았다. 그냥 마음이 가는 대로 쓰는 것. 내가 나에게 고백하는 것.
내가 나에게 떠드는 수다. 오로지 있는 그대로 내 안을 드러내기만
하면 되었다.

　특히 아내가 그리우면 하얀 종이를 찾았다. 함께한 시간이 글자
로 풀려나올 때면 추억은 기쁨으로, 기쁨은 환희로 변했다. 그사이

슬픔은 흩어지며 사라졌다. 기록은 기억을 되살리고, 기록은 막힌 감정을 열어주고, 기록은 잊힌 나를 찾아주었다.

남은 아들과 떠난 아내에게 부치는 편지들과 내가 나에게 쓴 편지들이 오히려 나를 위로했다. 나를 위한 글들을 하나씩 블로그에 올리는데 어느 순간부터 사람들이 말을 걸어오기 시작했다. 한 문장의 쪽지로, 때로는 장문의 편지로. 선뜻 말하기 어려운 고백들을 전해주었다.

"아내 입장에서, 엄마 입장에서 눈물이 멈출 수가 없습니다. 아내를 생각하며 힘내세요."

"부인의 생전 모습과 아이를 보니까 처음 본 저도 눈시울이 붉어지네요. 고인의 명복을 빕니다."

"글을 보면 힘이 나는 게, 되레 위로를 받습니다."

일면식도 없는 인연이었지만 이들이 건네는 한마디에 마음이 편해졌다.

글을 쓰는 지금 이 순간에도 아내가 내게 말을 건다.

"오빠, 내가 정말 바랐던 하루야. 보고 싶었던 일상이고, 그토록 마주하고 싶은 아이야."

15

기억 속으로

일주일에 한 번씩 상담센터로 민호를 데리고 가면 민호는 심리전문가와 함께 방 안으로 들어갔다. 센터 안에는 크고 작은 방들이 있었고, 부모들은 방 밖에서 의자에 앉아 아이를 기다렸다.

"꺄르르. 덤벼라!"

방 안은 장난감으로 가득 차 있었는데, 한 시간 동안 상담사와 아이는 소리를 지르면서 웃고 떠들었다. 그 소리가 밖으로까지 흘러나왔다. 그 안에서 도대체 무엇을 하는지 알 수 없어 아이에게 물었지만, 별다른 대답을 하지 않았다.

"재미있었니?"

"응."

어떤 놀이를 하는지 몇 차례에 걸친 질문에도 짧게 대답만 해 더이상 묻지 않은 채 궁금증을 마음 한편에 놓아두었다. 일주일에 한 차례씩 정해진 시간에 아이를 데려다주고 한 시간 남짓 시간 동안 아이 목소리를 들으며 밖에서 기다렸다. 그렇게 반년의 시간이 흐르던 어느 날이었다.

"민호가 불안을 잘 이겨내고 있어요."

결론부터 전달한 상담사에게 좀더 구체적인 설명을 요청했다.

"처음에는 민호가 무서운 대상을 보고는 숨었거든요. 그런데 오늘은 맞서서 이겨내더라고요."

무슨 말인지 이해가 안 됐다. 무서운 대상이 무엇이고, 숨었다는 의미도 쉽게 납득이 안 갔다. 어떤 과정 속에서 구체적으로 어떤 일들이 있었는지를 서너 번에 걸쳐 물어보니 그제야 그 말들을 이해할 수 있었다. 평소에 민호가 상담사와 어떤 놀이를 하는지에 대한 궁금증도 함께 풀렸다.

"민호는 악어와 뱀, 그리고 호랑이와 거미 인형을 무섭다고 골랐어요."

심리치료 프로그램을 시작하면서 민호는 무서운 장난감과 좋아하는 장난감을 스스로 골랐다. 무섭다고 느낀 그 장난감들은 바로 아이의 불안한 감정의 상징이었다. 민호는 동시에 가장 좋아하는 장난감으로 로봇을 선택했다.

"처음에 민호가 고른 로봇은 곧 민호예요. 민호의 감정이 전이된 거지요. 그런데 이 로봇이 악어나 뱀을 만나면 싸우지 못하고 다른 곳으로 숨으며 도망 다녔어요."

상담사와 민호는 무서운 장난감들과 로봇이 서로 싸우는 놀이를 줄곧 해왔던 것이었다. 무서운 대상을 만날 때마다 로봇은 공격

231

을 하지 못하고 숨었다. 아이 스스로 불안 속에서 혼자 공포에 떨었다는 생각이 들자 몹시 안쓰러웠다. 아이는 그렇게 수개월 동안 겉으론 웃고 있었지만 마음속에서는 알 수 없는 무서움에 떨었다.

"그런데 오늘 처음으로 로봇이 무서운 장난감들을 모두 무찔렀어요."

심리치료 프로그램을 시작하면서 민호가 안심하기 위해 가장 필요한 건 '가족들의 사랑'이라고 조언을 받았는데, 로봇의 승리 소식을 듣는 순간 지난 시간들이 영화처럼 스쳐 지나갔다. 주말과 휴일이면 일도 뒤로한 채 레고를 사들고 함께 놀아준 삼촌, 칠순인 연세에도 새벽에 회사로 출근을 한 뒤 저녁엔 아이와 놀아주던 아버지, 손가락이 조금씩 휘어질 만큼 관절이 좋지 않았지만 아침부터 저녁까지 음식과 살림을 도와준 어머니, 주말과 휴일이면 아이를 꼬옥 안아주시던 외가 식구들. 엄마를 대신할 수는 없더라도 아이는 그렇게 사랑을 받았고, 더 관심을 쏟을수록 아이 마음의 불안은 서서히 걷혀갔다.

"무서운 동물들을 다 무찌른 로봇이 이제 뭘 할 거냐고 물었어요."

웃는 상담사 얼굴에 집중하며 다음 말을 기다렸다.

"민호가 로봇을 보이며 이렇게 말을 했어요. '이제 다 무찔렀으니 집에 가서 편안하게 쉴래요.'"

아이는 집을 엄마를 향한 그리움의 공간이거나 사랑하는 사람을 갑자기 여읜 무서운 공간이 아니라, 비로소 편하고 아늑한 공간으로 받아들였다. 고마웠다. 그렇게 시간은 흘렀고, 매주 가던 상담센터는 2주에 한 번씩 가다가 마지막 무렵에는 한 달에 한 번, 그리고 두 달에 한 번씩 가며 방문횟수를 줄여나갔다.

오지 않을 것 같던 마지막 심리치료 프로그램 날이 찾아왔다.

"민호에게 기억 속에 남은 엄마의 모습을 말해달라고 했어요."

기억에 남은 엄마의 이미지가 중요하다는 걸 익히 들어 알고 있었다. 가족과 사별을 할 때 아이는 엄마가 자신을 미워해서 떠났다는 생각이나, 자신이 말썽을 심하게 피워 엄마가 떠났다는 생각을 한다고 했다. 이 왜곡된 오해를 풀어줘야 했다. 사별한 지 1년 반이 지난 지금 아이가 생각하는 엄마의 기억이 궁금했다.

"민호는 자신이 아기였을 때 자신을 안아주는 엄마 모습이 떠오른다고 했어요."

떠난 엄마를 향해 분노하지도 않고, 자신 탓을 하지도 않았다. 아이는 작은 포대기에 몸을 감싼 느낌과 자신을 바라보고 있는 엄마의 눈빛을 가슴에 품고 있었다. 그 상담사는 직접 민호를 위해 아이를 안은 엄마 그림을 손수 그려주었다. 엄마를 떠올리고 웃으며 마지막 심리치료 프로그램을 마쳤다. 센터를 방문한 지 꼭 1년 6개월 만이었다.

슬픔과 불안이란 감정은 극복하고 이기는 것이 아니었다. 내 안에 있는 슬픔과 불안을 인정하는 것, 그리고 그 감정은 나쁜 것도 아니며 감춰야 할 것도 아니라는 것을 지난 시간 동안 배웠다. 감정을 인정하고 밖으로 끌어냈을 때 치유는 비로소 시작되었다. 오

랜 프로그램을 마치고 나니 불안과 슬픔의 자리에 따뜻한 기억이
남았다.

　낯선 곳에 갈 때면 손을 꼭 잡고 놓지 않던 아이는 아빠가 장을
보러 가는 사이 혼자서 집을 지킨다. 엄마를 부르며 아이와 아빠는
서로 부둥켜안고 눈물을 흘렸지만, 이제는 엄마 이야기를 하며 농
담도 주고받는다. 아빠에게 말을 걸며 고민을 털어놓는 아이. 산만
했지만 이제는 집에서 조용히 책을 보는 아이. 그러면서 끊임없이
'아빠'를 부르는 아이. 말을 걸어준다는 건 상대를 인정하고 기대
고 싶다는 의미임을 가르쳐준 시간, 내 인생에서 아이를 가장 가까
이서 지켜보며 행복해했던 시간이었다.

4
부

1

새로운 여행

하얀 아내가 좁은 추모관에 들어간 지 꼭 1년이 되어 아내와 다시 마주했다. 아이가 불안한 심리를 하나씩 넘어가던 시간과 삼성서울병원 측에서 과실을 인정하게 된 과정들에 대해 아내에게 조용히 말을 건넸다. 아내는 그동안 가족들이 가져다놓은 사진들에 둘러싸여 내가 하는 이야기를 들어주었다. 과거에도 그랬던 것처럼 아내는 항상 미소를 짓고 있었다. 그러면서 나는 아내에게 내가 어떻게 살아야 할지를 묻고 또 물었다. 아내는 모든 답을 내가 알고 있다는 듯 그저 미소만 지었다.

한참 동안 아내에게 말을 하다보니 아내 옆에 있던 사진들이 눈에 들어왔다. 아내의 추억을 담은 사진들. 그 가운데엔 아이의 성장 사진부터 아내와 아이가 함께 찍은 사진까지 다양했는데, 눈에 띈 건 사진들의 방향이었다. 아내 곁을 지키고 있던 사진들은 아내를 바라보지 않고 유리 밖에 있는 추모객들을 향하고 있었다. 아내를 위해 놓아둔 사진들이라면서 정작 그 사진들은 아내를 바라보지 않았다. 추모관에 있던 사진들은 아내를 위한 것이 아니라 추모객과 가족의 슬픔을 위로하기 위한 것이었다.

지난 시간들을 떠올려보니, 장례를 치르는 것도 추모관을 세우는 것도 남은 자들의 슬픔을 달래는 시간과 장소였다. 추모관 주변을 예쁘게 꾸미는 것도 그렇게 해야 남은 자가 떠난 자에게 덜 미안해서일 것 같은 자기 위로였다. 그 모든 의식과 행위는 떠난 자를 위한다고 했지만 결국은 살아남은 자들을 위한 일들이었던 셈이었다.

슬픔도 마찬가지였다. 아내가 나를 그리워해서가 아니라, 내가 아내를 그리워하기 때문에 슬픈 것이었다. 그건 어쩌면 아내와 다시 살아 만나고 싶다는 나의 욕망, 그럼에도 인간의 힘으로 어찌할 수 없는 상황에 부딪힌 나의 좌절감일 뿐이었다. 사진의 방향처럼, 슬픔과 그리움도 나에게서 시작해 다시 나에게로 돌아왔다. 그것은 아내를 위한 것이 아니었다.

아내는 진정 내가 어떤 삶을 살기를 원할까를 되물었다. 하루에도 몇 번씩 묻고 또 물었다. 아내가 어떤 대답을 들려줄지 모른다는 것도 어쩌면 내 상상이겠지만 적어도 남편과 아이가 자신의 몫까지 행복하게 지내기를 원하지 않을까. 매일 슬퍼하거나 그리워하는 남편의 모습보다 삶이 주는 기쁨을 만끽하는 남편을 바랄 듯했다. 자신이 그토록 보고 싶어하는 아이를 바라보고, 자신이 애타게 살고 싶어했던 하루를 웃음으로 채우기를 바랄 것만 같았다.

아내의 작은 숨결과 윤기 가득한 머릿결과 얼굴에 머금은 은은한 향기와 자신감 안에 감춰진 수줍은 미소를 잊지는 않되, 슬픔에 젖어 지난 시간에 나를 가두는 삶을 살지는 않기로 했다. 감성이 이성을 덮치는 순간이 오면 그리움이 밖으로 넘쳐흐를 수도 있겠지만 그게 아내를 위한 감정이 아님을 기억하기로 했다.

새로운 여행을 준비했다. 인생 여정에 함께 걸어주었던 아내를 대신해 아이와 함께 다시 그 길을 걷기로 했다. 아내가 떠나고 나서 아빠인 내가 육아에 전념하기로 한 것이다. 지금까지는 아내로부터 큰 도움을 받았지만, 새로 떠나는 이 육아여행에서는 많은 계획을 내가 짜야 하고 모든 짐을 혼자 들어야 한다는 부담이 느껴지기도 했다. 한편으로는 난생처음 가는 길이라 두려움도 앞섰다. 30대 남성으로 육아휴직을 떠난 사람들을 쉽게 만날 수 없어 그 길이 어떤 것인지 알지도 못했다.

커다란 짐을 짊어지고 사막을 건너야 하는 기분. 그래도 사막이 아름다운 건 오아시스가 있기 때문이라던 생텍쥐페리의 말처럼 아이와 함께하는 여행에선 수많은 오아시스를 만날 수 있을 거란 상상을 했다. 여행동반자가 아내에서 아이로 바뀌었지만 여전히 여행에서 가장 소중한 건 내가 어디로 가느냐가 아닌 누구와 길을 나서는가일 테니까. 앞으로 내딛는 발이 무겁게 느껴질 때면 고개를 옆으로 돌려 함께 아장아장 걷는 아이를 보기로 했다.

이 모든 현실은 내가 선택한 것이었다. 아픈 아내를 만난 것도, 그리고 그 사실을 받아들이고 결혼을 한 것도, 그리고 아이를 어렵게 낳은 것도 결국 내가 선택한 것이고 그 선택이 만든 현실이었으니까. 갈림길을 만날 때마다 선택은 나에게 있었으며, 오늘을 있게 한 어제, 현재를 만든 과거 또한 모두 내가 선택한 결과라는 사실을 깊이 기억하기로 했다. '지금'도 모두 서로 다른 어제와 맞닿아 있었다. 현실의 생활, 사회적 위치, 기자라는 직업 사이에서 숱한 상념이 마음을 무겁게 하지만 일단 이 모든 것은 그 누구도 아닌 내가 선택한 것이므로 받아들여야 할 현실이라고 내가 나를 위로했다.

불안과 기대가 교차하는 가운데 처음 주어진 인생의 시계가 새로운 시간을 열어주었다.

2

요리 연습

다시 신혼이 찾아왔다. 음식을 만들고 눈을 맞추며 함께 밥을 먹는다. 식사 후 무엇을 할지는 중요하지 않았다. 같이 있는 게 소중하니까. 나는 아내와 이별하고 아들과 결혼했다.

작고 흰 식탁의 아내 자리에는 이제 아이가 앉는다. 예전엔 항상 바쁜 스케줄에 쫓겨 느지막이 돌아오면 아내와 이야기를 나누던 식탁이었다. 그 식탁에 마주 앉아 아이 얼굴을 보는 일은 평일에는 불가능했다. 육아휴직을 하고 여유 있게 아이와 마주하니 작은 식탁이 깊은 대화를 할 수 있을 만큼 아늑했다. 시간에 구애받지 않고 먹는 음식은 상대의 표정과 감정까지 맛을 보게 했다. 직장에선 시간을 쪼개 사람을 만나고, 그 만남조차도 효율적으로 처리하기 위해 빨리 끝마쳐야 했지만 집 안에서 아이와 함께 먹는 밥은 그럴 필요도 이유도 없었다. 음식을 먹는 모습을 한참 바라보는 것만으로도 충분히 배가 불렀다.

하지만 가끔은 육아여행이 신혼여행이라기보다는 작은 시어머니를 옆에 둔 '육아살이' 같을 때가 있다. 아내와 사별하고 1년 가까이 깔끔한 부모님과 함께 생활한 결과 아이의 눈높이는 오히려 아빠가 실천할 수 없는 수준에 와 있었다.

"아빠, 화장실 바닥에 머리카락 하나가 떨어져 있어."

부끄러운 고백이지만 과거엔 세탁기 버튼 한 번 눌러보지 않았고, 인터넷뱅킹 한 번 하지 않았던 나는 육아는 물론이거니와 살림이나 요리에 관해선 아이와 별 차이가 없을 만큼 지식도 경험도 없었다.

하루는 민호가 식탁 앞에서 수저를 쉽게 들지 않았다. 아이가 밥투정이 심할 때는 시간을 엄격히 정해야 한다는 조언이 생각났다.

"긴 바늘이 12에 오면 치운다."

그러자 아이가 힘없이 한 마디 던졌다.

"아빠, 밥맛이 없어."

밥맛이 없다니. 어릴 때 습관이 평생 갈 거란 생각에 차가운 얼굴을 하며 다소 강한 목소리로 말했다. 평소와는 다른 모습을 보여주리라.

"밥 남기면 아빠한테 혼날 줄 알아. 땀 흘리는 농부 아저씨를 생각하면 맛있게 밥을 먹어야지."

'자상하던 아빠의 한 마디에 놀랐겠지?' 했는데 민호가 눈을 부릅뜨고 오히려 큰소리였다.

"어떻게 밥을 맛있게 먹어!"

아니 이런. 어떻게 밥을 맛있게 먹느냐는 이야기를 저렇게 당당하게 하다니. 오냐오냐만 했다는 생각에 아빠도 굽히지 않았다.

"농부 아저씨를 생각하면서 밥을 맛있게 먹으라고!"

이제 눈치를 볼 만한데, 아이는 똑같이 큰소리였다.

"밥이 맛이 없는데, 어떻게 밥을 맛있게 먹냐고!"

잠깐 생각을 했다. 뭐지, 이 반응은? 그 순간 아이의 볼멘소리가 터졌다.

"내가 마법사야? 맛없는 밥을 맛있게 먹게? 내가 마법사냐고?"

아이는 밥이 먹기 싫다는 게 아니라 진정 '밥의 맛'이 없다고 느꼈다. 이날 해준 반찬이 정말 맛이 없었나보다 생각하며 다시 아이에게 말을 건넸다.

"농부 아저씨 생각해서, 맛이 없더라도 밥을 다 먹자."

기다렸다는 듯 다시 쏘아붙였다.

"그럼 처음부터 그렇게 말을 해야지! 내가 마법사야?"

아이는 거짓말을 하지 않고 솔직했던 셈이다. 맛없는 밥을 맛없다고 말했을 뿐인데, 아빠가 오히려 큰소리를 치니 억울했던 모양이었다. 문제는 아이의 입맛이 아니라 아빠의 음식 솜씨였다.

청소는 가끔 해도 된다지만 밥은 하루 세 끼 먹어야 하니 요리 문제는 심각했다. 아이의 건강과 직결된 사안이기도 했다. 그나마 내가 음식을 만드는 걸 무척 좋아한다는 점은 다행이었지만, 열심히 만든 음식이라고 맛을 보장할 수는 없다는 사실은 불행이었다. 좋아하는 일이 원하는 결과를 낳기 위해선 절대적인 시간이 필요했다. 그동안 아이는 아빠 음식을 먹어야 했다. 그런 아이에게 미안한 감정이 들 때면 나는 긍정적인 천성을 발휘해 조용히 나를 위로했다.

'맛이 없는 음식을 먹어봐야 맛이 있는 음식이 뭔지 알 거야, 아무렴.'

그런 아빠에게 아이도 명확한 메시지를 전달해주었다. 냉혹한 평가를 계속해야 아빠의 음식 실력이 빨리 늘 거라는 사실을 아이는 이미 알고 있는 모양새였다. 그러니 음식을 내올 때마다 아이에게 확인을 받아야 했다.

"민호야, 어때?"

음식 맛을 물어보면 아이는 항상 주먹을 쥔 손을 식탁 위로 올렸다. 그러고는 1등급인 엄지손가락부터 5등급인 새끼손가락까지 다섯 단계로 음식의 수준을 평가했다.

"오늘은 이거야."

그러면서 아이는 대개 약손가락이나 새끼손가락 하나를 들어올렸다. 간혹 가다 엄지손가락을 치켜올릴 때면 깜짝 놀라 반가워했는데, 그럴 경우에도 하늘을 향한 엄지손가락은 이내 땅을 가리켰다. 최악. 아이는 아빠에게 지속적으로 시련을 주며 아빠의 실력을 끌어올렸다.

한번은 아이 친구가 집에 놀러 와 저녁 준비를 했다. 미리 고추장에 재워둔 돼지고기를 꺼내 볶다가 아이들 생각에 케첩을 넣었다. 새콤달콤한 맛을 아이들이 좋아할 거란 생각이었다. 그런데 아이 친구가 말했다.

"아저씨, 색깔이 빨개서 안 먹을래요. 매울 것 같아요."

비수 하나가 가슴에 꽂혔다. 정성 들여 준비했는데 입에도 안 대는 것이다. 그때 요리를 맛본 민호가 친구에게 말해주었다.

"이거 하나도 안 매워."

그러더니 나를 보며 또박또박 설명했다.

"아빠, 맵지는 않은데 맛이 없어."

그랬다. 문제는 매워 보이는 게 아니라 맛이 없던 것이었다. 더 큰 비수가 꽂혔다. 가슴엔 비수만 남았다.

아이가 내 음식에 대해 냉혹한 평가를 내릴 때마다 자존심은 무너졌지만 언젠가 기필코 맛있는 음식을 만들어낼 것이라는 다짐도 굳어졌다. "아빠, 음식 만들어주세요. 부탁이에요"라는 말이 나올 날을 상상하며.

3

아이의 입맛

유치원 소풍 전날 허둥지둥 준비하던 김밥도 어느덧 큰 부담 없이 만들 수 있는 요리가 되었다. 처음에는 김밥을 마는 것부터 서툴러 여기저기 밥알이 튀어나오는 일이 다반사지만, 연습은 성공의 지름길이라며 실패를 위안 삼곤 했던 것도 벌써 몇 개월 전이었다. 어느 날 재료가 많이 남아 아이 친구를 오후에 초대를 한 뒤 아이 엄마에게 문자를 남겼다.

물론 엄마 솜씨와는 비교할 수는 없겠지만, 김밥과 스파게티로 저녁 간단히 먹인 뒤 보내겠습니다.

그러고 나니 이번에는 다른 엄마들만큼 만들겠다는 욕심이 생겼다. 몽상은 욕심마저 자신감으로 바꾸어놓았다. 아이 친구가 집에 가서 "엄마, 민호 아빠가 김밥 만들어주셨는데 정말 맛있었어"

라고 말하는 상상을 하니, 부엌 앞에 있는 시간이 오히려 즐거웠다.

계란을 두툼하게 부치고, 김밥용 햄과 달큰짭짤한 우엉도 살짝 볶아내고 밥도 새로 준비했다. 평소에 넣지 않던 셀러리를 썰어넣고, 오이는 소금에 살짝 절인 뒤 물기를 짜냈다. 맛살도 길게 모양을 만들고 어묵도 볶은 뒤 올려놓았다. 밥을 식히며 고소한 참기름을 얹고 소금을 살살 뿌린 뒤, 드디어 김밥용 김 앞에 섰다.

'자, 하나씩 얹어보자.'

그런데 뭔가 허전했다. 햄, 맛살, 우엉, 시금치, 당근, 계란. 얼핏 보면 재료가 충분해 보였는데 흰밥 위에 놓인 재료들 사이엔 알 수 없는 공허함이 느껴졌다. 자세히 보니, 노란색이 안 보였다. 단무지. 새콤달콤한 단무지가 없었다. 생각해보니 전날 산 단무지는 김밥을 말고 남아 반찬 삼아 다 먹었다. 기분 좋은 공상은 현실 속에서 악몽으로 바뀌었다.

어쩌지? 단무지를 사러 나갈까? 했지만 여섯 살 아이들 둘을 남겨놓고 갈 수도 없었다. 그렇다고 두 명을 다시 데리고 나가자니 옷을 갈아입히고 장을 보자면 이미 밥때를 한참 지날 것이 분명했다. 단무지 없는 김밥? 그건 회가 없는 초밥이 아닐까? 어떻게 한담. 초밥의 새콤한 맛이 떠올랐다. 식초를 꺼냈다. 밥에 식초를 살살 뿌렸다. 2배 사과식초. 그런데 밥 양도 많아 별로 맛이 안 났다. '아이들은 새콤한 걸 좋아해.' 식초를 더 뿌렸다. 그리고 간도 강하게 하기 위해 소금도 살살 밥 위에 더 얹었다. 맛을 보니 내 입은 하나인데 입안에서 맛은 세 갈래로 나뉘었다. 짠맛과 신맛 그리고 고소한 맛이 각자 개성을 발휘한 채 서로 섞이지 않았다. 식은 밥은 간을 받아들이기에 인색했다. 이젠 되돌릴 수도 없었다.

"아빠, 배고파."

좀처럼 배고프다는 말을 하지 않던 아이가 부엌에 와서 밥을 달라고 보챘다. 오묘한 맛의 그 밥마저 수저로 먹겠다는 아이. 그 순간 아이가 고마웠다. 밥을 맛있게 먹을 수 있는 방법을 아이가 그 순간 알려준 셈이었다. 밥을 늦게 주자. 굶기면 맛있다고 하겠지? 악마의 유혹이 귓가에 들려왔다.

"얘들아, 아직 준비가 덜 됐으니까 좀더 놀아. 지금 밥 먹으면 나중에 안 먹을 테니 아빠가 부를 때 와."

물론 아이들에겐 미안했지만 그래도 끼니를 건너뛸 수는 없는 노릇이었다. 만회를 하자. 다행히 스파게티 소스가 있었다. 소스는 값이 비싸다는 단점 대신 온갖 양념이 들어 있어 대충해도 맛이 난다는 장점이 있었다. 스파게티 면을 끓이는 동안 시간은 흘러갔다.

아이들이 식탁에 앉았다. 긴장된 순간이었다. 미리 김밥을 잘라 먹어봤더니 그 맛은 초등학교 4학년생이 담벼락에 한 낙서를 포스트모던 작품이라고 우길 만한 전위적인 맛이었다. 조용히 물었다.

"얘들아, 맛이 어때?"

혹시나 해서 물었는데, 아이가, 입이 짧은 아이가 팔을 위로 올리며 엄지손가락을 들었다. 1등급? 옆에 있던 아이도 "맛있어요"라고 했다. 뭐지, 이 반응은? 다시 물었다. 맛있니? 같은 대답이 돌아왔다. 아이들이 밥을 먹다가 자기들끼리 키득대는데, 자격지심은 모든 반응을 비웃음으로 해석하게 했다. '애들이 날 놀리는 건가?' 하다가도 '정말 맛이 있다는 건가?'라며 갈피를 잡지 못했다.

밥 두 공기가 넘는 김밥을 거의 다 먹을 무렵, 뜨거웠던 스파게티가 아이들이 먹기 좋은 온도로 식었다. 불안이 안도로 바뀌며 맛 좋은 스파게티까지 먹으면 저녁은 예상 밖의 성공으로 끝날 것 같았다. 그런데 스파게티에 대한 아이들 반응이 들려왔다.

"아빠, 스파게티 먹으니까 울렁거려요."

"아저씨, 스파게티 맛이 없어요."

직설적인 아이가 차가운 얼음 같은 말을 던졌다.

"아빠, 토할 거 같아."

좌절했다. 스파게티가 맛이 없다고 해서가 아니었다. 김밥이 맛있다는 반응조차 믿을 수 없었다. 도무지 아이들 입맛의 기준을 알 수가 없었다. 최근에 자주 아이가 맛있다고 하길래 자신감을 얻어가던 중이었는데, 한순간에 무너졌다. 그러다가 머릿속으로 상황을 정리했다.

'스파게티도 굶기고 먹이면 잘 먹을 거야.'

못생긴 사람들이 연애를 '끊임 없이' 할 수 있는 이유는 프러포즈에 대한 실패를 두려워하지 않아서라는 누군가의 말을 떠올리며, 맛없는 음식이더라도 실패에 대한 두려움 없이 (물론 매일 할 수밖에 없는 상황이지만) 그렇게 음식을 만들어나갔다. 때로는 부모님에게 묻고 가끔은 주변 엄마들에게 부끄럼을 무릅쓰고 질문했다. 여전히 요리 실험은 계속되고 있지만, 그래도 다행인 건 아이의 평가가 조금씩 후해지고 있다는 점이었다.

민호가 유치원 방학을 맞아 2주 동안 친가에서 지내다가 개학을 앞두고 과천으로 돌아왔을 때였다. 그날따라 친구와 함께 저녁식사를 하기를 원했다. 마침 전날 손님치레를 하고 남은 싱싱한 광어가 제법 많이 남아 있었다. 회를 내놓고 매운탕을 끓였다. 초대한 아이 친구는 매콤달콤한 고추장 삼겹살을 좋아한다길래 삼겹살에 양파를 썰고 고추장과 마늘, 생강과 올리고당을 넣고 버무린 뒤 프라이팬에 구워주었다. 야채가 매운탕에만 들어 있는 것 같아 데친 브로콜리도 곁들였다.

아이들은 어떤 음식을 제일 맛있다고 할까? 회일까? 매콤한 매운탕? 아니면 고추장 삼겹살? 데친 브로콜리? 밥을 먹는 아이들을 등진 채로 설거지를 하는데, 아이들 반응이 들렸다.

"짱이지?"

민호가 친구에게 말했다.

"응, 맛있어."

부푼 마음에 뒤를 돌아보았다. 도대체 어떤 음식을 아이들이 가장 좋아할까? 그런데 아이들은 회를 먹지 않았다. 고추장 삼겹살에 손도 안 댔다. 브로콜리도 그대로. 곁가지로 내놓은 반찬도 젓가락 한 번 대지 않은 모양새였다.

아이들은 회 옆에 놓아둔 초고추장으로 밥을 벌겋게 비벼먹으며 좋아했다. 아마 조미료도 들어갔을 법한 달콤한 초고추장. 아이들은 유치원에서 따로 모여 부모 속을 뒤집어놓는 방법에 대해 스터디를 하는 것만 같았다.

　그러다가도 민호가 뜨겁다며 음식에 입김을 후후 부는 모습, 입에 넣은 음식을 다시 꺼내는 모습, 내 새끼손톱의 절반만 한 이가 아래위로 움직이며 음식을 씹는 모습, 한쪽 볼에서 다른 쪽 볼로 음식을 옮기며 오물거리는 모습은 지켜볼 때마다 즐거웠다. 내가 해준 음식을 아이가 먹으며 가끔은 '맛있다'라고 말하는 순간은 즐거움을 넘어선 행복이었다.

　사랑하는 사람이 생기면 그 사람의 느낌도 그대로 내게 전해진다. 그래서 상대가 맛있게 음식을 먹으면 나도 그 맛을 느낀다. 먹지 않아도 배가 부르는 건 상대가 행복하기를 바라는 마음이 배를 채우기 때문이다.

4

주부 아빠

일주일에도 여러 번 음식을 챙겨주시는 분들. 과일과 밑반찬을 가져다주는 아이 친구 엄마들이 꽤나 많았다. 각종 양념장을 예쁜 병에 담아주시고, 과일부터 손수 재운 고기까지. 냉장고엔 이웃 엄마들이 보내준 정성이 한 부분을 차지했다.

"감사합니다" 하고 넘어가기도 한두 번. 보답을 하기 위해 그나마 괜찮은 평가를 받은 샌드위치용 샐러드를 만들기로 했다. 오이와 양파 양배추를 얇게 썬 뒤 소금에 절이고 계란 다섯 개를 삶았다. 야채에 으깬 계란을 섞고 마요네즈로 버무렸다. 아이 친구네 집 앞. 전날 받은 빈 그릇 안에 만든 재료를 넣고, 가는 김에 식빵 하나도 샀다. 정성을 전하는 기쁨을 만끽하며 벨을 눌렀다.

"민호 아빠예요."

뿌듯한 마음으로 기다리는데, 문이 열리는 순간 잠시 숨이 멎었다. 예상과 다른 장면. 열린 문과 나 사이에서 순간 정적은 계속됐다. 문을 연 사람은 아이 친구 엄마가 아니었다.

"안녕하세요."

아이 친구 아빠에게 공손히 인사를 건넸다. 어색한 인사를 짧게 주고받자마자 상대 아빠의 시선은 내 손으로 향했다. 한 손에는 샐러드가 담긴 플라스틱 용기가 있었고, 다른 한 손에는 식빵이 쥐여 있었다. 잠깐의 침묵. 찰나의 어색함.

"내일 아침 이걸로 드세요. 받아만 먹기 미안해서요."

상대 아빠의 눈빛은 애매함이란 단어가 무슨 뜻인지를 알려주었다. 생각을 해보면 미리 연락을 하지 않고 벨을 누른 내 탓도 있었다. 어쩌겠나.

30대 남자가 혼자서 육아를 한다는 건 예상 밖으로 적잖은 우여곡절들을 만나야만 하는 과정이었다. 괜찮은 미술 전시를 보기 위해 집에서 10분 남짓 거리에 위치한 국립현대미술관을 찾았을 때도 그랬다. 그림을 둘러보는데 매일 오전 유치원 버스를 함께 기다리던 한 엄마가 먼저 알은 척을 했다. 부모끼리 인사를 하는 사이 아이들은 벌써 손을 잡고 나란히 부모 앞을 걸어나갔다. 부모들은 아이들 뒤를 따랐다. 그 엄마는 자주 미술관에 온다며 자기 전공이 미술이었다고 했다. 등원 차량을 기다리던 짧은 사이, 주고받던 형식적인 인사에서 벗어나 미술관 안에서 평소에 풀지 못한 이야기가 오갔다. 아이들에게 좋은 미술관 프로그램은 무엇인지, 어느 전시관이 아이에게 바람직한지 정보를 나누었다.

순간 다른 일행 중 한 엄마가 흘깃 우리 쪽을 쳐다보았다. 처음엔 오해일 거라고 했는데 다시 힐끔거리며 노려보더니 다시 고개를 돌렸다. 그리고 또다시 한 번. 얼마 있다보니 아이들이 서로 친구 엄마, 친구 아빠를 부를 때마다 그 부담스런 시선이 우리를 훑는다는 것을 깨달았다. 겉으로 보면 네 사람은 아들딸을 둔 아빠 엄마의 단란한 가족 풍경인데 아이들이 "아저씨" "아줌마"라고 부르니 다른 엄마들이 갖가지 상상을 한 모양이었다. 함께 걷던 엄마와 한창 수다를 떨다가 서로 약속이라도 한 듯 슬금슬금 거리를 두며 아이 뒤만 쫓았다. '내가 뭘 어쨌다고'란 생각도 들었지만 그렇다고 괜한 부담을 옆에 있는 엄마에게 줄 수는 없는 노릇이었다.

시간이 흐를수록 어색한 경험은 쌓였지만 그러면서 아이 키우는 삶에 조금씩 익숙해져갔다. 육아를 위해선 엄마들 속으로 들어가야 했다. 아침마다 '카톡'으로 엄마들과 연락을 주고받았다. 아이가 아프면 간호사였던 엄마에게 전화를 걸고, 교육 프로그램 정보는 놀이터에서 함께 수다를 떨며 들었다. 때로는 엄마들로부터 받기만 하는 것 같아 사진을 찍어 전송도 해주고, 다른 아이들을 집으로 초대하기도 했다.

음식을 하며 차츰 주부 아빠의 생활에 적응하자 외식을 하는 일이 사라졌다. 가장 저렴한 콩나물 한 봉지에 1100원. 노량진 수산시장에서 팔뚝만 한 고등어 다섯 마리를 만 원이면 살 수 있다는 사실을 알고 난 뒤부턴 사람들과 술 한잔을 하더라도 집으로 초대했다. 안줏값이 재료비에 비해 터무니없었고, 떨떠름한 조미료 맛도 불편했다. 무엇보다 장만한 음식을 상대가 맛있게 먹어주는 모습은 행복감을 온몸으로 느끼게 하는데, 술 한잔이 주는 쾌감보다 더 컸다. 맛있다는 말을 하지 않아도 어쩌다 접시가 깨끗이 비워졌을 때는 뽀드득 소리가 날 만큼 마음도 깨끗이 닦였다.

가끔은 남자로서, 기자로서 삶으로 되돌아가라는 조언을 해주는 분들이 많았는데, 그럴 때마다 아내가 전해준 삶의 의미를 되새겼다. 지난 시간을 짚어보면 남편은 명예를 가지려고 했고, 아내는 사랑을 나누려고 했다. 남편은 항상 심각했고, 아내는 매일 미소를 지었다. 남편은 밖에서 삶의 의미를 찾았고, 아내는 집 안에서 행복을 느꼈다. 남편은 내일을 위해 살았고, 아내는 오늘 주어진 시간에 충실했다. 남편은 소유하기 위해 살았고, 아내는 사랑하기 위해 숨 쉬었다. 남편의 말엔 짜증과 신경질이 가득했지만, 아내의 말엔 유머와 행복만이 차 있었다. 남편은 힘을 찾았고, 아내는 부드러움이 주는 아늑함을 느끼며 생활했다. 남편은 시간 안에 쫓기며 살았고, 자유로움을 만끽한 아내는 스스로 시간에 구속받지 않고 아이와 마주했다. 남편은 영원히 살 것처럼 일상이 주는 아름다움을 잊고 지냈지만, 삶의 마지막을 생각한 아내는 일상 속에서 행복의 의미를 찾았다.

한 사람이 생을 다하면, 그를 사랑한 사람은 떠난 사랑의 삶을 위임받는다. 아내가 살고 싶은 삶을 내가 살 때, 사랑하는 아내는 내 삶 안에서 여전히 살고 있었다. 사람은 떠날 수 있지만, 사랑한 기억은 영원히 마음 안에 남는다. 아내의 삶이 내 안으로 들어오자 내 지난 삶은 흔적을 감추었다.

5

물

아이와 함께 양평의 별장에 갔다. 아내가 있을 때는 아이와 거리를
둔 채 나 혼자 있을 한적한 시간과 장소를 찾던 곳이었다. 이제 아
이를 돌보기 위해선 항상 아이 주변을 지켜야만 했다.

　아이와 함께 있으면 평소에 보이지 않던 것들이 눈에 들어왔다.
새롭게 장만한 기계 덕분에 잔디는 똑같은 얼굴로 하늘을 바라봤
고, 하늘 지붕은 구름 하나까지 깨끗하게 닦여 있었다. 아이는 함
성과 웃음으로 곳곳을 가득 채웠다. 아이는 시간을 멈추고 자연에
귀 기울였다. 아이는 무릎 위에 앉은 잠자리와 인사하고, 고추와
호박을 따면서 반가움을 전했다. 넓은 그늘을 늘어뜨린 밤나무 아
래에선, 작은 의자에 앉아 땀을 식혔다. 개구리 뒷다리를 한 손에
잡고 웃음을 터뜨렸다. 아빠는 큰 파리 하나를 잡기에도 호들갑인
데, 아이는 흙 위에서 살아 숨 쉬는 것과 함께 호흡했다.

　아이는 어른이 볼 수 없는 소중한 것들을 보았다. 인공적인 불

빛 속에 갇혀 있던 아빠에게 아이는 자연이 주는 색이 무엇인지 자신의 시선으로 알려주었다. 초록색 숲이 행복한 건 "저 멀리서 따뜻함을 건네주기 위해 달려온 빛과 만나기 때문"이라는 것도 아이 덕분에 알 수 있었다.

"아빠, 난 물이 좋아."

흐르는 물줄기에 작은 발을 넣은 아이가 불쑥 떠오른 생각을 말했다.

"아빠도. 그런데 왜 물이 좋아?"

"그냥 좋아."

"물이 파란색이어서?"

아이가 파란색을 좋아해 어림으로 짐작했지만, 아이는 물속 발을 바라보며 짧게 했던 대답을 되풀이했다.

"난, 그냥 물이 좋아."

하긴 '좋다'라는 감정을 이성으로 풀어내려고 했던 질문이 잘못이었다. 우리 가족은 아이뿐만 아니라 아내와 나까지 물을 좋아한다는 공통점이 있었다. 매해 여름철이면 우리는 아내의 외할머니가 계시고 파란 물로 둘러싸인 강원도를 찾았다. 매년 가족끼리 갔던 강원도. 공간은 기억을 담고 있는데 그 기억을 더 이상 재생할 수 없을 때, 그 공간을 애써 외면한다는 사실을 알려준 곳도 바로 강원도였다. 다시 가지 못할 것 같았던 강원도, 나에겐 서울에서 가장 먼 곳인 강원도를 아이와 함께, 아내와 이별한 지 1년 남짓 지나 다시 찾았다.

아내와 함께는 아니었지만, 바다는 예년처럼 바람까지 마중 나와 반갑게 맞이했다. 바다는 항상 사람을 그리워했다. 그래서 있는 힘을 다해 모래사장까지 손을 뻗었다. 살짝 사람들을 어루만지고 가더라도 행복했던 바다는 사람들이 찾아오는 여름만을 기다리고 있었다. 바다를 좋아한 아이와 아빠가 바다 앞에 섰다. 아이와 아빠가 서로 살을 맞대며 지내는 것처럼, 우리는 바다의 살을 오랫동안 쓰다듬고 싶었다. 구명조끼와 함께 아이는 작은 손과 발로 바다의 손등을 어루만졌고, 아빠는 조금 더 깊이 들어가 바다와 한 몸이 되고 싶었다. 햇살이 내려 앉은 바다 위를 물속에서 바라보는 느낌은 잠시 숨을 참는 불편함이 있어도 눈과 마음을 편하게 했다. 저녁 무렵 해가 서쪽으로 기울자 햇볕과 함께 물고기들도 해수욕장 가까이로 이동했다. 새끼 손가락만 한 고기부터 가늘지만 한 뼘만 한 고기들까지 열 마리 남짓 물고기들이 사라졌다 나타났다를 반복했다. 그렇게 물의 손을 잡고 때로는 껴안고 가끔은 서로가 서로에게 장난을 치던 시간이었다.

순간마다 모습을 달리하는 물, 직선으로 가지 않고 곡선을 그리며 흐르는 물, 아래로 흐를수록 더 깊고 커지는 물. 아이가 물을 닮았으면 좋겠다고 잠시 기원했다. 억지로 둑을 막고 댐을 세우는 사람들과 달리 주변의 동식물들과 대화를 하며 흘러가는 물처럼, 빠르게 달리는 비행기와 기차와 달리 움푹 파인 곳에선 잠시 주저앉고 다시 넘치며 흘러가는 여유 있는 물처럼, 직선을 유지하기 위한 터널과 달리 돌고 굽이져 가더라도 끊김 없이 가는 물처럼, 아이도 사람들과 사람들 사이를 느리게 가기를 소망했다. 그리고 가끔 힘든 일이 다가오면 물속에서 가슴과 머리를 적시길 바랐다. 똑같은 물의 모습이 없는 것처럼 그냥 아이는 아이가 가진 본연의 모습을 잃지 않게 해주기를 조용히 물에게 부탁했다.

6

어린 왕자들

첫 일기를 쓰던 아이가 물었다.

"아빠, 세상에서 가장 슬픈 한글이 뭔지 알아?"

슬픈 글자? 언뜻 떠오르지 않아 모른다고 했다.

"이응이야."

"왜?"

"글자를 쓸 때는 있는데, 말로 할 때는 다른 글자들이 와서 뻥 차 버리니까."

아이는 초성에 오는 이응에 음가가 없어서 말을 할 때 앞 글자의 받침소리를 내는 걸 떠올린 것이다. 슬픈 글자를 발견하는 아이의 마음이 따뜻했다.

"그러면 가장 행복한 글자는 뭐야?"

슬픈 글자가 있다면 행복한 글자도 있을 것 같았다.

"그건 시옷이야."

"왜 시옷이야?"

"'사랑'이란 단어의 첫 글자가 시옷이잖아."

당연하지 않느냐는 듯 아이는 서슴없이 대답했다. 아이들에겐 글자 하나에도 슬픔이 있고 기쁨이 있었다.

아이는 자주 내게 경이로움을 안겨주었다. 아이들이 묻는 '왜'라는 질문은 사실 미리 했어야 할 질문이거나 여전히 간직하고 있어야 할 질문이었다.

하루는 민호가 위인들을 만날 수 있고, 수 개념도 익힐 수 있는 보드게임을 여자친구와 함께 하고 있었다. (뭐니뭐니해도 아빠에게 보드게임이 좋은 점은 아이가 한자리에 앉아 있어 집을 어지르지 않는다는 것이다.) 주사위를 던져 나온 숫자만큼 각자의 말은 위인들의 얼굴이 그려진 보드 판 위를 옮겨다녔다. 위인마다 걸려 있는 돈이 달랐다.

"위대한 사람들과 친구가 되고 싶으면 그 사람에게 내가 가진 돈을 주는 게임이야."

친구가 되기 위해서는 내가 가진 것을 아낌없이 줘야 하고 내가 가진 것을 나눌 때 많은 친구들이 생긴다고 아이들에게 설명했다. 다만 이 게임은 선물로 종이돈을 주는 것이라고 덧붙였다.

아이들은 자신들에게 남은 액수와 상관없이 친구들을 만들기에 바빴다. 찬스를 많이 잡으면 주사위를 던질 수 있는 기회가 더 많았는데 유독 아이 여자친구에게 그 기회가 돌아갔다.

"난 친구가 많은 게 좋아."

그러면서 자신이 가지고 있는 돈을 모두 친구를 만들기 위해 미련 없이 지불했다. 그러다가 여자친구가 먼저 파산을 했다.

게임의 규칙대로라면 아무리 친구가 많아도 파산을 하면 지는 게임이었다. 어쩌지? 게임에서 졌다고 하면 아이들이 울음을 터뜨릴 것 같아 고민 끝에 게임을 정리했다.

"민호는 돈이 많아서 부자고, 민솔이는 친구가 많아서 좋겠네. 그러면?"

아이들은 한 목소리로 무승부라고 했다. 처음에는 아이들 모두 두 손을 들고 좋아했다. 그러다가 여자친구가 한 마디를 던졌다.

"저는 돈이 없지만 친구가 많은 게 더 좋아요. 왜냐하면 돈이 아무리 많아도 친구가 없으면 재미없으니까요."

민호 얼굴이 순간 굳었다.

"그리고 돈으로는 친구를 살 수도 없잖아요."

여자아이가 덧붙인 말에 민호가 시무룩해졌다. 아무 말 없이 자리에서 일어나 안방으로 들어갔다. 잠시 뒤 아이를 따라 방에 들어가보니 민호는 침대에 엎드려 두 손으로 얼굴을 가린 채 울고 있었다. 친구를 돈으로 살 수 없다는 친구의 말에 놀란 민호는 한동안 슬퍼했다.

여우가 어린 왕자에게 이야기를 했던 "우정을 파는 상점은 없다"라는 사실을 아이들은 책을 읽지도 않았지만 이미 알고 있었다. 다섯 살이 아는 그 소중한 인생의 교훈, 행복은 돈이 아니라 나와 함께 있는 사람에게서부터 나온다는 사실을 나는 38년이 지나서야 비로소 배웠다. 아이들 말을 곱씹으며 육아휴직 기간을 되돌아보니, 잃은 건 경제적인 넉넉함이고, 얻은 건 아이를 포함해 나와 함께하는 인생 동료들이었다. 아이들과 함께하는 시간은 '어린 왕자'를 만나는 시간이었다.

내 아이가 먼 훗날 이 사회에서 '사회화'라는 학습의 과정을 거친 뒤에도 세상엔 돈으로 환산할 수 없는 것들이 무수히 많이 있으며, 그 중심에 사랑이 있음을 아는 따뜻한 사람으로 컸으면 좋겠다.

나는 아이에게 바랐다.
컴퓨터 자판을 자주 두드리기보다
다른 이의 손을 자주 잡기를,
선명한 모니터를 바라보기보다
따뜻한 미소와 마주하기를,
기계음에 덜 귀 기울이고, 목소리에 더 경청하기를,
자기 눈으로 세상과 상대를 덜 쳐다보고,
여러 눈과 시선이 있음을 더 많이 인정하기를,
숫자를 사랑하기보다는
별을 사랑하고,
그 별들에 이야기를 담아내고
단호한 말보다
따뜻한 단어를 골라 말을 건네고
가지기 위해서 경쟁하지 않고,

나누기 위해서 경쟁하기를,

그래서 내가 무엇을 얼마큼 많이 갖고 있는가를 덜 자랑하고

하늘에 있는 엄마를 자주 떠올리기보다

내가 사랑하고 나를 사랑하는 사람이

주변에 많은 것에 감사하기를 소망했다.

그런 아이를 키우기 위해서, 그런 아빠가 먼저 될 수 있기를 기
도했다.

7

의자

약속이 밀려들었다. 휴대폰 달력엔 약속을 의미하는 표시가 빼곡했다. 점심과 저녁으로 나눠 사람들을 만나고, 어떤 날은 저녁에 시차를 두고 다른 얼굴들을 마주했다. 저녁마다 맥주잔이 돌았다. 1년 전 으레 그랬던 것처럼 맥주가 들어가기 전엔 하얀 소주가 잔 아래에서 미리 자리를 잡았다. 잔이 돌면서 남자들은 육중한 목소리로 수다의 향연을 펼쳐놓았다. 엄마들 수다의 주제가 육아와 음식 등 내 생활과 밀접한 것이라면, 기자들의 수다는 대한민국 경제와 정치 같은 것들이었다.

아이가 방학을 맞이해 부모님 댁에 머무는 동안 시간은 과거의 모습으로 돌아갔다. 사람들을 만나고 술을 마시고 늦은 시간에 귀가를 했다. 다른 점이 있다면 아이의 등원을 위해 아침 일찍 일어나지 않아도 괜찮고 아침밥을 챙긴다며 부산을 떨지 않아도 된다는 점이었다. 어느새 기상시간은 오전 10시로 밀렸고 취침시간은 새벽 2시를 넘기기 일쑤였다.

습한 더위가 한창인 무렵, 정오가 다 되어 쓰린 속을 부여잡고 부엌으로 가면 평소엔 손대지 않던 인스턴트식품을 찾았다. 라면도 다 떨어진 날엔 뒤적거려보니 참치캔이 눈에 띠어 이틀 동안 무와 다시마와 멸치를 우려낸 물에 참치를 넣고 끓여 속을 달래기도 했다. 그러다 급기야 각종 통조림들까지 바닥이 나곤 했다.

아이가 없는 공간에서 웅크린 채 시간을 보냈다. 시간을 쪼개 매일 밤마다 바닥 청소며 설거지를 했던 모습은 찾아볼 수 없었다. 시간이 내게 많이 주어진다고 그 시간을 자유시간이라고 할 수 없었다. 난 그저 밀린 만남과 일을 해야 할 숙제처럼 하고 난 뒤 허탈감에 빠져 있었다.

지난여름의 한 장면이 떠올랐다. 주말에 할아버지 할머니 댁에만 가면 어리광을 달고 돌아오던 아이. 유치원에서 돌아오자마자 땀이 많이 났다며 윗옷을 벗어던졌다. 그러면서 새 옷을 달라며 매미처럼 내 다리에 붙었다.

"옷장 서랍에서 꺼내 입어."

"아빠가 꺼내줘."

"네 옷이니까 네가 꺼내 입어."

불리할 때면 나오던 한 마디가 어김없이 또 나왔다.

"아빠, 나 미워해?"

"아아니."

저렇게 말하는 법은 어디서 배웠을까 하며 초록색 반팔 티셔츠

를 꺼냈다. 그랬더니 이제는 입혀달란다. 아침에 유치원 갈 때 늘
장 부린다고 잔소리한 게 괜히 미안해져 옷을 입혀줬다.

그러고는 간식을 먹고 로봇 교실 수업을 듣기 위해 정리를 서둘
렀다.

"민호야, 같이 정리하자."

"싫어."

"그릇만 좀 설거지통으로 옮겨줄래?"

"싫어."

아이의 어법이 생각났다.

"넌, 아빠 미워해?"

아이는 단호했다.

"응!"

아이와 함께 까르르 웃고 말았다. 아이들은 자신의 편의를 위해
어떻게 대답해야 할지, 엄마 배 속에서 이미 터득을 하고 세상에
나온 것 같았다.

그러던 아이 소리가 사라진 집은 침묵으로 가득 찼다. 눈을 뜨
기 전부터 아이 방에서 들리던 함성 소리는 사라졌다. 아침잠이 아
쉬울 때마다 "아빠 놀자" 하던 아이의 볼멘소리도 들리지 않았다.
식탁 앞에서 들려주던 밥투정도, 목욕탕에서 거울을 보며 비누방
울 놀이를 하던 아이 얼굴도 그 시간 동안에는 모두 자취를 감추었
다. 몸을 이리저리 돌려도 듣고 싶었던 아이의 새근거리는 소리를
들을 수 없었다. 잠잘 때마다 보았던 살포시 눈꺼풀을 닫은 얼굴도

볼 수가 없었다. 아이 방 문을 열면 아이가 만든 찰흙들만 덩그러니 책상 위를 지키고 있었다. 나를 귀찮게 했던 그 목소리가 무척 그리웠다.

누군가 나를 불러주는 소리는 그 소리가 장난이든 투정이든 그 무엇이든 기쁨이었다. 나를 불러주는 소리는 나를 필요로 하는 소리였다. 누군가 나에게 의지한다는 건 가끔씩 힘이 들지만 내가 있어야 할 이유를 알려주는 소리이기도 했다. 그래서 아이와 떨어져 지내는 시간은 내가 살아야 할 이유를 잃어버린 시간이었다. 아침부터 꽃이 없는 봄처럼 활기가 없었고 잠이 드는 그 순간까지도 헛헛했다.

그래서 부모란 빈 의자는 항상 아이들이 찾아와 앉아주기를 바란다. 아이들은 부모란 의자에 가끔 버티기 힘든 무게를 더하지만 세상에서 가장 행복한 의자는 화려하고 깨끗한 의자가 아니라 많이 찾아와 앉는 의자일 것 같았다. 그 의자는 비록 힘들지만 사람들이 자신을 찾는다는 사실에 행복할 테니까. 힘이 들어도 누군가 앉아 있어야 의자는 빛난다. 의자는 힘들 때 행복하다는 사실을 알고 있다. 자신이 있는 이유가 바로 다른 사람들이 힘든 순간을 내려놓기 위해서임을 기억하는 의자.

부모란 의자가 헐기 위해선 아이들이 자주 부모 위에 앉아야 했다. 때로는 의자 위에서 구르고 가끔은 높은 곳을 올라가기 위한 발판으로 삼기도 했다. 자주 쓰지 않는 깨끗한 의자는 집 안 구석에 남겨져 외로움만 느낄 것이다. 나도 아이의 손때가 묻은 의자가 되고 싶었다.

결국 방학을 일주일이나 남겨놓고 아이를 과천 집으로 다시 데리고 왔다. 아침부터 온통 신경을 곤두세우며 아이의 말에 집중해야 하는 피곤한 일상이 돌아왔다. 나의 행복과 나의 자존감과 함께.

침대 위에 아들과 나란히 누웠다.

"굿 나이트, 마이 선Good night, my son."

그러자 아이가 그 말에 반응을 했다.

"아빠, 나 유치원에서 영어 잘한대."

"그럼 Son이 뭔지 알아?"

"응!"

아이는 자신 있게 대답을 했다.

두 팔을 올려 원을 그리며 자기 얼굴 위로 가져다 댔다.

"Sun!"

넘치는 귀여움에 꼬옥 안아주었다.

My Sun.

—2013년 11월 19일 일기장에서

8

혼자 가야 하는 길

5월 끝자락에 비가 흠뻑 내렸다. 유치원 차량이 서는 정류장 앞에 모인 엄마들 관심도 비 이야기였다. 이틀째 쏟아진 비가 내일까지 이어진다는 대화가 오고 갔다. 남쪽 지방에선 호우주의보까지 발효됐다고 하니 늦은 봄비치곤 제법 많은 양이었다. 계절이 바뀌고 있음을 알려주는 비였다. 봄맞이 집 정리를 미룬 탓에 두꺼운 겨울옷을 어떻게 정리할지 어제부터 고민이었다. 아이를 차에 태워주고 오는 길에 마주친 나무들도 내린 비가 많아 고민인지 고개를 숙였다. 나뭇잎이 그새 더 푸르러졌다.

가정의 달인 5월이면 아이는 밖에 있는 나무들처럼 그리움의 비를 더 자주 맞아야 했다. 엄마와 이별한 5월에 아이는 엄마와 함께한 추억에 젖었다. 집에 놀러 온 아이 친구가 마루에 놓인 여러 장의 사진 앞에 서서 한참을 들여다보다가 민호에게 물었다.

"여기에 너희 엄마도 있어?"

"응."

"어디?"

"저기 맨 끝에."

엄마가 그리울 때면 엄마 생각에 잠길 수 있는 사진이나 물건을 한편에 꼭 놓아둬야 한다는 전문가들의 조언에 따라 한구석에 둔 가족사진을 민호가 가리켰다. 그 사진을 보던 친구가 민호를 다독였다.

"민호야, 엄마 보고 싶으면 저 사진 봐. 슬퍼하지 말고."

어른스러우면서 우정 어린 말을 해준 친구가 고맙다는 생각과 함께 부엌에서 민호 반응을 조용히 기다렸는데 민호는 잠시 아무런 말도 못 했다.

민호는 시간이 지날수록 그리움이란 비를 더 자주 맞을 것이라고 했다. 그리고 그건 피해갈 수 없는 운명이라고 했다. 지금 내가 겪고 있는 그리움은 점차 사라지고 아이는 정반대로 그리움이 점차 차오른다고 했다. 아이가 그리움을 담은 비를 다 맞고 나면 분명 나무처럼 더 푸르른 생명력을 발산할 테다. 나무들은 내게 비가 내리면 맞아야 한다고 말하는 것 같았다. 아이가 비를 맞을 때 아빠는 그 옆에서 내리는 비를 같이 맞고 싶었다.

아이가 어려움에 처하면 항상 두 가지 생각 사이에서 갈팡질팡한다. 도와줄까. 아니면 지켜볼까. 그러다가 대개 멀리서 아이가 겪는 어려움을 묵묵히 바라보는 쪽을 선택한다. 아이를 바라보는 딱한 시선이 스스로 느껴질 때면 조용히 속삭였다. 스스로 이기는 힘을 길러야 한다고.

언제나 동정을 받는 아이는 작은 불행에도 울음을 터뜨리고 만다. 보통 사람의 평범한 자기 조절은 야단법석을 떨어선 아무 동정도 얻지 못한다는 것을 알게 될 때만 가능한 것이다. 아이들은 때로는 약간 엄하기도 한 어른이 자신들에게 가장 좋다는 것을 이미 알고 있다고 했다. 자신들이 사랑받고 있는지 아닌지를 본능적으로 느끼기 때문에 자신을 사랑한다고 느껴지는 사람들이 자신의 발달을 진심으로 소망하면서 보여주는 엄격함이라면 어떤 것이든 참아낼 수 있다.

— 버트런드 러셀,『게으름에 대한 찬양』, 사회평론 중에서

두발자전거를 막 배우기 시작한 아이 뒤에서 자전거 끝을 잡아주는 부모는 항상 고민을 한다. 언제 손을 떼야 하는지, 언제 이 자전거를 놓아줘야 하는지를. 하지만 자전거를 타기 위해서는 몇 번 넘어져야만 한다는 사실을 경험적으로 잘 알고 있다. 넘어지는 아픔 없이 자전거를 탄다는 건 불가능했다. 그래도 아이가 자전거에서 넘어질 때면 부모 가슴은 아플 수밖에 없을 테다. 인생이란 자전거에서 아이는 때론 넘어져 울고 간혹 크게 다칠 수 있었지만 안타깝게도 대신 아플 수는 없는 노릇이었다. 그 시련은 애처롭지만 아이 스스로 감당해야 할 몫이었다. 그리고 넘어지는 아픔을 겪은 아이만이 자전거를 타고 걸을 때와 다른 눈높이로 풍경을 만끽할

테다. 그래야 자신이 보고 싶은 풍경을 따라가고, 그 풍경 앞에서 자신의 얼굴과 마주할 수 있을 테다.

민호가 친구 집에서 놀다 나온 저녁이었다. 여느 때 같으면 집에 늦게 가겠다며 항상 고집을 피웠을 텐데, 이날은 제시간에 맞춰 밖으로 나왔다. 집으로 도착하자마자 옷을 벗고 욕실로 향했다.

"나 혼자 샤워할게."

아이가 고마운 말을 하면 고맙다가도 불안감이 엄습한다. '왜 그러지?' 싶어 욕실에 들어가 아이를 보았는데 민호는 샤워기 앞에 맨 몸으로 서 있었다. 한참을 놀아도 남는 건 아쉬움일 텐데, 오늘은 그 아쉬움이 없었다. 오히려 제 할 일을 스스로 하겠다며 목에 힘을 주었다. 땀에 흠뻑 젖은 아이 얼굴이 눈에 들어왔다.

"민호야 땀을 많이 흘렸네. 더워?"

바람이 불어 서늘했는데 앞머리가 땀에 절어 있었다.

"아니."

"그런데 왜 그렇게 머리에 땀이 많아?"

"응 옷장 안에서 숨기 놀이 같은 거 하고 놀았거든."

민호가 친구 집에서 나올 때 슬쩍 봤더니 장난감이 거실에 가득하던데, 진땀을 흘리며 허탈한 미소를 지었을 친구 엄마 얼굴이 연상됐다. 아이들은 아쉬움이 남지 않을 만큼 실컷 친구 집에서 뛰어 놀았던 것 같았다.

아이에게 샴푸와 비누를 챙겨주고 거실로 나왔더니 새로운 문자 메시지가 도착했다. 친구 엄마였다.

아까 제가 저녁 준비할 때 친구 한 명과 잠깐 주먹다짐하고 민호가 약
간 울었는데, 얘기 들어주고 해결되어 서로 사과했어요. 혹시 민호가
속상해하면 달래주세요.

치고받고 싸우기까지 했구나. 샤워하는 아이에게 다가갔다. 아
이는 작은 손으로 거품을 내더니 쏟아지는 물 앞에 고개를 푹 숙이
고는 비눗물을 걷어내고 있었다. 중간중간 노래도 불렀다. 머리를
씻고 난 뒤 샤워기에서 뿜어져 나오는 물을 향해 입을 벌린 채 '아
아아' 소리를 내며 물을 흘려보냈다. 일명 가글 놀이. 인생이 행복
인 아이. 친구와 함께 다툰 흔적은 없었다. 걱정하는 친구 엄마에
게 답장을 남겼다.

맞아야 때리는 게 아프다는 걸 배우겠죠. 평소 그대로 잘 놉니다.

친구들끼리 다투고 속이 상한다고 해도 사실 아빠가 아이를 대
신해 맞아줄 수도 없거니와 더구나 대신 때려줄 수도 없는 일이었
다. 비록 여섯 살이지만 아이가 지닌 감정이란 큰 문을 열기 위해
선 스스로 그 문을 열기 위한 작은 열쇠를 찾아야 했다. 내가 해줄
수 있는 건 화난다고 할 때 같이 화를 내주고 울고 있을 때 슬픈 표
정을 지어주며 열쇠를 찾을 때까지 기다려주는 일이었다.
지난주 성당에서도 아이들 세 명이 민호를 밀치던 장면이 떠올
랐다. 한 살 정도 위인 아이도 보이길래 장난과 싸움 중간에 있는
격투 놀이에 개입을 할까 하다 그냥 지켜보았다. 아동심리 전문가

들이 했던 말들이 떠올랐다.

"아이가 공격을 당할 때 중요한 건 공격을 당했다는 사실이 아
니라 그 이후에 아이가 어떻게 반응하는지예요. 어렵더라도 스스
로 문제를 해결하려는 자신감이 있는지, 아니면 문제가 생길 때 주
변사람에게 도움을 먼저 요청하는지를 보세요."

아이의 공격성은 자신의 자존감을 드러내는 경우도 많아서 무
작정 막아서도 안 된다고 했다. 다시 친구 엄마에게 문자를 남겼
다.

귀찮게 해서 죄송한데요, 어제 몸싸움을 할 때, 혹시 민호가 도움을 청
하던가요? 아니면 울더라도 계속 싸움을 이어가던가요?

기다리던 답변이 왔다.

아니요. 먼저 도움 구하지 않았어요. 둘이 싸우는 소리에 제가 먼저 중
재한 거예요. 울음을 많이 참고 강한 모습 보이던데요.

얼마나 다투었는지는 모르겠지만 강한 인상을 남겼다니 스스로
문제를 해결하려 했거니 하며 잠시 떠오른 우려를 마음 한편에 접
어두었다.

어려운 상황을 만나더라도 그 시간을 버텨야 하는 건 바로 나 자
신밖에 없다는 걸 아이를 보며 기억했다. 함께 웃고 같이 울어주는
사람들을 생각하면 무척 고맙지만, 결국 내 삶을 그 누구도 대신

살아줄 수는 없을 것만 같았다. 아내의 상실을 견뎌내는 유일한 방법은 그 시간을 견뎌내는 것이었다. 조언을 구할 수는 있지만 결국 풀어야 할 모든 열쇠는 스스로 찾아내야 했다. 헬렌 켈러는 "다른 편으로 가는 유일한 길은 통과하는 것뿐"이라고 고백한 것처럼, 아이도 아빠도 외롭지만 그 길을 걸어야 했다. 흔들리지 않고 피는 꽃은 없고, 꽃씨는 땅 위로 자신을 던져야만 열매를 맺기 때문에.

9

가족

육아 휴직을 시작하기 전 1년 동안 부모님과 함께 좁은 집에서 생활을 했다. 그러던 어느 날이었다.

"네가 가지고 싶은 거 아무거나 하나 말해봐."

어머니가 선물 제안을 했다.

"엄마 보기에 안쓰러워서 그러니, 가격 생각하지 말고 갖고 싶은 거 하나만 말해봐."

우연히 피아노 가게에 들렀다가 마음 속에 담아둔 괜찮은 중고 디지털 피아노 한 대가 마침 가슴 한구석에 자리잡고 있었다. 아내와 연애 시절, 아내는 내가 치는 피아노 소리를 무척 좋아했다.

"오빠 피아노 연주 때문에 결혼한 거야."

아내는 결혼 후에도 연애시절 자신을 위해 쳐주었던 피아노 소리를 기억하며 농담을 건넸다. 아내가 좋아하던 피아노를 다시 치고 싶었다. 그러면 바람이 그 소리를 실어 아내에게 전해줄 것만 같았다. 가게에서 나무로 된 비싼 피아노 건반을 몇 번 눌러본 뒤 고개를 돌려 중고 디지털 피아노를 기웃거린 것이 불과 며칠 전이었다.

"디지털 피아노 한 대만 사주세요."

그렇게 중고 디지털 피아노를 얻었다. 10년 동안 멈췄던 피아노에 손가락을 얹었다. 아내가 그리울 때면 글을 쓰거나 피아노를 쳤다. 글은 글자로 피아노는 음으로 마음 안에서 소용돌이치는 감정을 풀어내주었다.

아들에게 피아노를 사준 어머니는 함께 생활을 하며 어린 손자와 마흔을 바라보는 큰 아들 뒷바라지에 매일 가쁜 숨을 쉬었다. 손가락과 무릎 관절이 퇴행성으로 계속 악화되었지만 부지런한 천성 때문에 잠시도 몸을 소파에 의지하지 않았다. 휜 다리로 집안 곳곳을 돌아다니며 청소며 빨래며 집안일을 했다. 결국 어머니 건강 때문에 어머니와 아버지는 1년 만에 원래 집으로 되돌아가야만 했다. 떠나는 날 두 분은 무척 울었다.

인생을 여유로 채울 만한 일흔이란 연세에도 사업을 하는 아버지는 슬픔이 깊을수록 그리고 아들과 손자를 마주할수록 더 일에 집중했다. 새벽 5시 전에 출근을 해 8시 전후로 퇴근했다. 병원과의 분쟁으로 무척 예민했던 아들에게 속에 있는 말 한 마디 못 하고 그저 어린 손자와 아들을 묵묵히 바라만 보았다. 일 때문에 고된 평일이 지나 휴일이 찾아오면 손자 손을 붙잡고 운동장으로 나갔다. 예전보다 더 많이 뛰었다. 아내가 있을 때보다 더 자주 놀이터에 나갔다. 낯설기만 한 공연 정보까지 수집해 아이와 함께 공연장을 찾았다. 지하철 안에서 파는 조그마한 장난감이라도 그냥 지나치지 않았다.

동생은 조카 민호를 만날 때마다 레고 장난감을 같이 만들며 아이처럼 놀았다. 아이 눈높이에서 놀아주는 삼촌은 그래서 항상 민호 마음 속에서 1등이었다. 처제는 언니를 떠나 보낸 뒤 미술심리 공부를 시작했다. 민호의 슬픔을 미술로 풀어주겠다며 새로운 공부 여정에 나섰다.

평일엔 양평 햇볕 아래에서 아이를 위해 텃밭 가꾸기에 한창인 장인어른은 아이가 외갓집에 가는 날이면 모든 일정을 뒤로하고 손자를 기다렸다. 장모님은 늘 아이와 함께 읽을 책을 미리 준비해 두었다.

아내가 떠난 자리에 가족이 들어왔다. 엄마의 사랑은 누구도 대신할 수 없을 거라면서 각자 가진 사랑을 모두 밖으로 끄집어냈다. 아이는 엄마 손을 잡을 수는 없었지만 평소에 자주 잡지 못했던 할아버지와 할머니, 외할아버지와 외할머니, 삼촌과 이모 손을 잡고 살을 맞대었다.

아이가 피아노 악보에서 높은음자리라면 가족은 낮은음자리와 같았다. 높은음자리 음표를 따라가며 화음을 내는 낮은음자리. 가족은 아이를 중심으로 그렇게 하나가 되었다. 사람들은 항상 오른손이 내는 주된 음을 따라 가사를 붙이고 노래를 부르지만, 음악이 아름다울 수 있는 건 드러나지 않고 반주를 하는 왼손 때문이라는 걸 가족을 보며 느꼈다. 보이지 않는 곳에서 서로를 생각하는 사람들. 말을 하지 않아도 느낌으로 통하는 사람들. 힘들 때 곁에 있는 사람들이 바로 가족이라는 걸 지난 시간을 통해서 온몸으로 깨달았다.

되돌아보면 난 자주 몸서리치며 소리도 질렀고, 눈물도 많이 흘려보냈다. 학교와 사회에선 왜 이별에 대해 대처하는 법을 가르쳐주지 않는지 원망도 했다. 하지만 감정은 누가 대신 표현해줄 수도, 어루만져줄 수 있는 것도 아니었다. 감정을 불러내는 것도 자신이었고, 풀어내야 하는 것도 결국 내 몫이었다. 아이는 아이대로, 아빠는 아빠대로, 가족은 가족대로 각자 죽음과 이별이란 힘든 시간을 지나왔다. 드러내지만 않았을 뿐이었다.

이제는 매일 환한 웃음을 웃는 아이는 가르쳐주었다. 온몸으로 울어본 사람만이 기쁨을 담은 웃음을 터뜨릴 수 있다는 걸. 겨우내 앙상했던 줄기를 보며 가슴 아파했던 사람만이 봄을 맞아 활짝 핀 꽃을 따뜻하게 바라볼 수 있을 것 같았다. 기쁨을 느끼기 위해선 슬픈 시간이 필요했다.

아내 생각이 날수록, 딸이 보고 싶을수록, 며느리가 그리울수록 우리는 아이를 바라봤다. 그러면서 스스로를 다독였다. 2년이란 시간이 지났지만 여전히 떠난 사람을 생각하면 가슴이 아픈 건 사랑했기 때문이라며 각자가 각자에게 말을 걸었다. 사랑했으니까 아픈 거라고. 사랑했으니까 훨씬 행복한 거라고.

10

행복

걷다가 힘이 들면 난 내게 물었다.

'여기가 밑바닥인가?'

인생의 끝까지 떨어진 충격 같아 몹시 아팠고, 온몸에 멍이 든 것처럼 마음도 만신창이가 됐지만, 그렇다고 마냥 앉아 있을 수만은 없는 노릇이었다. 곁에 있는 아이를 보며 몸을 일으켜 세웠다. 그러자 저 깊은 곳에서 답이 들려왔다.

'바닥은 딛고 일어서라고 있는 거야.'

그러고 보니 모든 사람들이 자기만의 바닥 위에 서 있었다. 그건 어른이나 아이나 마찬가지였다. 다만 바닥까지 아프게 굴러떨어진 사람들은 알고 있었다. 다시 넘어지지 않기 위해선 더 힘을 주어 서 있어야 한다는 것을. 중요한 건 바닥에 떨어졌다는 부정할 수 없는 사실이 아니라 그 바닥을 딛고 일어선 힘이라는 것을.

일어서서 보니 아이는 활짝 웃고 있었고, 엄마에 대한 따뜻한 기억을 품고 있었다. 행복은 지난 기억을 떠올리며 사랑했던 시간을 잊지 않는 마음에 있을 터인데, 나는 죽음이 가져온 슬픔에만 매달리고 있던 꼴이었다. 아내는 떠났지만 만나서 행복했던 사람이었고, 아내가 그립겠지만 남은 아이와 진한 사랑을 할 수 있는 시간은 여전히 오늘 이 순간에도 내 곁에 있었다.

아내는 올해 핀 꽃들은 내년에 다시 보지 못한다는 걸 가르쳐주며 주변에 살아 있는 것들에 대해 더 관심을 두게 했다. 태어나서 만나게 된, 그 모든 것이 떠난 아내 덕분에 새롭게 보였다. 작고 하찮다고 여겨졌던 것들이 일상 속에서 따뜻하게 다가오면 마음에 남은 상처의 자리엔 삶의 기쁨이 하나씩 피어올랐다.

지난 2년은 떠난 아내의 빈자리를 확인한 시간이기도 했지만, 그 빈자리에 아이가 들어온 시간이기도 했다. 새벽에 일어나 아이가 걷어찬 이불을 덮어주고, 유치원 버스에서 내리는 아이를 맞이하고, 간식을 먹이고, 도서관에 가고, 가끔은 놀이방을 찾고, 어떤 날은 수영장을 동행한다. 자전거를 구르는 아이 뒷모습을 따라가며 조심하라고 외친다. 저녁을 먹을 땐 항상 아이 앞에서 밥먹기 시합을 하고, 저녁을 먹고 나서도 과일을 함께 먹는다. 잠자기 전에는 책을 읽고 책을 읽기 전에는 이를 닦아준다. 주변의 모든 자리를 아이가 차지하고 있었다. 아내는 떠났으나 아이가 찾아온 것이다. 이별과 만남은 빛과 어둠처럼 한 쌍이었다.

이제 더 이상 아내가 없는 것에 대해 슬퍼하지 않기로 했다. 오히려 지금은 함께했던 따뜻한 기억을 떠올리며 흐뭇해한다. 아내를 만나서 행복했고 아내와 함께 간직할 수 있는 추억이 있어 늘 감사하다. 아이가 태어난 것도 축복이고 지금 오늘 아이와 함께할 수 있는 시간을 갖는 것만으로도 삶의 의미는 충분했다.

다만 나는 오늘도 신에게 기도를 한다. 아내가 준비하지 못한 이별로 비탄에 잠겨 있다면 눈물을 닦아주시고, 이별의 말을 남기지 못해 슬퍼한다면 꼭 안아주시라고. 그리고 또 기도를 한다. 한 번만 아내를 만나게 해달라고, 남편은 아내에게 전할 말이 있다고, 아내를 만나 마주보며 한 마디만 전할 수 있는 시간을 허락해달라고. 사.랑.한.다.는 그 말.

에필로그

아이가 잠들면, 노트북을 켰다. 온전히 혼자 남아 있는 시간에 조용히 아내를 마음으로 불러냈다. 아내가 옆에서 글을 읽는 모습을 떠올리며 글을 써내려갔다. 갑자기 떠난 아내가 어떤 사람인지를, 그녀를 대신해 세상에 남기고 싶었다. 글을 쓰는 동안 얼굴은 자주 젖었다. 아내의 시간을 거슬러 올라갔다. 호흡이 멈췄다고 아내가 보낸 시간이 사라지는 것은 아니었다. 병원은 아내를 체온과 혈압, 백혈구 수로 설명했지만, 그건 자동차를 부품들의 조합으로 설명하는 것과 같은 방식이었다. 아내에게는 관계가 중요했고 그 관계의 중심에는 아이가 있었다. 그 아이는 그녀에게 삶의 의미였고 전부였다. 엄마이면서 한 남편의 아내였고, 소중한 딸이었으며, 하나뿐인 며느리이기도 했다. 마지막 순간까지 최선을 다했던 그녀의 표정과 그녀의 말을 통해 그녀가 누구인지를 세상에 알리고 싶었다.

민호가 언젠가 이 글을 읽으면 많은 슬픔을 느낄 거라는 상상을 했다. 그토록 자신을 사랑했던 엄마 품에 안기는 것은 아이의 노력으로는 닿을 수 없는 소망이니까. 엄마를 바로 앞에서 바라보고 듣는 것은 아이가 할 수 없는 일이다. 하지만 아이가 엄마를 위해 할 수 있는 일은 엄마의 몫까지 행복한 것이라고 믿는다. 세상이 바라는 모습으로 살기보다, 자신이 바라는 모습으로 살기를 바랐다. 자신의 몸을 잘 살피고, 자신의 삶을 소중히 가꾸며 사랑하는 일 역시 아이가 할 수 있는 일이다. 지식을 쌓는 일에만 집중하며 자기 자신을 특별한 존재로 느끼는 전문가가 되기보다는, 관계의 소중함을 느끼며 인간을 향한 따뜻한 마음도 같이 지닌 성인으로 성장하기를 바랐다.

사람은 죽는다. 머리로만 알았던 사실을 아내 덕분에 온몸으로 느꼈다. 내가 그랬던 것처럼 이 책을 읽는 사람들이 자신의 죽음을 느끼기를 바랐다. 죽음 앞에서 아무것도 할 수 없는 인간의 한계를 느낄 때 힘은 빠지고 슬픔이 온몸으로 퍼져나간다. 그 슬픈 비를 온몸으로 맞고 난 뒤, 당신의 위에 있는 하늘과 햇살의 따사로움을 새롭게 느꼈으면 좋겠다. 꼭 특별한 일을 하지 않더라도 살아 숨 쉬며 일상에 존재하고 있는 것만으로도 당신은 이미 충분히 소중하다는 걸 알았으면 좋겠다. 그리고 지금 당신과 연결되어 있는 관계들을 살펴보기를 희망한다.

아들과 손자가 겪는 시련을 묵묵히 받아주시고 지켜봐주신 부모님과 이 책 출간을 위해 애써주신 출판사 클 식구들에게 감사의 마음을 전한다. 또 아이를 심리적으로 꼭 안아주신 이경숙 교수님을 비롯한 세원영유아아동상담센터 전문가분들, 의료분쟁에 도움을 주셨던 여러 시민사회단체 운동가분들, 아내 장례식장을 찾아주셨던 당시 경찰청 관계자와 언론사 동료 여러분들께도 뒤늦게나마 무척 고마웠다는 인사를 드린다.

2014년 겨울 과천에서
강남구

그리고, 10년

출판사에서 재출간 소식을 알려오던 날, 아이는 병원에 있었다. 민호는 교통사고가 났다면서 머리에 피가 난다는 사실을 전화로 전했다. 순간 아내의 모습이 떠올랐다. 아이가 평생 장애를 입은 채로 살아야 하거나 갑자기 사망할 수도 있을 거란 생각이 스쳤다. 서울 시내 한복판에서 발생한 7중 추돌사고는 여러 매체에서 관련 소식을 전할 만큼 큰 사고였다. 검사 결과 아이는 두피가 찢어지고 온몸에 타박상을 입었지만, 다행히 생명에 별다른 지장은 없었다. 아이가 다쳤다는 말에 신경이 곤두섰지만, 아내의 상황을 대할 때와 비교하면 차분했다. 그 차분함은 지난 10여 년 동안 아이와의 이별을 준비해온 결과였던 것 같다. 아이와 언젠가는 헤어진다는 생각에, 난 함께 즐거운 기억을 많이 남기고 싶었다. 공부도 중요하고, 돈도 중요하고, 주변 사람들의 인정과 평가도 중요하지만, 내게 가장 중요한 건 아이와 즐겁고 행복한 기억을 많이 만드는 일이었다. 아내처럼 나도 갑작스럽게 아이와 사별할 수 있다는 생각을 가끔 한다. 아이와 함께 지낸 지난 10년은 그래도 별다른 후회가 남아 있지 않다.

이 책이 처음 출간될 즈음 민호와 난 KBS「인간극장」'사랑은 아직도'에 출연했다. 출연을 놓고 고민이 많았는데, 그때에도 심리학자들의 도움이 컸다. 슬픔은 감추고 덮는 게 아니라 세상에 알리고 공개할 때 치유가 된다는 조언이었다. 슬픔을 공개하니 주변의 엄마들과 학교 선생님들, 동네 할머니들이 민호를 꼭 끌어안아주었다. 민호가 동네를 걸을 때마다 모든 사람들이 가족처럼 느껴졌었다. 지금까지도 인간극장의 메인 타이틀에 민호가 나온다. 많은 사람들이 아이를 기억해주는 것 같아 감사하고 고맙다. 세상은 그래도 따뜻하다는 것과 그 따뜻함을 느끼기 위해서는 상처를 드러내는 용기가 필요하다는 것을 지난 경험 속에서 배웠다.

기자 생활을 그만둔 지도 꼭 10년이 지났다. 그리고 심리상담 전문가가 되기 위해 학업을 시작했다. 세상을 비판하는 기자보다 상처를 보듬고 함께 성장하는 심리상담가가 되고 싶었다. 아이가 심리상담을 받았던 경험 덕분에 생긴 꿈이었다. 생계가 걱정이었지만, 돈을 벌기 위해 일하지 않고, 좋아하는 일을 하며 돈을 벌기로 했다. 아이들을 무척 좋아하는 난 아이들과 함께 책을 읽고 매주 글을 쓴다. 좋아하는 일을 하니 힘은 덜 들었고 수입은 더 늘었다.

예상하지 못한 죽음을 대하는 병원의 태도는 지난 10년 동안 변했을까? 개정판에서는 삼성서울병원과의 의료분쟁 내용은 분량상

287

제외됐다. 병원에 입원하기 전 아내 몸에는 결핵이 있었고, 이를 모른 채 이식 수술을 받은 아내는 결국 결핵 때문에 숨졌다. 책임이 없다던 병원은 의료분쟁조정위원의 구체적인 근거가 나오자 합의를 요구했다. 최고의 예우를 갖춰 가족들에게 사과를 하고 고인의 명복을 빌겠다고 했지만 그 약속은 10년째 지켜지지 않고 있다.

아이와 난 올해 새로운 도전에 나섰다. 아이는 천안의 한 기숙학교에서 고등학교 생활을 시작했다. 아이가 기숙사로 떠난 다음 날, 아이의 기타를 침대 옆으로 옮기고, 아이를 닮은 인형들도 곳곳에 두며 그리움을 채웠다. 친구들을 무척 좋아하는 민호는 지금 심리학자가 되고 싶어한다. 주말마다 기숙사로 데려다주는 차 안에서 아이는 행복에 대해, 또 자신과 친구들의 성격에 대해 자주 묻는다. 난 심리학 중에서도 사람들이 생각하는 '후회 없는 자신의 죽음'을 주제로 학위 논문을 준비 중이다. 앞으로 10년이 지나 우리 두 사람이 어떤 모습으로 변했을지는 예측할 수 없지만, 오늘 하루와 비슷하면 좋겠다. 꿈을 향해 나아가되 소중한 관계를 잊지 않을 것. 오늘 하루는 아내가 그토록 보내고 싶었던 하루라는 걸 기억하기를 소망했다. 삶의 갈림길에서 방황할 때 심리학의 세계로 초대하고 경험할 수 있는 기회를 주신 고영건 교수님과, 육아로 힘들 때마다 변함없는 사랑과 관심으로 나와 아이를 돌봐주신 부모님께 진심 어린 감사의 말을 전하고 싶다.

2024년 5월
여전히 아내가 그리운 강남구